行走戈壁

旬老夫妻的生命赞歌

（新西兰）海伦·塞耶 著

廖鸿艳 译

图字：01-2012-5921 号

图书在版编目（CIP）数据

行走戈壁：七旬老夫妻的生命赞歌/(新西兰) 塞耶
(Thayer,H.)著；廖鸿艳译.—北京：龙门书局 2013
书名原文：Walking the Gobi:a 1600 mile trek
across a desert of hope and despair
ISBN 978-7-5088-4038-3

Ⅰ. ①行… Ⅱ. ①塞… ②廖… Ⅲ. ①游记—作品集
—美国—现代 Ⅳ. ①I712.65

中国版本图书馆 CIP 数据核字 (2013) 第 050446 号

责任编辑：周晓娟　王晓婷　马丹 / 责任校对：杨慧芳
责任印刷：华　程　　　　　　　 / 封面设计：张世杰

龍門書局 出版

北京东黄城根北街 16 号
邮政编码：100717
http://www.sciencep.com

北京市艺辉印刷有限公司印刷
中国科技出版传媒股份有限公司新世纪书局发行　　各地新华书店经销

*

2013 年 5 月第一版　　　2013 年 5 月第一次印刷
开本：32 开　　　　　　　印张：7.75
字数：150 000

定价：36.80 元

（如有印装质量问题，我社负责调换）

行走戈壁

幸运的是，63岁的塞耶为我们作出了人类与自然相抗争的表率，她与74岁的丈夫比尔一道为读者叙述了2575公里的梦幻旅程……尽管困难重重，塞耶却俨然是一位可靠的向导。这本游记仿佛是一场紧张而刺激的冒险，读起来扣人心弦，必定会让乔恩·克拉考尔（Jon Krakauer）和比尔·布莱森（Bill Bryson）的粉丝着迷。

——《出版人周刊》（*Publishers Weekly*）

《行走戈壁》带领读者轻松进入了一个大多数西方人仅仅听说过的蒙古异域历史的世界。

——《西雅图时报》（*The Seattle Times*）

海伦·塞耶是一位杰出女性，她的成就使她如同小说作者奇思妙想创作出的一个角色。

——《手稿时报》（*Autograph Times*）

海伦·塞耶是探险家、自然主义者，是比狼更可怕的现代物种。她不是百万富翁，不是学者，不是政府科学家，也不是大公司赞助的名人，最初甚至连作家都不是。她只是一位自学成才，自我耕耘，谦和有礼的女性，生活中最大的乐趣是尝试艰难有趣的事情。她的冒险精神是"攀登，因为山就在那里"般的坚忍不拔与好奇心驱使的类似科考工作相结合的产物。

——《华盛顿邮报》（*The Washington Post*）

这是关于夜间走私犯、骆驼发脾气浪费一周的饮水，以及被野生沙漠熊盯梢的故事，正是这些故事使得本书趣味盎然。

——《落基山新闻》（*Rocky Mountain News*）

一段描述细致，情节紧张的冒险旅程。

——华盛顿州埃弗雷特《先驱报》（*The Herald, Everett, WA*）

海伦·塞耶不仅展现了她的非凡勇气与冒险精神，也通过文字，以及对沙漠和蒙古国文化的热爱展示出她的写作天赋……塞耶作为冒险家的传奇人生，以及引人入胜的语言能力，理应博得阵阵掌声……塞耶的著作将这八十一天的远足旅行跃然纸上，读者只需花上数小时，就能在阴凉处边吃边喝，舒舒服服体验这段旅程。

——*Indigo Editing*

海伦·塞耶是位幸存者：她不仅避开了日常的折磨，还躲过了北极熊的攻击和北极风暴的侵袭，她从食人鱼和鳄鱼嘴里侥幸脱险，也在几百只黄蜂蛰刺下幸免于难，甚至还中过非法武装淘金者的埋伏。

——《体形杂志》（*Shape Magazine*）

谨以此书献给比尔，感谢他一如既往的鼎力支持，
同时也献给蒙古戈壁沙漠的游牧民族。

目 录
CONTENTS

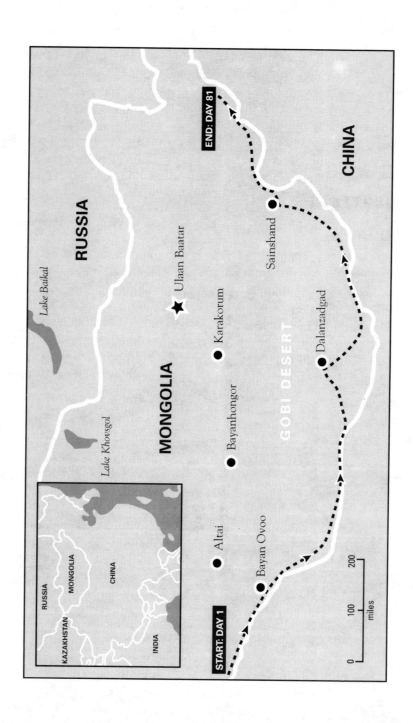

序言：梦想

第一次听说蒙古，是十三岁那年在祖国新西兰的普基科希高中（Pukekohe High School）卡朋特老师（Miss Carpenter）的课堂上。我听她讲述着蒙古以及神秘的戈壁沙滩，那时我就知道这是我要去探险的地方。虽然听说蒙古政府关闭了边境，禁止外国人入境，但我依然心生向往。

从小就对冒险充满兴趣，经常幻想自己爬上高山或是到人迹罕至的地方探险。在社会接纳女性徒步穿越极地冰冠和广袤沙漠之时，我就渴望挑战极限，了解鲜为人知的文化。于是我开始用帮父亲在农场打杂赚来的钱收集引人入胜的游记。

我九岁开始爬山，那年冬至，我和父母爬上了新西兰2517米的塔拉纳基山（Mount Taranaki）。他们一直鼓励我追求无限，最终使探险成为我的生活。1988年我创立了针对幼儿园儿童到中学生的冒险教育课程计划，和青少年分享我的探险历程，让他们从中获益。从那以后，我有时独自一人，有时与我的先生比尔一起旅行，他是一位退役直升机飞行员，我们从北冰洋走到南极洲，又从亚马孙雨林去往世界大沙漠探寻极远之地。

然而，始终游离于我的探险计划之外的是，年少时未尽的梦想——蒙古戈壁沙漠。

古老之地

在蒙古这片古老的土地上，生活着神秘而热情的人民。这片狂风刮过的开阔地区，却又是一个让人意想不到的极端所在。蒙古夹在俄罗斯和中国两国之间，人口约300万，是世界上人口密度最小、海拔最高的国家之一。超过一半以上的蒙古人仍然居住在称作蒙古包的传统毛毡帐篷里，很多人仍然遵循着千年不变的游牧生活方式。

大部分游客不会去蒙古戈壁这片荒芜的不毛之地，他们觉得无甚可看之处。那里全是碎石沙尘暴，夏季热得像烤箱一样，还有深入骨髓的荒凉，大部分地区连最顽强的树木都不能生长，这种危机四伏的荒芜让那些到此一游的旅客根本无法忍受。

不过，仔细一想，几百年来戈壁一直是游牧民族的家园，他们用勤劳的双手打造着生活。居住在圆顶蒙古包里的牧民家庭充满欢笑，怀揣着春雨滋养牧草、肥美牛羊的梦想。冬季，牧民忍受着严寒的风暴和雪灾，暴雪和低温使温度下降到零下4℃，冻死了他们饲养的骆驼、绵羊和山羊。夏季，气温又飙升至38℃以上。毫无疑问，他们都是勇敢坚强的人民。

1206年，勇猛善战的蒙古牧民开始在马背上统治帝国。伟大的成吉思汗统一了蒙古的四百个部落，成为德高望重的部落首领，令敌人闻风丧胆，在他的带领下，蒙古人对征服的国家进行严酷统治。13世纪至14世纪初，成吉思汗和他的后人在亚洲和欧洲打败了一支又一支军队。

20世纪末，蒙古帝国早已不复存在。蒙古牧民遵从几百年来祖辈的先制，从一个地方迁徙到另一个地方寻找食物和水源。这一时期，他们甚至成为前苏联的牺牲品，在连续不断的战争和前苏联的贪婪中，这个国家和人民差点被葬送。牧民被迫将牲畜集体化，僧侣被杀掉或是送入劳改所，寺院的珍宝也被洗劫一空。从1921年开始，前苏联接管蒙古，使之成为世界第二大共产主义据点，施行铁腕统治长达七十年。在这段时间里，穿越戈壁沙漠的探险活动遭到明令禁止。

改革之风

20世纪90年代，随着前苏联和东欧共产主义政权的解体，政治变革席卷蒙古，对蒙古产生了多方面的影响。前苏联占领期间，蒙古经济完全依赖于前苏联源源不断地提供资金和进口商品，但是在前苏联解体后，资金来源便断裂了。前苏联士兵和技术顾问撤离回国，前苏联运营的工厂关闭，失业、燃料和食品短缺问题接踵而至。

好在世界银行、联合国和其他国际组织输入资金，并给缺乏经验的蒙古政治首领提供意见，才使蒙古免于遭受财政崩溃的厄运。佛教徒被释放，在前苏联"大清洗"时期，被勒令停止的一切宗教活动重新开展。虽然蒙古仍旧依赖于引进国外援助和食物，但是这个毫无实际工业设施的内陆国现在正朝着欣欣向荣的未来稳步前进。

蒙古的政治改革更加积极，通过选举建立了议会民主制，而尤为引人注目的是，它的法律很宽松。1996年，我们得知可以获得长期签证，由此自西向东徒步2575公里穿越戈壁沙漠的梦想终于可以得偿所愿。不过，由于计划路线会沿中国边境深入戈壁，且这一地区通常禁止非军事人员进入，于是蒙古大使馆官员告诉我们，必须在蒙古首都乌兰巴托亲自申请特别许可证。

准备工作

为了应对夏季戈壁沙漠探险的恶劣环境，我们首先开展了一系列探险，徒步2414公里穿越美国死亡谷（Death Valley）和美国其他主要沙漠，接着又跋涉6437公里穿越撒哈拉沙漠。所以，直到2000年我们才准备前往蒙古申请戈壁徒步许可证。

由于我们是第一次尝试这项艰巨任务，夏季穿越戈壁的困难变得更为复杂。为确保成功，我们经过系统调查，计划好每一个细节，比如需要多少食物、水和其他所需物资，以及如何运载。我们决定把旅程分为四段，每段行程约20天。这种方法将漫长的星期和里程数从不同角度加以细分，在心理上也更容易应付。我们在第一段旅途会随身携带物资，然后在第一、二、三段旅途结束之时分别获取空中补给。

除了漫长的沙漠旅行外，我们还继续在华盛顿州离家不远的卡斯卡达山（Cascade Mountain）进行训练。夏天，我们背着沉重的背包徒步几百公里，冬天则是滑雪，或者穿着雪鞋行走。与此同时，我们家的地下健身房也成了繁忙的运动场所，一周六天我们都在开展负重训练。而农场的陡坡也是我们进行剧烈晨跑的最佳场所，刚开始的时候，羊群总是跑来跑去和我们玩耍嬉戏，不过它们没跑几圈便放弃了。

终于，在2000年的夏天，蒙古的农历铁龙年，我们来到蒙古，安排后勤工作，并且申请一年后回来穿越戈壁的许可证。

我们乘飞机抵达蒙古首都乌兰巴托，乌兰巴托在蒙古语里的意思是"红色英雄城"。悲哀的是，这座美丽之国的首都充斥着阴沉乏味的前苏联式水泥公寓建筑，甚至连同样乏善可陈的政府办公区都安装着问题良多的管道设施。在两座晃晃悠悠的燃煤电站里，乌黑高大的烟囱喷射出滚滚烟尘，占据着城市的天际线。城市周围是一座座白色帆布蒙古包，用一道道栅栏围了起来，居住在那里的人们不愿意住进市区公寓。

蒙古人的名字： 蒙古人只有一个名字，既用作姓，也用作名。有时，人们在名字前加上父亲的名字，通常缩写为一个字母，便于与重名的人相互区分。前苏联统治前，蒙古家庭记录了几百年前封建时期宗族亲属的族名，然而，这些记录被前苏联政府毁掉，并终结了宗族的政治势力，废止了贵族阶层头衔，几个世纪的历史就这样结束了。

蒙古社会重视男性，男性名字通常体现了"男子"的才能，而女性则以花、宝石，以及诸如智慧、和平等美德命名。在过去，如果有人在自己的部落或地区出了名，其他人就会用他的名字，还会把名字传给孩子。这种惯例，以及男人更倾向于选择展现"男子气概"的名字（如Baatar，意为"英雄"），让许多名字使用得非常普遍，例如巴特（Bat），意思是"强壮"，便经常被用作男性名字。

013

在崭新的现代化机场，我们见到了一位当地飞行员，这是经常在蒙古出差的朋友向我们推荐的，他名叫楚伦巴特（Chuluubaatar），意思是"石头般的硬汉子"。他会帮我们运送补给物资，解决后勤问题。他让我们叫他楚伦，这让大家变得随意起来，但是我们很快发现，很难用生涩的语言称呼他们的蒙古名字。

楚伦为人友善，做事井井有条，英语说得很流利，性感、随和、乐观、不易发怒，是典型的蒙古汉子，他总是胸有成竹地、想方设法地将事情安排妥当。朋友说他不仅可靠，而且守时。在这个国家，守时可是稀奇事，当地人习惯用季节变换来计算时间，最多也就以天或星期计时，而不会按钟表上的时间计时。所以，蒙古人忘记赴约也不足为奇。

楚伦带我们去他那套前苏联式的三居室小公寓，房间里阳光充足，地上铺着深绿色与黄色相间的地毯，窗户上挂着蕾丝窗帘。小桌上放着一尊佛像，上面挂着蓝布，佛像周围放着一圈白蜡烛。厨房里悬挂着电炉的裸线，看上去有些危险，楚伦看出我们的担心，于是回答说："电炉很安全，只要不碰就行。"打开水龙头，巨大的震动声从墙壁里传了出来。这个地方让我想起曾经参观过的莫斯科公寓，住在里面很不安全，仿佛居民每天都在冒险。

这个小公寓成为我们出发前的基地，徒步旅行过程中，楚伦将会是我们与外界的唯一联系。楚伦是个经验丰富的飞行员，有过沙漠着陆的经验，在我们旅行期间，他会在临界期开着小飞机将补给的食物和水运送到沙漠。他从家里五十头牲畜中为我们挑选了两只健壮的骆驼，这些动物全都生活在蒙古中部草肥水美的牧场里。我们计划用骆驼运载物资，然后牵着骆驼穿越沙漠。

疑心的官员

确定好徒步的后勤工作和三次空中补给的细节后，楚伦带我们去了热闹的市中心，我们将在那里拜访官员，并在那里申领开始沙漠之旅所需的许可证。我们知道他有很多理由质疑我们的计划。

由于计划线路靠近中国边境，我们担心会无意中穿过缺少标记的边界，冒险进入中国，这严重违反了中蒙两国的法律，很可能会把我们送进其中一国的监狱。此外，两国的走私犯也将对我们构成严重威胁。尽管边境守卫在分散的前哨站进行密切监视，走私犯还是频繁驾车穿越边境，而且还会射杀对他们有威胁的人，因而臭名昭著。

另外，没有任何书面记载有人曾经徒步走完蒙古戈壁全程。1941年，七名逃犯和一名西伯利亚女人从北向南穿过沙漠的最狭窄部分，跨距约483公里，深入到中国腹地。然而那名妇女和其中一名男子在徒步过程中死于可怕的高温。另一只探险队在凉爽的秋季沿着戈壁北缘，跟随政府水井路线行进过一段路程，这些水井都是由前苏联军队钻取。但是比尔和我将首次在夏季徒步挑战全长2575公里的戈壁，我们的行走路线将穿过沙漠中心最为干燥且严重缺水的荒凉平原和山脉。

015

我们爬上碎裂的水泥楼梯上到二楼，脚步声在漆黑的楼梯间回响，随后我们进入了一间办公室，里面散乱地堆放着装满书和纸的箱子，上面盖了厚厚一层灰。一位不苟言笑的五十岁男子穿着亮黑色外套，用流利的英语向我们问好。他招呼我们坐在桌旁的椅子上，桌上摆放着几张家庭合影，装满烟灰的烟灰缸旁放着一尊十五厘米高的白色陶瓷佛像。

我们等候片刻便得到了"裁决"。官员听完我们的计划后，坚决拒签，"没有人可以走完戈壁全程。大部分地区连路都没有，很多地方也没有水源。如果你们遇到麻烦，又没有人住在那个险恶的地方，你们就得不到任何帮助。"即使我们告诉他，我们徒步穿越过2414公里的死亡谷和美国其他沙漠，还徒步6437公里穿越过撒哈拉沙漠，他的头仍然摇得跟拨浪鼓似的。"戈壁全然不同。水源一直是个问题，而且那里也没有村庄，沙漠水井可能枯竭了，而地图上不会标记出来。我的回答是不行，太危险了。"我们没有灰心丧气，而是回去制定了一个更有说服力的方法。

第二天，我们带着新策略又去进行尝试。我们解释说，我们计划为冒险课堂制作关于蒙古的教育节目，而沙漠旅行是一个重要组成部分。我们打算先在蒙古北部和中部地区旅行几个月，徒步6437公里，走遍草原、山脉和湖泊，然后第二年再回来穿越戈壁。我们特别强调了徒步沙漠全程进行完整的蒙古影片创作的必要性。

新策略似乎奏效，官员的态度发生了一些变化。他不停地调整无框眼镜，直视着我们。停顿良久，他的声音再次响起，试图让我们理解他的担忧，他说："可能吧。但是你们在这既无人烟，又无水源的地方走上几天或者几周后又会怎样做？遇到沙尘暴怎么办？"我们描述了通过飞机补给物资的计划，他的态度开始变得温和起来。他站起身仔细研究我们的地图和航行图，然后拿起指南针和全球定位系统装置进行检查。

我们提醒说到时候会带两只骆驼运载水、食物和装备，然而一提到骆驼，他又再次阻挠，"控制骆驼需要经验，美国可没有骆驼。"

"我们在撒哈拉沙漠使用过骆驼，在那里学会了控制。"我反驳道。

他靠在旧椅背上，身体一动，椅子便嘎吱作响。他用手枕着后脑勺，若有所思地盯着破裂的天花板。在这沉寂之中，我的心不由得紧张起来。

终于，他倾身靠在桌前，伸出一根指头强调说："两年前，两名外国人进入沙漠，想从北向南穿越戈壁，比你们的路线短得多，几个月后他们被发现时已经渴死了。由西向东太远了，我只能给你们从北向南的许可证。"

"不，"比尔回答道，"我们必须从西到东穿越整个戈壁沙漠，或者如果你愿意，也可以从东到西。"

官员叹了口气靠回椅背，似乎再也无力反驳。又是一阵紧张的沉默，最后他说了一句让我们非常惊讶的话，"坐俄罗斯吉普车去，你们会成功的。"接着，他想起曾经有一群人试图穿越戈壁，但途中因车辆出了故障，他们耗尽饮水，被游牧民发现时已经奄奄一息。

官员不厌其烦，喋喋不休的反驳令人窒息，比尔提醒他，我们全程徒步，所以不必担心引擎故障。"好主意。"我们的官员说道。他无奈地耸耸肩，提笔写了几行字作为批准函，后面附上潇洒的签名，然后带我们到了走廊，最后一次给予警告。

"切记：戈壁会死人的。"

探险

我激动得不可言喻，终于可以在明年63岁的时候，实现五十年来的梦想了。许可证的成功申请让人振奋，接着我们动身去蒙古中北部进行探险，开始冒险课堂计划的第一部分。两个月时间里，我们驾驶着租来的俄罗斯吉普车跨越6437公里，穿过连绵起伏的绿色草原，翻过白雪皑皑的山峰，环游宁静美丽的湖泊，湖边是绿色的落叶松林，布谷鸟在林间唱着美妙的歌，真是让人赏心悦目。

沿着这条道路，我渐渐喜欢上了这个国家，爱上了热情欢乐的人民。蒙古人邀请我们走进帐篷，分享他们的美食和故事。比尔会讲基本的问候语，给我充当翻译。在常用语手册和外语磁带的辅助下，在大量练习中，经过努力学习蒙古语与土耳其语和其他几种中亚语言差别甚大的生僻发音后，我的蒙古语水平也日益提高。最终，在旅行经过蒙古戈壁沙漠以外的大部分地区时，我们积累下厚厚两本注释日记、两千张幻灯片，还有长达几个小时的视频。

我们完成蒙古中北部的探险回到乌兰巴托后，楚伦带我们乘飞机穿过483公里的戈壁沙漠中部，让我们了解沙漠的荒凉与广阔。飞机在干燥的平原上安全着陆后，我们立即进入44℃的闷热气温中。这片土地四面八方都荒无人烟，没有动物，也没有水源。我抓起一把泥土、碎石和沙粒，看着它们从指尖滑落，想象着我们将会经历的困境。我们来到一座低矮的圆形山丘，由东到西望过去，贫瘠的沙漠延伸至虚无缥缈的地平线。除了致命的高温，戈壁沙滩呈现出一种原始而孤独的美丽。

我们对前方等待我们的未知事物充满好奇，希望剩下十个月的训练足以应付这段旅程。

灾祸

我们满怀希望地回到美国家中的山地农场，继续锻炼，同时进一步调整穿越戈壁沙漠的远征计划。

然而，仅仅两个月后，灾祸突然降临。有一天，我们在西雅图北部一座桥上遇上交通拥堵时，与一辆快速行驶的货车追尾了。货车的冲击力推动着我们的车辆前移，我的左脚猛得从系带跑鞋中扭脱出来，一阵从未有过的刺痛穿过我的背脊、左臀和大腿，安全带让我躲过被抛出挡风玻璃的危险。片刻工夫，冲击产生的震动席卷而来，就在这时我突然意识到，不，我不能受伤，绝对不能！

比尔紧紧抱住肩膀，听到我撕心裂肺的叫喊声后，焦急地问我是否还好。"我受伤了，不过我想还能走动。"我回答道。

在运动和探险生涯中，哪怕是一次极小的挫折我都没有遭受过。但是现在，当我试着迈步时，弯曲的左腿几乎不能支撑我的身体。警察把车停在路边，问我是否需要救护车，我告诉他不需要。因为第二天早上，我要出发去加拿大落基山脉的班夫国家公园（Banff National Park），带领一群《国家地理》杂志的客户进行长达一周的冰川徒步活动。如果医生坚持要我在医院过夜，我就会错过早上七点的飞机。我不能让伤痛破坏我的向导任务，更不用说未来的远征计划。

第二天早晨，我们按时出发，经过一段艰难旅程后到达班夫国家公园。整个晚上，我们一直把冰袋敷在身体的受伤部位，进行按摩，这让疼痛减轻到勉强可以忍受的程度。多亏有比尔，他一直忍受着肩部韧带撕裂的疼痛帮助我，当直升机带着我们这队人马飞过一座又一座山峰时，我才能够顺利开展向导工作。但是，在山上度过的那一周真像是一场噩梦。

回到家后，我进行了一系列X光和扫描检查。检查结果令人绝望，车辆撞击过程中，尽管有安全带保护，我仍然被抛到前面，造

019

成身体严重扭曲，伤及腰椎，撕裂了骶髂关节两边的韧带。脊椎中受到撞击的神经系统使疼痛辐射到臀部，一直向下延伸到左腿。连接左臀的韧带严重拉伤，使关节软骨伤情不容可观。我的右臀也受到中度撞伤，右脚跟腱断裂，左面大腿前侧的股四头肌撕裂，左膝和臀部也受到重度骨骼擦伤。在身体内部，左侧腰肌和旁边的脊椎也有破损。

医生告诉我，由于身体伤势严重，尤其是腰部和臀部关节的不稳定性，可能将来不能再进行徒步探险活动。我几近崩溃：我不能想象生活里没有极限运动会是什么样。于是，治疗成为另一项挑战，我下定决心，这跟十二年前我独自旅行到北极看北极熊没什么两样，我会重新变得行动自如。

我找到医疗专家，开始漫长而痛苦的康复之路。然而，八个月后，距离我们探险只有一个月的时候，我被迫承认现实。虽然身体有所康复，但仍然举步维艰，每走一步，屁股和左腿都会剧烈疼痛。

我自问可以忍着剧痛徒步2575公里吗？我们应该放弃徒步穿越沙漠的梦想，或是等我完全康复后，另外找时间再去呢？最初，后者似乎是肯定的答案，但是蒙古向外国人关闭了七十年，难得才开放边境。我们也是据理力争才获得徒步戈壁的批准函，不会再有另外一次机会了，尤其是不稳定的政局可能使蒙古边境再次关闭。

放弃五十年的梦想和五年的准备计划对我来说实在难以忍受。还有冒险课堂，这个项目已经成为比尔和我生命的重要组成部分，迫切需要我们在探险中收集信息。戈壁探险会给学生们提供大量古文化知识。我觉得，如果自己尽最大努力仍然功败垂成，但至少已经尽力。如果试都不试，就永远也不会知道自己能不能做到。我不想半途而废，更不想抱憾终身。

于是比尔和我一致决定：按照原定计划动身去蒙古。

CHAPTER 1　**戈壁**

CHAPTER 1 戈壁

2001年，农历白蛇年，我们回到蒙古开始探险之旅。

在戈壁沙漠，时间选择很重要。我们想避开冬季的严寒天气和寒冷的西伯利亚季风，但是也知道冬去春来之际是一年中最危险的时节：暖空气与减弱的冬季寒流冲撞，天气会变得极端而危险。融雪之后，突如其来的暴风雪会将融化的雪水变成坚硬如石的冰块，就连动物也不能打破冰块寻找食物。这种现象称为雪灾，常常会冻死这个季节刚出生的动物。而后，随着春天的来临，沙尘暴伴着怒吼的狂风，吹得天地一片昏暗。

我们选择在五月底出发，希望能够避开大部分难以预料的春季天气状况。不过这个时间旅行会让我们遭受最严酷的夏季高温，所以我们计划在八月中旬完成旅行，这样就可以躲过夏季最后几周的高温天气。沿着边境旅行会有遭遇夜间武装走私犯的危险，于是我们计划在白天行路。即便如此，我们希望走私犯会避开边防哨所，这样我们就能在晚上经过那些地区，在减弱的高温中获得片刻轻松。我们从西雅图飞行12小时到达韩国首都首尔，然后又飞了两小时到乌兰巴托，抵达时已经疲惫不堪，不过得感谢身后繁忙喧嚣的国际机场。我们将三个月的远征装备和食物补给卸载到主要枢纽中心，数量之多，大大超过普通游客两个手提箱的物品，这堆凌乱的物品吸引了人们好奇的目光。我们的助手楚伦第二天才会到达乌兰巴托，于是雇了两个十岁孩子帮忙照看行李，然后去找两辆大出租车把装备从机场运到楚伦的公寓。

　　两个孩子因物资看守费跟我们讨价还价，最后以看管半小时每人十美元的价格成交。如果回来看到一切完好无损，我们还会给小费。他们刚开始狮子大开口要五百美元，十美元还算能接受。看着一个男孩坐在堆放的物品上，另一个男孩很有男子汉气概地站在一旁，比尔和我便放心离开去找车子了。

　　我们在外面找到两个司机巴特尔（Baatar）和清（Ching），他们满心欢喜地将我们的物品一件件拖出机场。另外几个人也过来帮忙，我怀疑他们多半出于好奇，想知道外国人为什么会有这么多行李。很快，行李都塞进了两辆车里。

　　比尔和我坐在巴特尔旁边的破旧前座上，将行李袋放在膝盖上，坐着货车呼啸而去，这辆车很久以前消音器就掉了，因此开车时的声音很响。清紧随其后，巴特尔聚精会神地看着前方全速驾驶，我们绕过60厘米深的坑洞，颠簸得够呛。车子偶尔撞到坑洞，我们就会连人带车飞出一米远，然后落到地上。一路的颠簸，让我们的头部经常撞到装有饰垫的车顶棚。有一次我的头撞得劈啪响后，便胆怯地建议开慢点，但巴特尔是个狂人，疾速行驶是他运输工作的一部分。半小时后，车子尖叫着停在了我们的目的地。

　　大厦保安员是个女人，长年累月的艰苦工作使她的身体变得佝偻，她满腹狐疑地看着我们。我们打开包裹，又摇晃了一两件行李之后，她终于允许我们通过。巴特尔和清帮我们把行李搬上狭窄阴暗而又一尘不染的水泥楼梯，放进了楚伦的公寓。

　　对司机来说，我们那简洁的单炉头火炉最是有趣。他们怀疑我们能不能用炉子做好一顿饭。巴特尔听说我们徒步穿越沙漠的计划，立即说要提供马匹给我们骑，那些马是他堂兄的，他堂兄生活在离城市不远的绿色草原。两个司机都认为我们的计划很疯狂，骑马也比步行安全，他们都是地道的蒙古人，还不会走路时就会骑马了，我们理解他们的心意，但仍然坚持我们的徒步计划。他们指出前往"城里最佳市场"的方向，然后写下名字和电话号码，需要帮助时可以打给他们。

下午三点左右，我们寻路走过几条坑坑洼洼的街道，街上到处是盖子丢失的下水道检修孔。我们小心翼翼地走到市场，临时棚户和摆满生活必需品的小摊之间的通道上早已经挤满了购物者。飞满苍蝇的肉挂在柱头橡子上出售。其他货摊上高高堆放着一袋袋面粉、糖和盐。蒙古人喜爱亮丽的色彩，大声叫卖的商贩热情地把红橙相间的毛织物往我们手里塞，而一旁的商户则不停向我们兜售土豆和胡萝卜。在拥挤的人群中，我们步履维艰，完全看不见脚下，结果踩进了泥泞通道上的一个个坑里。我们并肩而行，从一个货摊走到另一个货摊，我们异于当地人的长相吸引来不少好奇的目光。不一会儿，我们的购物袋里装满了水果、蔬菜，还有一块60厘米长的加工肉。

一小时后，我们走到相对安静的街道，不料被两个喝着伏特加的醉鬼搭讪，他们摇摇晃晃在市场外闲逛。一个人凑近比尔，拦住他伸手要钱。另一个人穿着沾满油脂的牛仔裤，蓝色衬衫，戴着橙色棒球帽，跌跌撞撞朝我们走来，他举着半瓶酒让我们喝一杯。我们马上招呼一辆经过的出租车，把购物袋扔上车逃回公寓。此时，戈壁的孤寂似乎比以往更具吸引力。

当天余下的时间，我们把物资分成四堆，分别在徒步旅行的四个阶段使用。我们会带着第一堆物资出发，然后每隔20天，会让楚伦运送其余三堆。急救药箱里装着各式各样的沙漠旅行必需品。为了防止双脚起水疱，我们还带了几卷魔术贴布。其他必需品包括绑带、抗菌剂药膏、碘酒，治疗炉火烧伤的烧伤膏，防止扭伤和骨

025

折的两块夹板，还有一些较宽的弹性绷带。我们还带了足够的遮光剂、对抗干燥空气的晚霜、防止嘴唇皲裂的润唇膏，以及大量镇痛药，大部分是用来帮助我抵抗臀部和腿部伤痛的。

和往常一样，由于边远地区的卫生问题，以及需要进食不熟悉的食物，我们旅行时都带着治疗胃病的药品。此外，离家前的几个月，我们接种了各种疫苗，还购买了国际医疗保险，发生严重灾难时，可以保证我们撤离到俄罗斯或中国的主治医院治疗——这在蒙古是必需的，那里即使可以接受医院治疗，但医疗设备和治疗方法也相当落后。我们参加过急救医务人员培训，如果需要帮助别人，我们也有额外的急救物资。为了避免在沙漠中留下垃圾，我们还带了黑色塑料袋存放日常垃圾，等楚伦送达补给物资时再让他带出去。

打包完毕后，我们在38升塑料容器中装满水，一遍遍检查以防漏水。接着装上两袋23公斤的碎玉米和一袋13公斤的香草饼干分别作为骆驼的食物和款待他人之用，最后再把用于三次补给物资的水容器里装满水。

有好几次，在我们正挑选装备时，坐在门口阻拦非住客进入大厦的女保安突然走进来查看进展。蒙古人的习俗是进门不敲门，她的第一次出现让我们措手不及。只穿了内衣的比尔赶忙跑进卧室躲起来，几分钟后才穿好衣服尴尬不已地走出来。女保安似乎没有注意到他没穿外衣，继续好奇地查看各种物品，然后如同影子般悄无声息地离开，不料一个小时后又带着另一个女人回来。现在两个人继续检查我们的装备。她们说说笑笑，不停地唠叨，完成检查后，又安静地坐在沙发上看着我们。

为了打破沉默，我给她们倒了杯美国风味茶。她们礼貌地喝了一两口，放下杯子，再次悄无声息地离开。几分钟后，她们又折回来，这次带来了装有蒙古咸茶的热水瓶。她们为我们倒上茶，然后坐下来笑容满面地看着我们喝"真正"的茶。我和比尔每人喝了三杯，便摇摇头说喝不下了，然后她们乐呵呵地离开，显然很满意给我们上的这堂珍贵的饮茶课。后来，一个年轻女孩静悄悄地出现在了公寓里，站在一旁，吓得我够呛。她笑盈盈，满怀期待地卖给我们十个煮熟的鸡蛋。我付了一美元买下所有鸡蛋，她便开心地离开了。

我很快发现自己犯了错误，她把鸡蛋轻松兜售给我们这些不知情的外国人，这使得她变本加厉，叫上所有卖鸡蛋的朋友上门推销。她们说说笑笑上了楼，我们才意识到因为无知，已经变成推销的活靶子。比尔赶紧跳起来锁门。要是她们推销成功，卖的鸡蛋够我们建一个鸡窝了。但是这些女孩都是意志坚定的女销售员，不会因为吃了闭门羹而气馁。接下来的一个小时，她们不停地敲门、踢门，闹到最后才放弃。我们也学到了教训，应该一次购买两个鸡蛋，还得砍掉一半的价格。

当天晚上，我们把第一阶段物资装进老式卡车的密封箱里，这是楚伦留给我们的车了，就停在公寓大厦外的街道上。但是生锈的车锁在车上挂了很久，早已失去功能，根本锁不上。我们不愿意冒险让小偷偷走我们珍贵的物资，于是决定把车开到机场，然后睡在卡车上，等待楚伦第二天早上到来。破旧的卡车虽然拖拖拉拉一路熄火，最终还是喷着烟气跑到了飞机库。

狭窄的驾驶室里完全不能睡觉，不仅要扭曲着身体，还得闻燃烧的汽油味。我们盼望白天快点来临，当看到太阳在附近的低山后冉冉升起时，我们不由得欢呼雀跃。我们看着楚伦驾着单引擎飞机呼啸而来，顿时倍感轻松。楚伦身高约1.82米，他看见我们，脸上立即扬起蒙古人特有的笑容迎上前来，但是当他看到我们那堆散乱的装备、食物和水时，眉头一下子皱紧了。他慢慢绕过堆放的物品，疑惑不解地摇着头。

"这堆东西太多了。"

我们向他保证，已经称量过所有物品，可以确保全部装上飞机，而且能够安全起飞。

"好吧，那试试看。"他说道。

我们把物品交给楚伦，由他装进机舱以保持飞机平衡。一小时后，他惊讶地发现所有东西刚好勉强装进去。这时，楚伦的朋友正巧过来，满脸疑惑地看着我们的装备。他原以为我们骑马，不会需要这么多东西，然后他坚持让我们喝上一碗咸茶再出发。蒙古人的热水瓶似乎无处不在，蒙古人走到哪里似乎都带着热水瓶。他从热水瓶里倒出咸茶，我们每人喝了两碗后爬上飞机，挤进硬邦邦的金属座位，扣紧安全带。

比尔的飞机驾驶经历使他考虑问题较为谨慎，他提出："如果发生紧急情况，想下飞机可就麻烦了。"

我想说服他，于是说道："有了这些装备，飞机迫降时我们至少还有东西垫底。"

楚伦放松瘦长的身体挤进座位，然后发动引擎。简短的预热后，飞机滑行到跑道尽头。楚伦引入风力，加速引擎。负载沉重的飞机颤动着冲出跑道，吃力地飞向空中。此时正值早晨，晴空万里，微风阵阵。

乌兰巴托破烂的混凝土大楼、坑坑洼洼的街道，还有拥挤的市场渐渐消失在我们身后，楚伦设置西南航线，把我们带到靠近中国边境的沙漠最西边。

　　机翼下方，高尔夫球场地毯般的大草地宛如波浪起伏，白色的圆形帆布蒙古包点缀其间。绿色植被逐渐变成棕褐色，不久以后我们便飞到了著名的戈壁沙漠，一眼望过去无边无际。楚伦降低飞机，沿着我们1/3的计划路线，穿过干燥荒僻的岩石地貌，那里看上去比撒哈拉沙漠更加令人生畏。

　　此时此刻，由计划和希望构建的夏季徒步穿越戈壁之梦将得以实现。现在可怕的浩瀚沙漠开始深深印入我们脑海。我们再也看不到蒙古包，也看不到任何牧民或畜群的踪迹。现在正值暮春，水井和池塘很快会枯竭。接下来的两个月，我们会穿过连绵的山脉和广袤的平原，进入许多夏季无人敢进入的地区。

　　我们踏入灼热的地貌，计划徒步的区域赫然展现在面前。由于大腿和臀部受伤，我不能骑骆驼，甚至发生紧急情况也不能骑。我对自己期望过高吗？我们能够用最原始的交通工具穿越整片沙漠吗？这是我十三岁就开始抱有的浪漫却不切实际的想法吗？我们不应该再继续了吗？

　　又或者，这是源于渴望挑战自我的想法，和在我之前全世界探险家的想法如出一辙。在巨额资金支持和大力宣传探险的世界里，没有随行车辆辅助，也不能骑骆驼或是马的徒步旅行看似不可能。但是比尔和我却觉得"回归本原"的冒险方式更具吸引力。我们在充斥着便捷旅行方式的世界里，享受着艰苦跋涉的单纯与快乐。

　　空旷的大地出现在机翼下方，我们的一切疑虑也烟消云散，挑战沙漠的激动之情溢于言表。这种感觉我曾经经历过多次，每次冒险进入未知领地之初都会有这样的感受。这一次由于身体损伤确实不同往日，但是仍然有同样的兴奋之情。我答应过自己，尽管前路充满重重困难，我们也有信心成功。我们的详细计划，连同撒哈拉沙漠和美国沙漠的漫长徒步旅行经历，使我们在精神上已经准备好适应即将面临的高温、孤独，还有让人精疲力竭的里程数。

我拍拍比尔的肩膀，往下指了指，在引擎的轰鸣声中大声喊道："你觉得如何？"

"道阻且长，但是我们能够成功走完。"他意气风发地竖起大拇指大声回答。

两小时后，我们抵达中蒙边境。飞机的全球定位系统（GPS）依据卫星读出位置是东经90°41′。两只骆驼和挥动双手的主人在地面等着我们。楚伦飞了一圈，在作为风向仪点燃的火堆升起的烟雾指引下，寻找平稳的着陆点。

这里仅存的植物忍受着持续上升的高温，散发出春天的丝丝绿意，使沙漠变得柔和。飞机只轻微颠簸了一下，便稳稳降落到地面，在飞沙走石间滑行到平稳停靠点。红白相间的飞机降落在骆驼旁边，它们吓得惊慌失措，拉紧拴绳，弓起后背，直到引擎关闭后才平静下来。我们放松身体，离开狭窄的座位，伸了伸疲累的双腿，然后把飞机里的装备递给外面的楚伦和这对骆驼的主人，他们把所有东西堆成一大摞。

楚伦把他的兄弟巴特巴塔（Batbaatar，意为"强大的英雄"）和弟媳萨仁其其格（Sarantsetseg，意为"月亮花"）介绍给我们。他们的小女儿萨仁图娅（Sarantuya，意为"月光"）也跟来了，他们都叫她萨仁，她站在母亲身后害羞地偷看着我们。萨仁其其格穿着深蓝色的蒙古袍，这是蒙古的传统连身服装，男女款式基本一致，衣服从脖子长及脚踝。寒冬时节，喇叭形的袖口还可以放下来盖住双手，抵御严寒。萨仁其其格的蒙古袍腰部系着宽大的黄色缎带，颈部立领上装饰着金色刺绣。

　　巴特巴塔穿着朴素的黑裤、黑衫，身材高大、体格健壮，约莫二十来岁，名如其人。萨仁其其格身材苗条优雅，长着一双温柔的黑眼睛，表情却很严肃。萨仁图娅虽然怕生，却也是个活泼独立的孩子，刚满四岁，她告诉楚伦："我有一天也要成为你这样的飞行员。"

　　巴特巴塔面带笑容地为我们介绍两头运送装备的骆驼。他稍稍敛住笑容，问道："你们会好好照顾骆驼，对吗？会让它们安全回家吧？这是一条漫长的路程啊，充满了危险。"

　　"你尽管放心。"我立即向他保证。

　　比尔拿出一大袋饼干，这是款待和奖励骆驼用的，"骆驼饼干。"比尔说。

　　巴特巴塔难以置信地查看袋子，说："你一定在开玩笑，从来没听说还有给骆驼吃饼干的。"

　　两只六岁大的阉割骆驼，膘肥体壮，体形比一般骆驼大，是我们迄今为止在蒙古见过的最好的骆驼，从楚伦家我们每头仅花了200美元便租到了手。骆驼冬季长出的驼绒已被剪掉，这有助于它们在夏季酷热中行走。当我们抚摸着骆驼光滑的灰色身躯时，它们便安静地注视着我们，没有厚厚褐色绒毛的骆驼酷似史前生物一样。戈壁沙漠的双峰驼是众多骆驼品种中的一种，此外，还有更加普通的撒哈拉单峰驼。双峰驼几千年前就被游牧民族驯养，与戈壁沙漠的野生骆驼有着千丝万缕的关系。骆驼的驼峰由纤维组织和脂肪组成，是它们饥饿时的储备库，不仅产生能量，还会产生作为新陈代谢副产物的水分。

　　极端条件下，骆驼不喝水能存活十天，不进食能活三十五天，这得益于它们在干旱地区的生存能力。有饮用水的时候，它们会一次喝下差不多95~114升。这时骆驼的驼峰挺得又高又硬，表明身体健康。食物和饮水缺乏时，驼峰变得柔软，像空麻袋似的耷拉在一旁。

这些强壮的骆驼耸立在我们面前，每头体重约771公斤，站立时加上驼峰有2.1米高。为了遮挡风沙，骆驼的眼睫毛很长，耳朵里也长满柔毛，狭窄的鼻孔也特别适合抵御沙尘暴。它们的脚蹄好像雪地鞋，平滑的脚掌和前面两只如同爪子般的脚趾能够防止它们陷入细沙。

骆驼不是世界上最可爱的动物。它们常常高昂着头，摆出一副傲慢的神情。骆驼的口臭也让人难以忍受。比尔在撒哈拉沙漠时曾经声称："骆驼的呼吸会使60米以外最美丽的玫瑰枯萎。"骆驼成熟后，牙齿变成棕黄色，发出的咕哝和吼叫声震耳欲聋。骆驼的消化道异常强大，甚至可以处理其他任何动物都不能消化的干柴。

骆驼年幼时，主人会在它们鼻子的主要软骨中插入一根15厘米长的尖木栓，因为那是骆驼最不可能扯掉木栓的地方。这乍听起来似乎很残忍，后来我们才逐渐了解到骆驼是身强力壮的动物，有时顽劣难驯。野性难驯的动物乱发脾气时，鼻栓和缰绳是重新控制它们的唯一方式。如果使用得当，鼻栓似乎也不会令它们产生不适感。

撒哈拉沙漠的单峰骆驼经常受到严苛待遇，有时会变得顽固叛逆。骆驼的性格和智力，使人难以驯服。但是我们这两只双峰骆驼从小得到良好照顾，已经变成聪明勤劳的工人，它们长大后对人类产生信任，是牧民的顽皮伙伴，时刻等待主人喂食。

尽管如此，这两只骆驼仍然保留着一定程度的傲慢与固执——仿佛是上帝将它们放在这片土地上统治别人——整个旅途都是如此。

巴特巴塔教我们装载骆驼。首先，他拉动缰绳让骆驼发出嘶嘶声，这好像是骆驼看管人命令骆驼跪下的通用语，骆驼的膝盖上长满厚厚的老茧，可以保护它们的关节。巴特巴塔在两个驼峰之间放上手工编织的红色衬垫，然后把行李袋和水容器装载上去，这时两只骆驼嘟嘟嚷嚷，继而张开嘴巴，露出黄色的牙齿，开始大声吼叫，地面仿佛都要震动起来。比尔和我迅速交换眼色。我想，*我们的耳膜可承受不了它们每天这样吼叫。*

巴特巴塔对我们的反应讪笑不已，在可怕的噪音中大声说道："不用担心，它们只是装样子。"他说得对，两只骆驼好像约好似的，刚装载完毕，吵闹声便戛然而止。

到了我们该离开的时候，萨仁其其格拿出一个热水瓶，上面画着红黄两色的花朵，里面装着咸茶。我们每人喝下一大碗，然后这家人准备行驶160公里回家。巴特巴塔取出一段长长的软管，从卡车后面的油桶中把燃料抽入汽油箱。他们离开沙漠，需要穿过波浪起伏的大草原，这片地区没有公路，他们必须依赖沿途村庄的汽油供应，但是不一定每个村子都有汽油。谁知道车子行驶在乌兰巴托延伸而来的土路上会不会出故障？

卡车加油时，我想起去年两个月的蒙古吉普车之行，当时我们在一个小村庄花了一整天时间来找汽油。有人告诉我们，一个月内都不会有人来送汽油，但是有人贮藏了汽油出售。我们沿着指向不清的方向，终于在小镇边上找到他的蒙古包，蒙古包周围围着一圈1.5米高的木栅栏，我们走上前去，一位寡言少语的男人阴沉着脸接待了我们，问是不是要加油。

"是的，如果你有汽油的话，我们要19升。"我一边说着，一边把金属油桶递给他，然后看着他从蒙古包里的蓝色大金属桶中把汽油一杯杯装进桶里。尽管他收取了双倍市场价，不过能够买到汽油已经让我们松了一口气，也就不在乎价格有多贵了。

加油是在蒙古旅行经常会碰到的问题。我们一到镇上，就打听加油站的方向，通常会被带到一间水泥小屋，里面锁着油气罐，然后我们就到处找负责加油的人，找遍整个小镇，最后发现他在蒙古包里喝茶，或是在市场和朋友聊天。他会说："我很快就到。"大约一小时后，他才骑着摩托车姗姗来迟，最后才手动加上我们需要的油。在蒙古，没有人着急，耐心是生活的基本需要。

巴特巴塔的卡车劈啪响了几声，随即发出嘈杂的轰隆声，车子发动起来，他们也开心地和我们道别，然后驾车穿过茫茫的尘土。蒙古人凭借天赋而不是地图上路。早先我们问起蒙古人不用地图的问题，巴特巴塔露出困惑的表情，停了半晌说道："地图通常不会显示正确的方向。"我很庆幸没给他看我们的地图，不然他会怎样看待我们的地形图、空气图和卫星沙漠图像，以及两个口袋大小的卫星定位系统装置和三个指南针呢？他们可能会把我们看成倒霉的菜鸟。

卡车消失后，楚伦再次察看我们的路线和三次补给计划。他会每隔20天飞到我们预先确定的见面地点。如果我们不在那里，他会沿着地图上标注的线路返回，直到发现我们为止。如果我们提前到达，就在那里等他。这是个简单明了的计划。

楚伦用带来的储油罐给飞机加满燃料，再给了我俩最后一次拥抱，热心祝福我们"好运！"，然后爬上飞机发动引擎，全速穿过尘土飞扬的地面起飞。他绕行一周，将机翼下沉向我们行告别礼，随后穿过北部山脉间狭长的通道飞离而去。我们看着唯一的生命线越变越小，继而消失不见。

我们孤独地身处辽阔的荒野，立即被深沉的寂静吞噬，连自己的声音听起来都声如洪钟，感觉异常孤独与脆弱，我们只得环顾四周，让眼睛适应这片辽远开阔之景。据统计，蒙古是世界上人口最稀少的国家之一，但是这句冷漠的评价对这一望无际的空旷地带并不公平，在这里看见一只小壁虎都成了一件引人注目的事。

现在，这里只有比尔和我、骆驼，还有沙漠。

第一天 > 现在是上午十一点，太阳当空照，温度达到32.2℃，似乎提醒着我们随着夏季来临，温度将大幅升高。

旅途中，我们尽量穿得凉爽。衬衫和长裤可以帮助抵挡太阳光，隔离紫外线，所以我们大部分时间都放下衬衫长袖，保护皮肤。系带宽檐帽适合刮风天气穿戴，可以为我们提供一些遮挡。鞋底柔韧的轻量靴，加上鞋垫和防潮袜可以让我们在徒步穿越碎石平原时，避免脚部摩伤。太阳镜很重要，我们每人准备了三副。口罩和专用密封护目镜会保护我们躲避沙尘暴里的飞沙走石。羊毛夹克是我们唯一的保暖衣物，在凉爽的夜晚可以保持身体暖和。

035

我们检查了地图和跟踪装置，很高兴看到我们现在所处位置已经标注在了地图上，并且与飞机GPS上的位置相符，与我们的掌上装置显示的位置也一致。这里的地形与我们所绘图纸相配，除了画有黑色粗线表示计划线路外，图纸上是大片空白，按照等高线和卫星图像，这是翻山越岭，穿越戈壁地区的最合理线路。戈壁西南角，紧靠中国边境的科布多省（Khovd aimag）是我们的出发地。

我用两只登山杖支撑我受伤的左侧身体，但是在出发前，我必须学会如何一边牵骆驼，一边双手持杖。经过几番笨拙的尝试后，我一不小心戳到了脚，恰巧如愿找到正确的组合动作时，却又被绊倒在地，撞到骆驼汤姆，它受到惊吓，一脸茫然地看着我。我抱歉地拍拍它的肩膀，然后把缰绳稳稳地圈在手腕上。这种方法奏效了，我走路时可以晃动手臂，又可以同时牵住骆驼。

"前进，向上！"我们并肩而行，比尔兴奋地挥舞着登山杖热情呼喊，两只骆驼紧跟在后。我们迈着步伐，毫无顾忌地齐声高唱圣歌《基督精兵向前进》（*Onward Christian Soldiers*）。

我们走完最初的10公里，也就是地图上的1.3厘米，旅行的难度便超出了预期想象。我们开始唱歌后，便减少了谈话，因为我们需要独自思考，调整情绪应对前面的任务，去应对展现在眼前的孤独、风沙和酷热。我们望向天空，游牧民族已然放弃在这片地区寻找水源，这真令人担忧，我们现在正步入他们远离的人间炼狱。

时间过得真慢，两小时后，我们停下来吃花生黄油薄脆饼干，重新部署计划，并且相互提醒我们的二十天战略。这样一来，我们只需要考虑四段易于完成的旅程，而不是整整七十六天的冒险生涯。"毕竟，"比尔谎称说，"二十天一晃便过。"

不过，毫不夸张地说，我们自我安慰的方法似乎正在起作用。我们讨论起下一次补给和再次见到楚伦的情景，顿时心情好了起来，沙漠似乎不再空旷，路途也不再漫长。

我们向前迈进，渐渐适应了广阔无边的地平线，也很庆幸我们不用回复电子邮件，不用打电话，不用看报道世界冲突的电视，也不用读满是负面新闻的报纸。我们从时间表和喧嚣的现代西方生活中解脱出来，自由自在地享受着简单的生活，与周围的环境融为一体。

戈壁沙漠北边矗立着阿尔泰山怪石嶙峋的山峰，最高峰友谊峰（Mount Khuiten）海拔4374米，高耸入云。这些白雪覆盖的山峰是胆小濒危动物雪豹的栖息地。南面坐落着贫瘠的灰色山脉，将我们和中国分割开来。前面则是无边无际的绵延空间。

几十米高的孤峰从干旱平原上拔地而起，仿佛沙砾海洋中茕茕子立的金字塔；尘土满天的大地被炙烤得异常干燥，戈壁沙漠大部分由灰白色的细砾石组成；仅存一丝绿意的植物不过5厘米高，稀疏分布在孤独的环境里。

　　路上时不时跑过一只西域沙虎。沙虎似乎看不见我们，匆忙奔跑中甚至撞上我们的鞋尖。我们看见几具刚刚死去不久的骆驼和绵羊的骨骼，周围散落着几块毛皮，几十米外还有一具山羊老化后发黑的骨头。

　　"这景象真让人沮丧。"我说道。

　　坚忍的比尔耸耸肩，继续往前走。

　　我们现在所处的海拔已经超过1512米，旅途开始这几天，我们希望翻越2100米的山隘。高海拔和夏季高温使空气变得异常干燥，汗水一出来便立即挥发掉。到了晚上，当我们在空中快速挥舞双手时，手中的电子产品便会闪着幽幽的蓝光。

　　我们测量过土壤的地质年代，戈壁沙漠相对较新。强大的地貌形成过程和气候过程不断改变着地表。同样的作用力可以将地貌变成湿润的沼泽地，也可以创造干燥的沙漠。

　　造就戈壁沙漠的要素当中，包含内陆地区的极端偏远。海风穿过山脉和广袤无垠的土地到达戈壁时，水分早已从空气中蒸发掉，只留下万里无云的晴空和干热的风。干热风的速度常常超过每小时48公里，带来了世界上最凶恶的沙尘暴，并肆无忌惮地横扫这片沙漠。

　　低湿度中，阳光穿透大气层，将大地打造成干燥萎靡的地貌。白天聚集的热量在晚上消散，温度急剧下降30℃。沙尘暴雕琢而成的戈壁沙漠大部分都是石头，只有3%的地表上覆盖着沙子，我们应该对此感到庆幸，因为这更易于行走。不过稍后，沙子也会变成令人憎恨的敌人。

第一天下午的温度高达35℃，汤姆和杰瑞驮载着负荷，安静地跟着我们。由于没有树木遮阴，我们带了两把蓝白相间的大高尔夫伞，随着时间一周周过去，这将成为我们最有价值的装备之一。这时，起了一阵大风，吹得高尔夫伞直打转，吹翻的伞仿佛急欲逃离我们。

起初，骆驼不愿意举伞，摇晃着驼峰想躲开高尔夫伞，它们一个劲地往后退，试图离这个怪东西越远越好。我们向前拽，拽累了，只好把伞收好，再另外想办法。后来，为了让骆驼适应高尔夫伞，我们举起收拢的伞，不时打开一下。这招似乎很管用，汤姆和杰瑞不再后退，也不再躲避这些可怕的用具了。

我们保持匀速前进，第一天用来适应新环境、新路线，以及牵着骆驼前进。我们没有吃一顿像样的午餐，只是每隔一两个小时，就吃点花生黄油薄脆饼干、干果、曲奇饼，喝点巧克力冷饮，补充源源不断的能量。

日落西山时，我们靠近了南面的几座低山，那里有一条水沟延伸进青铜色的陡峭崖壁内。这个地方看上去值得探险。

"在那条水沟之上可能有水源。"比尔说道。虽然我们携带着大量物资，却一直留意着水井和泉眼，骆驼可以在那里喝水，这样就可以为我们节约宝贵的饮用水。我们在水沟入口处发现干涸的河床，那里生长着60厘米高的绿色梭梭和锯齿灌木丛，山腰处流下的春季融雪滋养着这些植物。梭梭是一种生长缓慢的多节灌木，有着木质分枝，牧民常常收集枝条用来烧炉子，而它最有价值的功能是拿来治疗淋巴腺鼠疫。

有时，生长在戈壁北边的旱獭身上会有跳蚤，这些跳蚤携带有传染啮齿动物的细菌，从而引发鼠疫。因为梭梭具有治疗鼠疫的药性，受到感染的旱獭出于生存本能，会跑进沙漠寻找细小的梭梭叶子和嫩枝运回巢穴。

蒙古人认为旱獭肉美味可口，彻底烹饪很容易杀死细菌，但是如果人们（比如好奇又毫无戒心的儿童）触摸了感染鼠疫的旱獭，旱獭身上的病菌就会传染给人类，从而引起鼠疫爆发。疫情发生时，蒙古卫生部门会隔离这一地区，直到进一步感染的危险全部排除为止。幸好，因鼠疫感染而死亡的人数很少。

我们拴好骆驼，让它们吃着梭梭的嫩枝，我们则走进水沟寻找水源。除了牧民挖的水井，戈壁沙漠中最可能找到天然泉眼的地方就是靠近悬崖的裂缝。很久以前，山脉拔地而起，地下水位时常也会跟着上升，形成的山泉会穿过断裂的岩缝流向地表。

深入水沟，虽然没有找到泉水，却发现证据，表明这个地方曾经是牧民的越冬区域。我们环顾四周，硬邦邦的土地上并排立着两个蒙古包；附近山坡上放着成堆的粪便，说明羊群曾在这里过冬；远处是一堆堆高尔夫球大小的骆驼粪便，骆驼通常远离其他牲畜生活；岩石裂缝中放着一堆屠宰过的动物的骨头，约有60厘米高。种种迹象表明，游牧家庭几周前才离开此处，但是一到冬天他们就会回来，利用水沟提供的天然庇护所躲避寒冷的暴风雪。对于我们而言，可以享受水沟的阴凉，免受烈日暴晒，不过很难想象这个地方冰雪覆盖的样子。

我们原路返回，开始在附近安营扎寨，骆驼仍然在梭梭丛里吃得津津有味。我们用足枷拴住骆驼以免它们走得太远，不过它们仍然可以通宵自由自在地吃附近能够找到的一切食物。足枷用于锁紧骆驼两只后腿，不过有时候我们也会把它们的一只前腿和一只后腿拴在一起，这样它们就更加走不远了。足枷不仅可以把骆驼拴在附近，方便第二天早上寻找，而且它们在帐篷附近时还可以保护我们免受狼群攻击。今天骆驼吃得又多又好，于是只喂给它们一小把玉米，剩下的玉米留着不能获取食物时再用。骆驼已经在巴特巴塔开来的卡车供水系统里喝饱了水，因此这两天都不需要喝水。

我们携带着双人帐篷是红色的，如果发生突发事件，很容易从空中看到。这种独立款式的帐篷用钉子牢牢固定在地上，可以抵挡预期的狂风和沙尘暴。我身高158厘米，比尔身高168厘米，因此帐篷里有足够的空间塞进装备，这会使我们第二天免受夜间潜行在装备里的蝎子和毒蛇的伤害。

我们扎好帐篷，在里面铺上轻量睡袋，然后用单炉丙烷灶做晚饭。在长达46年的时间里，我们一起徒步几千公里，早已调整好食物和装备包装系统。我们把所有东西装入编号尼龙袋，再根据物品清单用彩色袋子进行分类并贴上标签，然后把袋子装入彩色行李包。这次旅行中，食物背包里装着一周的食物，黑色行李袋里装着火炉和燃料。即便是在最恶劣的风暴中，这种包装系统分类也能使我们不用手忙脚乱地从一堆袋子里找出需要的东西。

我们的睡袋也有固定的存放地点：我的在右边，比尔的在左边。我们每人还有一个服装行李袋放在睡袋旁边。此外，我们日复一日用同样的方式在十分钟内搭建营地。直到一切就绪，我们才开始做晚饭。比尔不介意物品放得到处都是，但我坚持整洁有序地露营，于是他只好附和，免得被说成大马虎。

我们每天的饮食包含4000卡热量的食物，但是随着夏季气温持续上升，我们将会吃得更少，喝得更多。我们的第一顿晚饭是乌兰巴托购买的来历不明的包装汤料。喝完汤后，还吃了一大份奶油草本酱盖饭，加上几块蒙古常见的羊肉干。奶酪放几天就变得油乎乎的，于是我们这一晚吃了几大块奶酪，也不管白天高温下皮肤会分泌多少油脂。吃完饭后，我们还吃了果脯，都是苹果和葡萄干，然后吃了曲奇饼，喝了两杯热巧克力帮助消化肉类。这并非美味可口的晚餐，但是富含高热量。最初几个晚上，我们很喜欢吃从60厘米长的羊肉上割下来的肉块，吃起来像香肠一样。另外，我们还喜欢在有限的面包上涂抹神秘的蒙古果酱，蒙古果酱吃起来很硬，不知道这些水果从哪里来的。

我们在万里无云的星空下吃完第一顿戈壁晚餐，这里的星星比我们之前旅行中看到的更大更亮。原始的天空中，满天星斗在漆黑的夜幕中闪闪发亮，看起来如此之近，让人忍不住想伸手摘下一颗。一颗流星划过夜空，消失在地平线上。黄色的新月映入眼帘，我知道这弯新月同样照耀着故乡的亲人和朋友。突然之间，沙漠似乎变得不那么寂寥。

我在白天的艰苦跋涉中受到鼓舞，腿部和臀部虽然有点痛，但是感觉好得足以让我满怀信心展望未来。我坚信只要保持乐观，不因身体伤痛而忧心忡忡，就能够控制身体的不适。当然，我知道自己也可以依靠比尔，我努力康复，意图远征时，从来不乏他的支持。我们的真挚爱情、亲密友谊和相互尊重使我们在过去的探险中克服重重困难，一次又一次绝处逢生。

晚间时分，令人欣喜的寒冷如期而至，温度下降到6℃，比白天温度低了整整11度。我们裹上了温暖的羊毛夹克。

我们最后检查了一遍在附近安静吃草的骆驼，又看了一眼光芒四射的星空，然后爬进睡袋度过戈壁天空下的第一夜。我们躺在睡袋里谈论起当天的顺利进展，很快便迷迷糊糊地睡着了。午夜时分，一声孤独的狼嚎打破宁静。我们知道狼群经常攻击骆驼，于是立即清醒过来听外面的动静，两匹狼在远处叫啸，相互应和，声音此起彼伏，随后狼嚎逐渐消失，四周陷入一片沉寂。

041

CHAPTER 2 沙尘暴

CHAPTER 2　沙尘暴

第二天 > 早上五点，第一缕阳光爬上阿尔泰山。贫瘠的山坡散发出棕黑的光芒，我们的营地经过凉爽之夜后变得温暖起来。微风中弥漫着灰绿色贴地植物麦仙翁散发出的鼠尾草般的芬芳。壁虎爬进洞穴躲避即将到来的高温。

我们呼吸着广阔天空下，无边无际的旷野上升腾起的清新爽朗的气味。这里没有人类走过的痕迹，也没有外部世界的迹象。我们朝着遥远的目标进发，目标远得让人无法想象，在这里比尔和我只能依靠智慧，依靠自我生存。我感觉无拘无束，准备好迎接沿途的一切未知事物。

蒙古人用起骆驼来驾轻就熟，让我们误以为只需对它们大吼大叫，它们便会乖乖听话。然而，不消几天，我们就明白过来，自己对驾驭骆驼的技巧似乎太过自信。物品一旦移位或是掉出来，我们就必须经常停下来重新装载。几天时间里不断练习，我们才学会如何平稳放置水容器。稍有不妥之处，生气的骆驼就会拒绝多行一步，直到一切重新安排就绪。我们很快学会耐心将事情一步到位，这样就不用在后面进行长时间调整。

由于游牧民族不会给动物取名，我们决定用卡通角色汤姆和杰瑞来称呼我们的骆驼，虽然它们提供的服务可不是闹着玩的。这些身强体壮的动物每只可以搬运317公斤货物，还能走得和人一样快。它们独特的步伐可以毫不费力地走上几公里。每天一只骆驼驮着重达300公斤的塑料水容器，另一只骆驼则驮着放在帆布背包里的装备和食物，合计136公斤，另外还有15升紧急用水。两只骆驼轮流负重，轮流背负较轻的物资轻松一天。

尽管确定好楚伦每隔20天进行一次空中补给，我们还是随身携带着25天的食物和水以防万一。过去在其他沙漠探险中我们使用了一长队骆驼，但是这次只选择了两只，这意味着我们只需要照顾很少的动物，但也说明这次远征只带有简单物资和轻量设备等必需品，而且只能走路不能骑骆驼。

平坦的沙漠中，几座90米高的山丘拔地而起，我们绕过山丘，开始这一天的艰苦旅程。持续不断的大风将灰色的山峰切割成锯齿形状，仿佛哨兵一样守卫着广袤平原上令人惊讶的路径。荒凉的大地上覆盖着枯萎的浅绿色小草，仿佛春天铺就的地毯。

没过多久，我们走进险恶的沙漠深处，穿过西部边界进入大戈壁二区严格保护区（Gobi B Strictly Protected Area）里的野马保护区。大戈壁二区也称为忠格尔戈壁（Zuungarin Gobi），实际上是大戈壁严格保护区的一部分，保护区成立于1975年，1991年被联合国指定为国际生物圈保护区。大戈壁严格保护区里比戈壁二区更干燥的部分是戈壁一区（Gobi A），又称为南阿尔泰戈壁自然保护区（Southern Altai Gobi Nature Reserve），位于戈壁二区以东320公里处。两个保护区不仅大小不一，人类涉足程度也截然不同。戈壁二区尽管风沙肆虐，到处是石山和平原干旱区，但是仍然有几处取水点鼓励着牧民放牧。

几年前比尔和我参观过普氏野马的引进地。这些淡黄色的马匹身上拥有独特的黑色条纹，20世纪60年代在野外灭绝。普氏野马从剩余的13匹马中引种，在海外进行人工培育。1992年，第一批动物园出生的野马被运往蒙古戈壁二区，它们将在那里继续生存繁衍。

阵阵微风吹散空中缕缕白云，逐渐转变成每小时24公里风速的大风。浓密的乌云在地平线上翻滚。汤姆和杰瑞紧张地抬起头，发出低沉而不安的嘟哝声。我们注视着天气变化加紧前行，不断增强的大风吹起飞沙走石，让人寸步难行。

两小时后，一团乌云从西面席卷而来，大约有80公里宽，笼罩在中国边境的南部山脉上空。一道闪电划过，接着远处隆隆作响的惊雷止住了我们的脚步。

这就是楚伦警告我们的所谓"凶日"？他曾经谈及颠倒日夜的风暴，致命的狂风可以刮倒骆驼，撕裂帐篷。风暴通常在春季融雪时发生，因为气温的上升会引起寒冷的冬季温度急剧变化。2000年，曾有一场强劲的戈壁风暴横扫千万里，穿过中国和太平洋进入美国西部。

看着一团乌云迅速倾轧下来，几十米高的棕色尘土穹顶直入云霄，我们瞬间被震慑住了。比尔突然清醒过来，双手紧紧抓住杰瑞的缰绳，在震耳欲聋的狂风中大声喊叫："让骆驼跪下，用它们作掩护！"

这时骆驼已经背对着狂风跪了卜来。比尔赶忙抓紧拴骆驼的木桩，然后扔了一个给我。风暴快要移动到头顶，我们疯狂地将尖木桩钉入地面，用棒槌死命敲打，然后把缰绳固定到木桩上，随继令人窒息的尘土吞没了我们。

我们吃力地戴上护目镜和口罩，但是眼睛已经在沙尘的冲击下灌满了沙子。呼啸的狂风猛烈地撞击着我们，闪电划过大地，伴随着轰隆作响的雷声。

我们赶紧躲在驼峰后面，这时大雨随狂风劈头盖脸落下，打在人背上生疼。我将右手挤进汤姆拴紧的缰绳中，另一只手也紧紧抓牢，使出浑身解数避免被风刮走。比尔在杰瑞的保护下也紧紧抓住两条绳子。

"别松手！"他在轰响中喊道。

我想回答，但是尘沙堵塞住了喉咙，我的声音也随风而逝。

骆驼，像我们的救生锚一样坚如磐石，将脑袋贴近地面躲避万钧雷霆。它们应对这种天气的能力与生俱来，但是我们没有这种天然防护能力，因此它们的身体是我们的唯一庇护所。

锯齿状闪电划过天空，一些闪电近得我们都能闻到烧焦的空气混合着泥土的味道。闪电一出现我就把手移到固定我和汤姆的缰绳上。我害怕极了，担心我们会死在这里。时间一分一秒地过去，我疲惫的双手开始滑开绳子，但是每次一阵狂风袭来，我又伸出手来，生出新的力量握紧缰绳。

暴风骤雨中，除了求生，我别无他想，只愿比尔安然无恙。我和他不能在混乱中交流，只能试着一点点往前移过去看他，但是距离太远根本无法靠近。

暴雨、窒息的沙尘和肆虐的狂风，狂妄地吞噬掉一切。漫天的沙砾像砂纸一样刮擦着我们的身体。风暴移动到我们头顶，顿时一片天昏地暗。之后大雨逐渐停歇，只剩下狂野的沙尘暴让人透不过气来。

我们猜想这场风暴的风速超过每小时129公里，强劲的狂风差点将我吹走。我咬紧牙关努力抓紧缰绳，但还是被一阵强风刮到空中，然后重重摔在坚硬的地上。狂风也袭击了汤姆，但是它太重了，连风暴也挪动不了。

三小时后，大风终于停止，我们步履蹒跚，战栗不已。风沙仍然打着转，我们的每一次呼吸都像是一次挑战，不过天空渐渐变得澄明，白日重现。骆驼和负载上覆盖了厚厚一层沙，骆驼身体的向风面也堆着60厘米高的粗沙。

沙砾到处都是：脖子里，衣服上、靴子中，甚至连口袋里都是，护目镜和口罩虽然起了保护作用，但是我们的眼睛肿胀得几乎什么也看不见。比尔也被风吹倒在地，擦伤了手肘，飞沙走石还擦伤了我们的背部。

骆驼的情况就好得多：杰瑞毫发无损，汤姆顽强地躲避风沙时，被翻滚的岩石割破了一道5厘米的伤口。我们给它的伤口涂上抗菌剂，然后疲惫地搭建营地，抖落服装袋和睡袋上的沙粒。接着，我们整理照相设备。沙砾损坏了一部35mm的后备照相机，不过其他相机放在塑料袋里依然完好无损。

暴风雨过后，温度上升到35℃，让人变得萎靡不振。眼睛在强光下疼痛剧烈，我们渴望闭上又痛又肿的双眼，于是决定吃一顿冷餐，然后早点睡觉。

第三天 > 翌日清晨，我们伴着第一缕阳光起床，打算弥补夜间休息而没有行路的几个小时。过了一晚，我们的眼睛仍旧对光线敏感，但已经有所好转。早饭时，我们谈论起行进计划。上升的夏季高温令人担忧。我们的身体已经适应了32℃以上的高温，但是前面还有无数个殚精竭虑的日子。

由于身体伤痛，我的行走速度缓慢，比尔便用我的慢速度计算出我们每天应该力争15个小时走30公里，以保证能够按照预定时间在第20天获得第一次补给。山地会减缓我们的速度，不过希望可以快速走到连绵起伏的平地。第20天以后，我们必须减少每天行走的小时数和公里数，到那时温度会连续保持在43℃，我们只有减缓速度，才能在即将到来的高温中生存下来。

我们早上六点出发，沿着地图上画出的黑线前进。我们设置好指南针，遵照指针的指示方向，绕过模糊不清的山崖爬上1829米的山隘，山隘主要由碎石构成，每走一步石头就会簌簌往下掉。前两天我的屁股和大腿相安无事，今天早上却变得疼痛难忍。

我们在山顶歇了一会儿，之后便经过一座1.8米高的石头金字塔，金字塔上面摆放着供品，这就是蒙古所称的敖包。蒙古的敖包随处可见，尤其是在山隘和山顶。这座敖包上放着伏特加酒瓶、几块金属，挂着几条随风起舞的蓝色哈达（丝织品）。哈达表示至高无上的敬意，蓝色代表古代的天神腾格尔（Tengger）。人们相信他们热爱的腾格尔把风暴关了起来。

楚伦是个虔诚的宗教徒，要求我们敬畏神灵。我们在戈壁谨遵他的教诲，不仅出于对他的敬重，也是遵从蒙古人的风俗。我们从左边靠近敖包，顺时针绕行三次，然后在石堆上放几块石头。敖包起源于古代萨满教时期，据说可以召唤神灵保佑旅客安全，以作为人们敬奉供品的回报。历史悠久的萨满教似乎与蒙古的主要宗教——藏传佛教和平共处。许多蒙古人相信男萨满（称为"波"）和女萨满（称为"乌德干"）可以治疗灵魂迷失引起的疾病，另外，萨满也能保护牲畜免受恶鬼伤害。萨满教仪式大祭礼在农历新年的第三天举行，祭祀仪式意义非凡，尤其是对大草原和沙漠中的老人来说。

敖包是我们在这三天里看见的第一个人类涉足的痕迹。我在敖包上加了两块小石头，想起曾经经过这片古老的土地的几代旅行者。我捡起一片蓝色碎布，猜想着是谁把它放在了这里，也许是口渴的牧民祈祷水源不要离得太远，又或许是迁移动物的牧民家庭希望很快找到新鲜牧场。我跟着比尔穿越过山顶，感觉自己与生活在这片穷山恶水的灵魂产生了新的联系。

下山后，我们脚步稳健的骆驼顺利跨过岩石，比尔和我则在不扭伤脚的情况下尽量站稳。我们面前的任务看似简单：跟着指南针设定的路线往东走，76天之后到达目的地。指南针和其他助航设备都不能进行通信，不过千百年来，在沙漠环境的残酷现实面前，只有沙漠牧民找到了生存法则。

我在地图上写下坐标，然后眺望毫无足迹的沙漠全景在眼前绵延开来。32公里开外的地方仁立着两座贫瘠的金字塔形山丘。除此以外，周围的一切都没有5厘米高。这里没有人类出现的痕迹，什么也没有。苍茫的大地显得怪异可怕，死气沉沉，仿佛所有动物都在躲瘟疫一样。

我们继续前行，慢慢发现荒野质朴的美丽。棕色、褐色和黑色镶嵌在一起，融合成焦土上的抽象图案，万里晴空之下热浪舞动着。我明白过来，沙漠不仅仅只有危险与不适，还有粗犷的壮美和宁静的神秘。

我想，只有残酷环境本身为人所接受，才可能感受到它那诱人的魅力。接下来的几个星期，我经常想起沙漠的美丽。

我们小心翼翼地走下陡坡来到平地。在我们路线的偏南方向有一堆棕黄色的泥土，标记出一口6米深的水井。我顿时有点口渴。比尔把长驼绳系着的破木桶放入井底，打起两桶脏水。骆驼大声喝着桶里的水，然后朝我们摇晃起吧嗒响的嘴唇。

"真粗鲁！"比尔大声喊道。我们擦掉溅到脸上的脏水和绿色唾液，决定下次躲远一点。

当然，骆驼喷水总比吐口水强。它们生气时，会反刍食物，向冒犯者吐出臭烘烘的绿色黏液。我们在撒哈拉沙漠探险时，骆驼乔治一发怒就会向我们吐口水，仿佛在告诉我们谁才是老板。但是它和我们的另一只骆驼亨利运载物资走了6437公里，我们除了原谅它又能怎样呢？

我们正准备离开，突然发现有块硬地曾经驻扎过蒙古包。毫无疑问，冬天生活在西部平原的牧民最近才离开这里去寻找更多的食物和水源。比尔和我在沙漠中一直忍受着极度的孤独，我走过去触摸蒙古包留下的印迹，犹如见到里面的居民。

渐渐地骆驼习惯了我们用来遮阴的高尔夫伞，但是这天下午，我刚从汤姆负载行李上拿下伞，它突然跳起来挣脱掉我手里的缰绳。我扔下伞，冲过去抓缰绳，但是汤姆已经慌乱跑开了，我根本抓不住它，不小心倒在了崎岖不平的地上，这时腿上的疼痛猛然袭来。

比尔跑到我身边，这时汤姆正朝南走，运载的食物和装备斜到一边，把它晃得趔趔趄趄。它停下来回头看，似乎想回来，但又继续往前走。我们也往前走，假装不管它，希望它不会丢下杰瑞。果然，我们走了800米，汤姆就跑回杰瑞身边。我慢慢靠近，拿出一块香草饼干，试着不吓到它。汤姆吃着饼干，我便悄悄地捡起它的缰绳。

骆驼吃完六块饼干后，我们再次上路，汤姆和杰瑞心满意足地跟在后面。现在，惹祸的高尔夫伞自然被收起来放在看不见的地方。

后来，我们检测到东南部的沙尘运动和气流。我们眯着眼看见亮光闪现，模糊地认出是一群黑尾瞪羚，蒙古人称之为黑尾骏马（khar suult zeer）。它们跳跃着飞驰而过，扬起一片棕色的尘埃。难以想象它们以何为生，因为周围只有贫瘠的碎石和沙土。

不久以后，越来越多的瞪羚在道路上穿行，离我们如此之近，我们仔细打量它们修长的身体，骨瘦如柴的四肢仿佛飘浮在地上。几只瞪羚看了我们一阵，突然伸展身体扬长而去，很快模糊不见。它们飞奔而去，我们才明白为何连狼都很难抓住瞪羚，加速度和闪电般的速度是它们的护身符。

过去，这些体格健壮的动物和东方白尾瞪羚一道遭到大量捕杀，供养俄国军队。如今瞪羚受到保护，但是非法狩猎依然存在，甚至有中国人穿过偏远的南部边境，捕获瞪羚后神不知鬼不觉地撤退回去。

瞪羚非常适合在沙漠缺水气候中生存。一般说来，瞪羚不需要喝水，而是从植物中获取所需水分，它们喜欢在早上吃露水浸润的植物。为了保存水分，瞪羚的体温会在白天上升，而且不需要排汗。它们体内会循环利用尿液，排泄物几乎完全干燥。只有在怀孕后期和产犊后不久，雌性瞪羚才需要饮水，其他时期就只需要微量水分。和其他动物一样，瞪羚知道季节性泉水隐藏的位置，也许是在山脚的缝隙中。

楚伦曾经告诉我们，瞪羚是我们旅途中常会见到的大型动物。"如果它们以直角穿过道路，"他说，"你们接下来的旅途就会交好运。"确实有好几只瞪羚直角穿过道路，不过唯有时间会证明我们的运气。

后来我们看到另一群瞪羚，比尔突然低声说道："左边有狼。"

距离我们180米远的地方，一只大灰狼正跟在毫无戒备之心的瞪羚后面一路小跑。大灰狼看见我们时停了下来，像捕食者那样一动不动，紧紧盯着我们。然后转身朝瞪羚跑去，随即消失在沙漠雾霾之中。它可能抓不到瞪羚，不过晚些时候或许会捕获其他动物作晚餐。

蒙古许多地区生活着灰狼。只要可能，它们就会以瞪羚为食，但是瞪羚无疑比狼跑得快，因此灰狼更容易捕获小型啮齿动物，甚至珍稀的野生双峰骆驼。狼在蒙古民间传说中享有崇高的地位。蒙古人认为自己是"苍狼之子"，苍狼来自天上，取了白鹿为妻。蒙古的伟大领袖成吉思汗被认为是"苍狼"的后代。对蒙古人来说，狼尾很神圣，如果一月份看见狼，整年都会交好运。

我们在乌兰巴托碰见过一个人，他说自己和狩猎伙伴杀过狼，喝过狼血，吃过狼肝。他认为这种做法给他带来健康，当然也表现了猎人的粗犷。从以狼为食中我们可能会想到很多事情，但健康和勇气可不包括在内。

前面是低缓的平原，我们沿着矮山行走，逐渐靠近没有标记的戈壁二区保护区边界。把这片辽阔的土地划定为国家公园，在蒙古这样人口如此稀少的国家，尤其是在戈壁这样荒凉的地方，起初，这看似很荒谬。

但是随着我们对蒙古人的了解加深，才明白他们亲近自然、依赖自然，这确实是他们生存的主要部分，他们建立公园，努力保护着土地和濒危物种。蒙古人像沙漠的天气一样严酷，尤其是挣扎在生存边缘的牧民，但是他们却能与自然和谐相处。如果冬天的积雪太深，横扫西伯利亚的寒流温度过低，牧民的牲畜就会冻死，人也会冻死，然而他们却以自然的方式接纳自然。在其他事情上，旅行也让我们认识到戈壁牧民可以说是真正的生态学家。

第四一六天 > 接下来几天，我们都在穿越沙石混杂的坚硬地面。有一晚，我们在平原周围唯一的皱褶带——低矮的山脊上露营，两只蜥蜴跑进了我们的帐篷，我们没命地赶它们走，它们却嗖的一下爬到我们够不着的地方。

我走出帐篷，说自己不想和蜥蜴共处一室。"你不能在外面站一晚上呀，"比尔理智地说，"蝎子和蜘蛛会爬到你身上。"

深思熟虑后，我同意他的看法：我宁愿和蜥蜴待在一个帐篷里，也不愿碰到蝎子，更不消说沙漠蜘蛛了。沙漠蜘蛛有10厘米长，长着肥厚的灰色身躯和长长的腿，能够迸发出惊人的速度和远距离弹跳能力。

我妥协了，于是回到帐篷钻进睡袋，但是马上又跑了出去。我光着脚，感觉到睡袋底部有什么东西在蠕动。我把睡袋拖到外面，倒过来轻轻拍打，两只灰色的蜥蜴滚了出来，一溜烟钻进地洞里。比尔忍不住大笑起来。

虽然还在旅行初期，我们也差不多成了沙漠牧民，每天早上收拾好帐篷，走上一整天，然后晚上露营，随身携带家当财物，一路眺望着东边的线路。我们用指南针和地图寻路，每隔几个小时就用卫星定位系统检查所在位置。我们穿过干旱平原，那里没有任何植物。

长途跋涉中，我们发现自己的时间观念随着永无止境的里程消失殆尽，而且特别容易失去跟踪日期。1988年我独自旅行去北极，曾经制定出万无一失的方法来解决这个问题。每天出发前，我对着陪伴出行的狗狗查理大声说出时间和日期。狗压根儿不关心这些事，但是这种语言表达却将日期深深印在我脑海中。

现在比尔和我在穿越戈壁的旅行中，开始每天采用相同的策略。同时，我们在日记后面放了一张小日历，睡觉前标记下日期。我们也很快理解了游牧民族散漫的时间观念。准点约会对用黑夜和白天区分时间的文化来说没有意义，而现在看来，西方人为了"准时"而经常看表似乎也成了一种奇怪而多余的习惯。

一天早上，远处扬起一团厚厚的尘埃。一辆马拉的大篷车慢慢驶来，骑手领着负重的骆驼，赶着600只羊，前往北方的夏季牧场。两条大黑狗走在羊群两旁，拦住离群的羔羊。我们第一次看见生活在这片险恶土地上的人，不由得激动万分。

半个小时后，我们在路上碰面了。一队牧民骑着黑色或深棕色的蒙古马，蒙古马和矮种马一般大小，长着柔顺的马尾和鬃毛。坐在马上从容不迫的骑手看见我们，连忙停了下来。这一队人共有三个家庭，17个人，包括6个成年人、6个年轻人，还有5个孩子，他们惊讶地看着两个汗流浃背的西方人风尘仆仆地赶路。

棕色的骆驼、马群和白色羊群仿佛河流一般从我们身边淌过，将我们笼罩在飞扬的尘土中。11只骆驼托运着他们的全部家当，包括可拆卸蒙古包和4个刷着橙红色油漆的木制衣橱。男性穿着柔和的灰棕色短裤、衬衫，女性则穿着脚踝处打褶的长裤和亮丽多彩的衬衫，头上还戴着头巾。

他们都不会说英语，于是我只好说蒙古语。"你好（Sain bainuu）。"我结结巴巴地和他们打招呼。

　　他们点点头小声回答，然后继续沉默地看着我们，这时最小的孩子咯咯笑了起来。我不知道他们是否理解我说的话，也不知道我的口音是不是让他们觉得可笑。我望向比尔求助，但他只是摊开双手，明确说明他一句蒙古语也不会。我试着回忆蒙古常用语手册放哪里了，为什么不放进口袋里呢？我决定找到手册，以后每天走路时练习。

　　他们这样高深莫测地盯着我们真让人沮丧，我鼓起勇气又说了一遍，希望可以说得标准一些。我完全顾不上认真记下的介词和词形变化，只是用混乱的速记蒙古语告诉他们，我们正全程徒步穿越戈壁。"我们正徒步穿越戈壁呢。"

　　他们显然明白了我的意思，疑惑不解地互相看了一眼。一个腰板直挺，头发花白的男人似乎是一家之长，他的眼睛深陷，皮肤黝黑粗糙，显得特别呆滞。我们的徒步计划太奇怪了，他们需要时间来理解，于是他们讨论起我们到达沙漠另一边的概率。在他们的头脑中，"另一边"是难以想象的距离。毕竟，在这个国家，人们是用耗费的时间，而不是用里程来测量到达某个地方的距离。

　　这群蒙古人言语清晰地相互交谈，我很难听懂，但是他们转动眼睛，摇头傻笑，显然对这种疯狂的想法闻所未闻。

　　老人最后说话了。他定神看着我，像是对孩子说话一样娓娓道来："蒙古人行走是为了寻找水源，放养动物。我们走在路上，只要有马倒下或者瘸腿，就不能再继续前行。你们可以骑骆驼，为什么还要步行呢？"

　　我满怀信心地用完整的句子解释说，因为我的伤病不能骑骆驼。他从头到脚仔细查看了一遍，然后略微点了点头。他告诉我们，山泉已经流干了，他们正赶往北边去寻找水源和牧场，希望在夏天可以迁移三次。等第一场雪到来后，他们就会回到沙漠南部过冬。

这些成年人的脸上布满皱纹，是他们在燥热的戈壁阳光下生活的真实写照。老人说话时，一个年轻人将马拉到前面，以便更好地打量我们。他对着我们亲切微笑，露出龅牙，但是他和他娇小的妻子却什么也没说。

"你们在美国有多少牲口呢？"他们的大女儿，一个圆脸少女问道。

"没有你们多。"我回答说。

他们需要花时间才能理解这个回答。在沙漠里，财富是以拥有多少牲畜来衡量，我的回答并不出奇。一个脸上有道月牙形疤痕的人问我们有没有骆驼。

"没有。"我说道。

"真漂亮，但它们不是这附近的骆驼。"他用老练的眼光仔细检查我们的骆驼，然后评价道。

"他们来自北方。"我微微点头予以肯定。然后转移话题问起天气来："我们会碰到更多黑风暴吗？"

他相信天气完全取决于神灵。我说起我们经历的风暴，他们不约而同地摇摇头："这种风暴很致命。"老人告诉我们："非常危险。"他唤来妻子，就是人群后面一个笑眯眯的小妇人，他让妻子用一条蓝色绸缎抚摸我们的脑袋，保佑我们安全躲过风暴。

他的妻子下马将布条轻轻地放在我们头上，用布擦拭我们的脸。然后她注意到我一瘸一拐，于是弯下腰，用绸缎轻柔地抚过我的膝盖。

短暂的仪式后，她重新骑上马。他们要立即出发追赶羊群，于是轮流和我们说再见（bayartai），祝福我们旅途平安（sain yavaarai）。

几分钟后，老人的妻子飞奔回来，笑容满面地调转马头围着我们绕圈。她从小碗里倒出一点奶洒向天空，这是另一种保佑旅途平安的风俗。一滴滴奶洒在我们身上，她拍拍马背，转身向家人急驰而去。她在马上不时回头，抓着蓝绸子向我们挥舞。我们也挥挥手，看着他们渐行渐远，变成远方的黑点。

CHAPTER 3 峡谷

CHAPTER 3 峡谷

第七天 > 这天和往常一样，黎明破晓前，我们便钻出了睡袋，吃完丰盛的早餐，装满水壶。我把骆驼找回到营地，它们已经吃了一些零散的低矮植物。我们喂骆驼吃过玉米后，开始给它们装载物资。两只骆驼站起身来，又吃了一些饼干，便再也不嗷嗷叫了。

太阳冉冉升起，我们最后检查了一遍指南针和GPS，然后动身上路。我们折向南方，朝着遥远辽阔的Takhlyn Shar山区进发。虽然普通地图上显示没有小路，卫星地图却显示有一条动物迁徙的道路，向东穿过怪石嶙峋的山隘和峡谷，能通往中国北部边境。

粗犷的红色山脉耸立在我们面前，切断了向东的道路，于是找到一条小路，并在地图上画上折断线标注变得至关重要。这里不但禁止非法穿越边境，而且还有遇到走私犯的危险。走私犯利用偏远的边界线在蒙古和中国之间往来活动，进行非法商品交易，贩卖毒品和濒危动物。

高温使戈壁变得异常压抑和沉寂，唯一能听见的只有骆驼单调沉缓的脚步声和我们靴子的嘎吱声。蜿蜒曲折的动物通道带我们穿过60~90厘米高的矮树林，瞪羚的足迹和野狼的爪印随处可见，另外还有八头亚洲野驴厚重的圆蹄印，随后我们便看见野驴正在前面不远处吃草。

野驴外形看起来很像家驴，奔跑时速48公里以上。由于盗猎者射杀野驴获取皮毛或用作食材，近年来野驴数量急剧下降，不过现在蒙古的许多国家公园已经对野驴进行了保护。我们慢慢靠近，让骆驼挡在野驴和我们之间，但是当我们试图拍下几张照片时，野驴发现了我们，飞奔而去，消失在驴蹄扬起的尘土之中。依照当地的迷信说法，穿过野驴扬起的尘土会交一整年的好运，于是我们紧紧跟在后面，希望这些神奇的尘土会保佑我们一路平安。

气温上升到43℃，炙热难耐，我开始抱怨起来。"等再过一阵，我们就会被烤焦了。"比尔说道。此时，我脑海中的美丽风景荡然无存，于是我就像使用电视遥控器一样，把频道转换到空调房，那里有豪华沙发，正适合躺一躺。

我的白日梦很快被沙漠动物打断。一群群瞪羚跑进远方的雾霭，五只野驴站在路上，看着我们一点点靠近，在最后一刻迅速地朝山上跑去，飞扬的蹄子在沙土中印出一路花纹。就在它们遁入矮树丛之时，我瞥见两只狼正好经过。

骆驼看见狼总是很恐慌，它们停下来搜寻前面的危险，头高高抬起，尾巴紧张地抽搐。迄今为止，似乎还没有其他沙漠物种会让骆驼害怕，但是狼总是会引起它们的注意，直到两只狼消失以后，汤姆和杰瑞才放松下来，继续缓慢前行。蒙古灰狼常常会捕食野生动物，不过驯养家畜也非常容易受到攻击，尤其是在晚上，牧人都是依靠牧羊犬拦住这些坚定的捕食者。

我们不断努力行走，希望达到每天既定的里程数，但还是在中午休息了两个小时，让骆驼在繁茂的树丛里好好吃上一顿，因为不知道下次又会在哪里找到丰茂的植物，于是逮着机会就会放牧。骆驼也不会浪费一分一秒，这些高效进食机器撕下树枝，嚼碎粗糙的树木和细嫩的叶子。骆驼铰链式的下颌侧向一边，大口咀嚼，大牙齿很快便吃掉多刺的灌木，强大的消化液可以消化木质树枝，甚至能够消化沿途吃下的干柴。

我们坐在伞下稍事休息，听着骆驼的咀嚼声和消化器官发出的辘辘声，骆驼现在已经习惯了高尔夫伞。比尔躺下来睡了一小会儿，我在日记中写道：

我们所处的环境原始而自然。没有随意丢进灌木丛的苏打水瓶，也没有扔在路上的糖果包装。这里没有文明阴暗面的痕迹——没有无休止的唠叨，没有嘈杂的装置，也没有垃圾的踪影。只有沙漠的宁静和动物的声音，这些动物在这片地区一直繁衍生息了数百年。灰尘笼罩的峡谷正在我们的脚下，连绵的山脉和广阔的蓝天为我们诉说着周围平原上发生的简单生死故事。安宁与平静深深贯穿其中。我不忍打破这片宁静，继续前行。此时我正徜徉在一片祥和之中，平心静气。

我的思维回到现实，这时骆驼已经吃饱肚子，焦躁不安地准备离开。比尔和我站起身来，舒展筋骨，然后牵起骆驼，仍旧沿着羊肠小道出发。

突然汤姆大声喘着气，停了下来。我们检查汤姆身上的行李，它立即跪下来，但似乎并没有东西移位，于是我拉起缰绳再次上路，比尔在后面推它，但是一推一拉让它叫得更加厉害了。汤姆不愿再挪动一步，一直等着我们解决问题。要解决问题，只能更加详细地检查一遍。

正当我们准备放弃时，我注意到伞尖的位置，骆驼每走一步就会被伞戳到肩膀。于是我松开缰绳，比尔重新将这件讨厌的东西放好。随后汤姆不再抱怨，站起来准备重新开始旅程。危机过去了。

一小时后，矮树沙漠已经远远抛在身后，我们看见远处几英亩的土地上覆盖着青青绿草。走近一看，数不清的绵羊、山羊，还有几匹马正在吃草。四座蒙古包坐落在低矮的圆丘上，俯瞰着羊群。60厘米宽的小溪波光粼粼，蜿蜒流淌，穿过绿色草原。我们疲惫充血的眼睛看到这样一幅景象，不禁欣喜若狂。原来，我们无意中发现了戈壁二区的饮水点。这里肯定会有人为我们指出向东进入山间小道的方向。

骆驼在溪水中大声喝饱水后，我们穿过草原，向蒙古包走去。几个不同年龄的人走出房间迎接我们，仿佛我们是如约而至。实际上，我们穿过矮树丛时，他们便已经看到了我们。凌乱的外表让我有些尴尬，于是整理了一下皱巴巴的衣衫，拍掉帽子上的灰尘，比尔也慌忙穿好衣服。一位年长的妇人是十一个蹦蹦跳跳的孩子所爱戴的祖母，她说他们注意到瞪羚和野驴奔跑，然后就看见我们出现在动物扬起的尘土后面。他们首先问到的问题，是我们之前遇到的牧民都会提及的问题："你们去哪里？""为什么要去？"

接着便是我们旅途中司空见惯的评论："没人这样干。"

这个大家庭对我们计划的诧异远甚于其他牧民。他们从怀疑中回过神来，不禁笑了起来，摇头晃脑，指指点点，甚至笑得直不起腰。显然，我们的旅行是他们长久以来听过的最滑稽的事。

他们的笑声是这个谦逊的民族天真的笑声，因为他们看待事物非常直接。我们不能对他们的嬉笑生气，这样的笑声并没有恶意或是嘲讽。于是我们也不自觉地跟着咧嘴而笑，直到最后大家重新安静下来，他们也摇身一变，成了热情周到的主人。两个十几岁的男孩把骆驼牵到草场放牧，其他人则陪我们走进中间的蒙古包。

游牧民族的生活方式里，几乎做任何事情都有正反两种方式。蒙古的宗教和迷信习俗已经传承了数百年，但是许多做法的本源早已被人遗忘。每个蒙古包都以相同方式搭建。单门始终朝南，保护蒙古包免受冬季西伯利亚南下寒流的侵袭。

绝不要踩在蒙古包的门槛上，这点非常重要，按照民间习俗，这相当于踩在主人的脖子上。（历史上，平民触摸贵族的门槛会被处以死刑）客人必须低着头，穿过齐肩高的低矮木门，同时还要记住不要踩上门槛，门口通常放着一块30厘米高的木板抵挡风沙。我们需要练习抬脚跨过门板，同时记住低头。

我曾经希望通过遵循蒙古包礼仪获得主人的尊敬，离家前我们都记熟了。但是我想优雅入内的梦想很快破灭，进入蒙古包时，砰的一声，头撞上了门梁，一下绊倒在木板上，我跟跟跄跄走进门，像个乡野醉汉一样失去了控制。比尔跟在我后面进来，也是一样倒霉：他跨进门槛时，与看护犬狭路相逢，把他也挤倒在蒙古包里。

现在我侧身坐下，勉强避开火炉，比尔挨着我坐在蒙古包中间。我们的第一次礼仪测试不但不及格，而且还犯了踩门槛的禁忌。我们感觉非常愚蠢，整理了一下便盘腿而坐，不知道该期待什么。周围人的表情客气得有点勉强。

族长是一位和气的纤瘦老人，他亲切地挥挥手，招呼我们坐到宾客席的上座，仿佛什么事也没有发生过。我暗暗发誓多少得挽回一些面子。

蒙古传统要求男人和宾客坐在蒙古包的西边或者左边，这样就会一直得到天神腾格尔的保佑，而女人坐在东边接受太阳神的庇护。宾客坐在矮小的木凳子上。蒙古包的家长坐在宾客旁边，背对蒙古包的背面，这个神圣的位置称为正北方墙头（khoimor），是尊长的位置，他们通常直接坐在地板上。尊长座后的桌子上绘有红、黄、橙色的图案，令人眼花缭乱，桌上放着佛像和其他宗教器物，以及祖先的照片。

女人座位一旁挂着锅碗瓢盆等厨房用具，男人区则藏着马鞍和马具。床全部放在靠墙位置，亮丽的木质桌子占满剩余的空间，桌子之间整齐摆放着几个行李箱。鲜艳的色彩代表着太阳，而且确实也把蒙古包变成了明媚的地方。

游牧民族没有生活必需品以外的东西，这对每年迁徙几次的牧民家庭来说是基本惯例。他们的房屋直径只有3.7米，实际上自然消除了西方人有囤积物品的习惯——"万一哪天需要呢"。

屋子中央放着一个黑色的铁炉子，长长的烟囱伸到白色帆布屋顶外。暴风雨来临时，他们会放低烟囱，拉起屋顶开口的防护罩。两根刷满橙色油漆的木柱支撑着顶棚，格子状的宽大木框架支撑起圆形墙壁，其外盖着一层厚厚的羊绒或驼绒毛毡，然后再覆盖上防风避雨的白色帆布。酷暑时，蒙古包下方60厘米高的墙体会被卷起，有时炉子也会被移到外面。游牧民族迁徙时，会把宽大的墙体像手风琴一样折起来，方便放到骆驼背上。

蒙古包的内墙上常常挂着野羊肉，地上则铺着地毯。夏天一般会把地毯收起来，等到冬天再用，同时也方便迁徙。门口内侧通常也挂着一块熟羊肉，这对进入蒙古包的人来说是另一项挑战。我进门撞到头后，就差点被一块发臭的羊肉打到脸。

我们将在这片缺少食物的不毛之地，感受牧民的热情好客，虽然这里寻找食物不易，但是蒙古人会盛情款待客人。女主人是一个穿着浅蓝色蒙古袍的瘦小女人，她的容貌精致美丽，始终笑容可掬。她温柔地握紧我的手，仿佛想安慰我，让我别再担心进门时的莽撞。

女主人转向火炉，将晒干的梭梭枝条扔进火中，再把羊奶倒进热水锅里，然后放上一把盐。她从压紧的茶砖上切下一块便宜的红茶，放进水锅里搅拌，然后用长柄勺舀起几勺奶茶高举到空中，再倒回冒泡的锅里，她解释说这是为了驱除茶里的恶灵。之后，她用右手把没有手柄的碗递给我们，碗里斟满了咸茶。我们了解到蒙古人认为左手不干净，于是小心翼翼用右手接过碗来。

乍一看，咸茶似乎不符合饮料解渴的目的，但实际上却补充了人体流汗丢失的宝贵盐分。

女主人如同影子般安静地搅拌着羊奶酸酪，然后给我们装上满满一碗。我们很快察觉跟蒙古人说"只要一点"是没用的，碗里必须装满，以表示对客人应有的尊敬。酸涩的羊奶酪极大地挑战着我们的味蕾，但是自从我们狼狈走进这家人的帐篷后，便决定多少表现得礼貌一点。酸酸的奶酪刺激着胃部，让我差点呕吐，不过还是拼命忍住了。

我们一共十个人挤在这炎热的空间里。最初见到的祖母开心地坐在我们对面喝茶，明亮的眼睛注视着我们的一举一动。主人家的亲戚挤进蒙古包，坐在我们身后，紧紧围成一个圈。我们是新奇物，他们可不想错过这一切。我们就像动物园的展品，微笑着接过食物和饮料。观众们点头拍掌，我们吃掉面前摆放的食物无疑让他们很开心。这群轻松快活的人大都穿着传统蒙古袍，腰间系着宽大的绿色腰带，表明他们属于同一个家族。人群时常出现长久的沉默，因为蒙古人觉得不需要在交谈中插嘴。

我们在一个小时里喝完茶，吃下两碗羊奶酪后，迫切想离开。我们汗如雨下，热得让人实在受不了。蒙古人却没怎么流汗，从外表上看，他们似乎并没有注意到这么多人挤在狭小空间里，使温度急速上升。

我离开人群，按照习俗把香皂和盐作为礼物送给这里最年长的祖母。我遵守着小辈和长辈打交道时必须使用的传统方法，蒙古人称为见面（zolgokh），就是把双手放在祖母的前臂和手肘下方，轻轻搀扶她。我亲了亲她的脸颊，再后退一步，双手递上礼物，她也用双手接过礼物，眼睛笑得眯成一条缝。我们向主人一一鞠躬，微笑，点头，然后缓缓走出门口，谨记着不要背对蒙古包后面的圣坛。虽然室外气温高达32℃，我们却在清新的空气中松了一口气。

我们问起往东走的路，一位长者指着远处南部平原上拔地而起的两座金字塔般的山峰，"走到右边那座主峰，前面不远处会看见两只死羊，那里就是东向小径。道路狭窄，也不好辨认，但是不要迷路，不然你们穿过中国边境会被射杀。我们绝不会去那里。如果被边境守卫抓住会很麻烦。"

我们确定好正确的方向，尤其是会遭到射杀的路段后，从两个快乐的少年手中接过缰绳，向牧民家庭道别，便动身离开。女主人端着一碗羊奶，拿着勺子走到我们面前，她把羊奶抛向空中，洒落在我们身上。白色液滴掉到地上，人们纷纷祝愿我们幸福安康。我们穿过狭窄的溪流，回首作最后的告别，但是他们早已钻进了蒙古包。他们一定会讨论遇见的这对奇怪的夫妇，还有更加奇怪的旅行。

这家人比大部分牧民幸运。溪水和青草可以让他们维持一整年。牧人从未拥有过土地，他们一般会迁徙几次，沿着家族世代遵循的同一条老线路迁移。水源和丰足牧场的重要信息代代相传。居住在沙漠北部的牧民有时会拜访附近的村子，但是生活在干燥内陆的牧民几乎只了解广阔无垠的炎热沙漠。

很快，绿色草原和肥美羊群成为了记忆，我们再次踏上贫瘠而连绵至山脉的土地。按照牧民的指示，我们沿着中间山峰的右边行走，在附近地区寻找两只死羊。任何不同寻常的方向在这里似乎都很合理，因为这个地方压根不存在道路和标志。虽然我们的理解力见长，不过到达那座山峰后，方圆1.6公里内都没有看见死羊的痕迹。牧民曾经说过，"经过山丘后只要很短的距离"，于是我们开始怀疑从牧民那里听到的信息，他们生活在广阔空间里，必然有着与我们截然不同的距离感。

半小时后，我们来到平缓的环形山麓，看见山上有许多锯齿状无矿岩山脊。我们仍然没有找到死羊，不过前面不远处的地上似乎有些东西。

我们看出那确实是两只死羊，旁边还有一只死骆驼，终于松了一口气。正如长者所言，附近有模糊不清的小路通向山脉。我们的卫星地图显示出这条路比刚才所走的那条干燥土地上的路更偏向东方，但是由于这是附近唯一的小径，我们断定这一定是正确的道路。很久之前，我们吸取了教训，偏远地区的地图必须用某种艺术方式来解读。

之前吹过一阵热风，但是还没有风暴来袭的迹象。这里大部分时间都刮着著名的戈壁风，带走空气中的微量水分。太阳已经靠近地平线，于是我们不再摸黑寻找山上的露营地，决定在山脚下支起帐篷过夜。

我们用足枷铐住骆驼的后腿，然后开始用备用炉准备晚餐，这就需要用到无铅汽油。楚伦在乌兰巴托给我们提供了少量汽油，我刚准备把一锅水放到炉子上，一股火焰升起，炉子立刻起火了，60厘米高的火苗一下伸到帐篷墙上。

我赶忙抓起炉子旁的凯夫拉尔防火纤维扔到火上，把炉子扔出门外。炉子落在离帐篷几米远的地方，火焰很快熄灭。我们检查炉子的燃料管，才发现垫圈上的漏洞，炉身也出现几道凹痕。比尔更换了报废的垫圈，然后小心翼翼点燃炉子，这次没有再酿成灾祸。

午夜时分，我们被附近的狼嚎声惊醒，首先关心的是骆驼的安全。比尔拉下帐篷门的拉链，我们走进夜色中，刚从酣睡中醒来，仍然有点睡眼惺忪。骆驼站在几百米远的地方，喉咙发出紧张不安地嘟囔声。我们把骆驼牵到离帐篷更近的地方，把缰绳拴到地桩上，它们似乎知道离我们越近越安全，于是安定了下来。

突然，两只骆驼紧盯着黑暗处，从那里传来阵阵狼嚎。我们紧张兮兮地往前看，勉强看到180多米远的地方有三匹狼的影子。我们决心保护骆驼，于是大吼大叫，朝狼群扔石头。狼群悄悄绕开我们，消失在茫茫黑夜之中。我们不顾蝎子侵扰的可能，拖出睡袋在泡沫垫上展开，靠近骆驼度过余下的夜晚。

虽然我们不时醒来聆听周围的动静，黑夜却一直静悄悄地。只是在天明之前，被东方传来的一片狼嚎声惊醒过一次，狼群慢慢靠近，此起彼伏的野性呼声越来越响，黑暗之中却什么也看不见。狼群在几百米远的地方，嚎叫声逐渐减弱，最后重归寂静。骆驼一直惶恐不安，不过证实狼群离开，感觉不到危险后，它们才放松下来。

在摄氏两度的夜晚，空气干燥无尘，群星闪烁的华丽苍穹下，微风徐徐吹着。星星看起来又大又近，仿佛伸手可摘。明亮的织女星、牛郎星和天津四在我们头顶形成了"航海家大三角"。天马座位于更远的东方，熟悉的北斗星俯视着我们，而天蝎座也从南面升上天空。这真是我们毕生难忘的壮丽景观。

第八天 > 夜晚渐渐过渡到灰暗的黎明，我们打着哈欠从蒙眬睡意中醒来，惊起了骆驼。早上工作一结束，我们就朝着东南方出发，相信我们正迈上正确的道路。

我们来到异国他乡，判断力便荡然无存。贫瘠的斜坡很快变成荒凉陡峭的峡谷，小径逐渐变宽，指引我们深入Takhlyn Shar山，高处的锯齿状山峰海拔有2743米。岩壁露出色彩斑斓的古铜色、红色和铁锈色，我们无路可走，不进则退。

沿途躺着数不清的死绵羊、死山羊、死牛，还有死骆驼。这里没有水源，也没东西可吃，动物全都是渴死的，然而我们无法想象，牧人为何要让对他们生存至关重要的动物在这里游荡。我们坚持走在道路中央，这样似乎可以躲开道路两旁见到的死亡景象。

道路曲折迂回，令人眩晕的高峡岸壁散发出的热量困扰着我们。岩壁越来越狭窄，刚刚走了1.6公里，山崖突然变得陡峭崎岖。让人恐惧的是，卫星定位系统的读数显示，我们的位置距离中国仅有一峡之隔。我们想往回走，但是我们忍着41℃高温，在这炎热干燥的峡谷中已经穿行了几小时。如果原路返回，必定会造成里程和时间的巨大损失。我们的直觉相信这条小路会转向北边，于是加紧赶路。

我们每走一步都焦虑无比，转过一道弯，迎面看见两只垂死的骆驼。它们极度缺水，萎缩的身体已是油尽灯枯。我们试着把它们朝前赶，万一后面有水源呢，但是它们毫无生气地站着，虚弱得只能抬起头。我们从自己的供应物资里倒了些水喂骆驼，但它们只喝了一点就转过头去，已然将自身托付给了命运。

我们的骆驼看上去也焦躁不安。汤姆轻轻推着近旁骆驼的肩膀以示安慰，杰瑞则发出温柔的啜泣声。两只陌生的骆驼用哀伤不解的眼神回头凝望。我们只好把绳子拴到它们的鼻栓上，把它们和汤姆、杰瑞拴在一起，希望这些可怜的骆驼会跟着走。我们又推又拉，大声吆喝，决心不让这些动物死去，但是无论怎样劝说也挪动不了它们半步。挫败的眼泪从我满是尘土与汗水的脸上滚落下来，比尔用袖子擦擦眼睛，试图隐藏自己的情感。

　　最后我们宣告失败，解下骆驼鼻子上的绳索。留下它们受苦似乎不对，但我们也无计可施。我捡起杰瑞的缰绳，跟在比尔和汤姆后面，强迫自己不要回头看。

　　小径引着我们穿过寂静的岩壁，路上躺着更多动物的尸体。这片坚韧不屈的荒野峡谷剥夺了许多的生命，死亡仿佛近在咫尺。我绝望得想要逃离，没有勇气去正视这些死去的动物，想象着它们绝望无助地寻找水源，在生命的最后几个小时里痛苦难当。我抬手拍拍杰瑞的脖子，保证绝不会让它忍饥挨渴。比尔注意到我的痛苦，把手伸向我，"我们必须在崩溃前逃离这座坟墓。"他噙着泪水说道。

　　我们仍然无法穿过四周高墙般的悬崖峭壁。此时气温已升至44℃，身体水分不断流失，我们的速度也慢了下来。到目前为止，大腿和臀部的疼痛在白天比较容易控制，一般经过复杂地形，以及一天行走结束后，病痛才会发作，但是现在整个左侧疼得抽搐，只能更加依赖两条登山杖。*我们会找到这个地狱的出口吗？*我和杰瑞走到路边，让比尔通过。*如果我跟在后面，不用看前面的路可能会有所帮助。*我们默默地交换位置，比尔气馁的神情也印证了我的想法。

　　我们耷拉着脑袋，转过另一道弯，像机器人一样踽踽而行。最初我们没有注意到广袤的黑石平原在前面延展，一直向南连绵进入中国北部边境。后来，我们突然意识到已经走出峡谷，于是不约而同地高举双臂，朝着天空呐喊："太好了！"我们终于逃出了炎热的峡谷，任由风儿吹拂滚烫的皮肤。

　　我喝了很多水解渴，然后四处观望，突然惊愕地发现我们又遇

071

到了新问题。我向比尔做了个手势，默默指着一个1.2米高的界石碑，上面写着中国边境往北800米。我们到中国了！我们行走的这条动物通道竟然向南消失在中国沙漠里。

焦虑之感笼上心头。前面出现另外一条动物小道蜿蜒向北进入蒙古，附近没有边境巡逻站，趁现在还没有被发现，我们迅速将水壶收好，匆匆忙忙穿过标记模糊的边界。我们的心怦怦直跳，祈祷附近没有守卫。没多久我们回到蒙古，但是麻烦还没有结束。

蒙古官员准许我们穿越南部沙漠时，明确警告过，即使我们持有靠近中国边境的特殊通行证，也必须距离边境至少1.6公里。"只有边境巡逻队允许沿着蒙古国境行走。边境对其他任何人来说都是无人区。如果他们发现你们进入中国，将会严惩不贷。你们会被当做走私犯，承担一切后果。"

我们不知疲乏，紧挨着界碑北面的蒙古一侧，沿着山脚的东向小径匆忙赶路，充血的眼睛努力搜索着往北的路。我们走了1.6公里，在路上转过一个急弯，前面100米处突然出现一幅惊人的景象：一排白色混凝土建筑，上面标注着边境巡逻站。巡逻站后面的山腰上耸立着高高的瞭望塔。比尔惊呼："他们会从塔上看见我们，往回走也没有用！"我不由得心里一凉。

我束手无策地表示赞同。"我们能做的只有试着解释陷入的困境。"我打起精神说道。离开乌兰巴托前，楚伦警告过我们，无论如何都应该远离边境巡逻队。我被他严肃的语调吓了一跳，于是就问他原因。他告诉我们，女人会被士兵强奸，他们在封闭生活中待得太久了，如果误闯边境，他们会监禁我们。"蒙古的监狱就是地狱。"他耸人听闻地说道。

楚伦的话语犹在耳畔，我努力保持信心，想着富有同情心的边境官员或许会理解我们的错误。"如果他们说英语，我会比较好解释。"比尔说道，"如果存在危险，就尽量不要引起他们的注意。记住楚伦告诉我们的话。"

瞭望塔上闪过一道强光，向塔下的士兵发出信号，很快，士兵跑出巡逻站等候着我们。

几分钟后，我们心惊胆战地来到边境巡逻站锈迹斑斑的高大铁门前，两个身着制服的士兵严厉地站在那里朝我们举起步枪。军官端着枪大步向前，粗鲁地撞击比尔的胸口，我们无辜的笑容也随之消失。我们立即被押往一个大院子，三米高的绿色铁门在身后砰地关上，不祥的碰撞声在山间回响，我们不由得全身战栗。

队长身着整洁的黑色海军服，脚上穿着黑亮的长筒靴，从刷白的水泥房中满身威严地走了出来，他用流利的英语通知我们将被无限期拘留，"你们明显是中国来的走私犯。"他说道，然后恐吓说走私犯会被立即枪决。我们想，他一定很愿意扣动扳机。一想到这个地区很少有非中国籍游客，我们很有可能会成为第一批白人受害者，这正是他的大好时机。

两个守卫把我们的骆驼牵到围墙旁边的水槽前。我们从汤姆驮的行李中翻出护照，士兵把我们押送到审问室，单独关了起来。身后的锁门声烦躁得让人信心全无，我对比尔说："至少行刑队还没来"。

"一点也不好笑。"他低声说道。

这是个简陋的混凝土房间，无甚可看之处。两张铁架床放在草绿色的墙边，上面铺着薄薄的垫子和灰色毛毯。一张狭长的桌子放在房间中央，上面盖着破烂的黄色塑料布。窗户玻璃被刷成白色，一缕光线投射进来，暗淡而压抑，桌子上方挂着一盏光线微弱的灯泡作为辅助光。我们困在这座世界尽头的小小前哨站，努力相互打气，话却越来越少，最后陷入沮丧的沉默之中。

半个小时后队长回来，用一种掌控全局的口气告诉我们，调查完成后我们才能离开。比尔把我们在乌兰巴托获得的批准函递了过去。队长仍然站在那里朝我们大喊大叫，说这封信可没允许我们靠近边境1.6公里以内。"你们违反了规定，必须受到惩罚，也许监禁，或者罚款，或者两样都有。"他显然想进一步威胁我们，于是把信扔到桌上，抓起我们的护照离开了。

过了一会儿，一位老妇人走了进来，把一瓶盛有咸茶的花纹热水瓶和一碗肥肉放在桌上。她避开与我们眼神接触，对我们的问候也充耳不闻，默默倒了两碗茶后便走了。后来，军官和两个守卫也端着茶碗走了进来，仿佛我们是在开茶话会。"我们检查过你们的行李，什么也没发现，"军官说道，"如果你们不是走私犯，那你们在这里干什么？"我们告诉他如何无意中走到边界，但是对我们进入中国的事情只字未提。

我们向他展示了地图上的计划路线。他仔细查看了几分钟，告诉我们地图不准确。我向他们演示卫星地图，"哈哈，"他笑着说道，"太空地图！"他告诉我们，往北几公里长的微弱白线就是我们错过的那条小道。

他再次检查护照，看着我们的年龄说道："你们看起来一点也不老。"然后，好像为了满足自尊心，又像是展示权威，他重复问了我们几个已经回答了至少两遍的问题。

他想尽办法也没有找到我们的犯罪证据，于是转移主题，突然想起问我们要去哪里。我的回答让他哑口无言。过了一会儿他才回过神来，靠在桌子上说："你们要去哪里？"

比尔重复了一遍我的回答。军官向守卫解释，他们的表情显然说明他们觉得这事太过荒唐。军官调整情绪，用缓和的语气又问了一些问题，这样也许更能证明我们非常疯狂。我们详细说明了戈壁徒步计划，气氛一下变得缓和起来，我小心提醒他，我们很无辜，也比他年长，依照蒙古风俗，我们应该得到尊重。他惊讶地眺望窗外，思考着事情的最新进展。

随后他叹了口气，仿佛不情愿放弃我们这两个受害者，但似乎也没有理由继续扣留。不过我们还得等他另外写一封批准函，允许我们沿着边境行走。一个小时后，他拿着信回来，突然想讨好我们，就提醒说，这封信是"一种特殊权利"，这次允许非军事人员在缓冲区旅行真是非同寻常，更不用说还可以继续沿着边境行走。

他告诫我们要沿着那条小径走，这条路会把我们带到26公里以外的另一个边境巡逻站。在那里我们应该向负责的官员出示信件，然后继续前往巴彦敖包（Bayan Ovoo），在那里接受当局盘问，"他们会决定如何处置你们。"我们询问他一般会如何处理迷路游客。"可能监禁，也可能罚款。"随后，他又补充说，由于我们是长者，应该只是接受问话。他刚才说的两种选择也让人安心，不过肯定比枪决好。

现在队长和士兵显然不会伤害我们，于是打算寻求些帮助后再离开。如果我们留些谷粒给骆驼，他们会考虑给峡谷后面1.6公里远的两只骆驼喂水喝，然后把它们带到安全地带吗？队长深思熟虑后点头同意，然后命令四个士兵把一桶水和两条绳子装到吉普车后面，开车去把骆驼牵回巡逻站。

我提醒他骆驼不太顺从，他指着一个年长的守卫说："他是专业的政府骆驼训练员，知道如何让骆驼喝水。只要骆驼喝水就会走，然后我们会在这里喂它们干草和谷物。"然后骆驼会成为政府财产，在边境巡逻站之间运送物资。从后院大嚼干草的其他政府骆驼判断，这两只骆驼也会得到妥善照顾。

官员紧紧握住我们的双手，十分感谢我们对骆驼的关心。他说，我们沿途看到的动物都属于牧民，他们不敢走进峡谷来寻找走失的动物。"如果牧民被抓，畜群就会充公，他们也会不加审问就被执行枪决。"

官员建议我们小心提防走私犯，然后命令士兵打开大门，让我们带着汤姆和杰瑞离开。我们欣然离开巡逻站，不仅为我们自己，也为两只遗弃的骆驼。

我们的审判持续了五个小时。现在天色已晚，不过我们打算离开边境哨所再找地方露营，万一有人改变主意不放我们走呢。

坑坑洼洼的羊肠小道引着我们一路向东，穿过暗黑的平原，平原向南一直延伸到中国。走了4.8公里后，平原变成绵延起伏的群山，人迹罕至。在边境哨所，我们被告知由于黑山寸草不生，又没有水源，这片地区无人居住。这样一看倒也属实，就连月球上的资源恐怕也比这严酷的地貌上的多。光线暗淡下来，我们拐过一道弯，现在边境哨所已在视线之外。于是，道路以北60米远的一块平地成为我们晚上的露营地。

到了晚上十点，风沙迅速增强，我们赶紧喂饱骆驼，吃完晚饭。很快，另一场黑风暴吞噬了星星和月亮。风暴威力大增，吹得帐篷噼里啪啦摇晃个不停。整个晚上，狂风裹挟着沙石击打着帐篷，仿佛刮了一年那么久。风沙拍打着帐篷壁，我们担心尖锐的石头会割开薄薄的尼龙，所以一直无法入睡。

午夜时分，拴紧的绳子从地桩上松开。在狂风怒号中，我们手脚并用地匍匐前进，设法保护身体免受飞沙走石的袭击，但是作用不大。帐篷绳索像着了魔似的在风中翻腾，比尔拼命冲过去方才抓住。固定好帐篷后我们筋疲力尽地爬回睡袋，继续忍受这个不安之夜，周围肆虐的狂风让人彻夜无眠。

CHAPTER 4　审问

CHAPTER 4 **审问**

第九天 > 在这个恐惧笼罩的清晨，我们谈论起可能在巴彦敖包遭到监禁的危险。我试图隐藏自己的担忧，不敢去想我们在蒙古监狱的遭遇，也只字未提内心深处对于虐待和强奸的恐惧。比尔显得异常平静，但我知道他也非常担心。随着第一缕阳光在地平线上出现，我们随便吃了一点谷类食品，此刻我们毫无食欲，再多的食物也不能缓解我们的沮丧情绪。我们装载好骆驼，走进尘土漫天的风里。波浪起伏的黑色平原仍然像荒野中的乌云一样包围着我们。我受伤的大腿和臀部发出钻心的疼痛，只能一瘸一拐地奋力前行。

我们全神贯注地对抗风沙，差点撞上一辆中国开来的车子。两个男人开着破旧的吉普车在边界横冲直撞，最后在距离我们两三米远的地方停了下来。驾驶舱的门用旧绳子拴住，车子看上去十分滑稽，就像废车场里开出来的一样。

他们看见外国人牵着两只骆驼徒步前进丝毫也不惊讶，一个年轻的中国人穿着黑衣黑裤，衣裤上几乎爬满了灰尘，他不假思索地用蒙古语说："夫巴彦敖包怎么走？我们迷路了！"我告诉他，他们方向走反了，比尔用地图向他展示所在的位置。我们告诉他，前后各有一座边境巡逻站，他和同伴立刻紧张起来，挥动手臂进出一连串中文，惊慌失措地发现原来离边境巡逻站如此之近。一丝不安之感滑过我的脊椎，他们看上去很想避开当局。我和比尔对望一眼，从他眼睛里看见了和我一样的怀疑：这些人可能是从中国携带非法毒品的走私犯。

比尔客气地对他们点点头，我也说了声"一路平安"，然后微笑着告辞，佯装不知道他们的表现，头也不回地往前走。几分钟后，吉普车咔嗒咔嗒地开走了，但是他们并没有沿着小道行驶经过下一个边境哨所去几公里内唯一的村庄巴彦敖包（Bayan Ovoo），而是往北穿过没有道路的地区，似乎是想逃避检查。

我们不想再碰上可疑人物，于是加快步伐，甚至希望快点到达下一个边境检查站。如果没有碰到别的事情，就表示我们安全避开了可疑人物，就像刚才遇见的那两个人。

正午时分，一辆灰色的边境哨所吉普车从后面开了过来。车子尖叫着停下，两个士兵跳下车，用荒谬而戏剧性的半蹲式战斗姿势举起手枪瞄准我们头部，仿佛面对着孤注一掷的罪犯。

"我们有通向下一个巡逻站的批准信。"我用微微战栗的声音说道。

比尔小心翼翼地从口袋里拿出批准信，然后递给袖标上条纹最多的士兵。接下来是一阵沉默，从士兵茫然的神情看，他显然看不懂信。他试图隐藏自己的窘态，粗鲁地把信扔在比尔脚边，厉声命令我们去下一个巡逻站。士兵们放下枪，争相爬上吉普车疾驰而去，把我们留在尘土之中。虽然这一事件发生前后不过五分钟，却让我们忧心后面等待我们的还有什么。

"我等不及想看看最后这段该死的边境了。"比尔愤怒地捡起批准信，拂去灰尘放回口袋里，"这附近有太多野蛮人撒野了。"

这与我们早先在牧民家中得到的热情款待形成鲜明对比。我们反思当天的事件，总结出边境守卫的过度反应无疑是因为无视边境、无视法律的走私犯和盗猎者在人数上非常多的缘故。如何处置在禁区发现的两个牵着骆驼的外国人，对他们来说是个难题，因为肯定没有现成解决方案。

接下来的几个小时，大风渐渐停歇，我们仔细查看前面的边境哨所。走了39公里后，我们几乎快要放弃一直寻找的边境哨所，绕过一段低矮的悬崖后，边境哨所竟然出现在了我们面前。150多米高的山顶上矗立着一座水泥瞭望塔，身着制服的守卫正用双筒望远镜监视着我们。

我们做好最坏的打算，便径直走到绿色铁门前，却惊喜地看见一位彬彬有礼的士兵等在那里。他接过文件后，消失在白色的水泥建筑中。大楼里有许多绿色大门，还有修补过的墨绿色屋顶。绿色仿佛是这个沙漠中精挑细选的颜色，也许是因为四周几乎没有绿色植物的缘故。

边境检查站的窗户上装有栏杆，让人望而生畏。检查站外面的院子被风沙吹得凌乱不堪，院内配有举重装置、引体向上单杠和跳远沙坑，是边境士兵的训练场。运动物件上布满了灰尘，建筑旁边也堆着60厘米高的尘土。几个士兵坐在外面的绿色凳子上休息，有的在抽烟，不过大部分人只是望着四面八方的空白发呆。似乎没有人有精力和志向去锻炼身体。

这个沙漠不像是士兵们嚷着要来服兵役的地方。蒙古士兵在农村兵营受到残酷虐待已经成为证据确凿的全国性丑闻。很多大城市里的人通过贿赂官员或谎称残疾来躲避兵役，但是那些没钱进行贿赂的人只能被迫遵守命令。

我们站在烈日下等待，越来越担心会再次被拘留审问。漫长的15分钟过去了，军官朝我们走来。他的黑色及膝靴反射着光芒，一看就是用上好材质制成，制服上的每一道折痕都显得完美无缺。他的肩膀呈现出军人特有的直角弧度，背部笔直，几乎没有一点弯曲。

我紧张的不敢呼吸，但是一切显得井然有序，真是奇迹中的奇迹。军官礼貌地朝我们鞠躬敬礼，然后把文件递了过来，悄悄提醒说，有人希望在巴彦敖包进一步审问我们，那么我们需要继续走那条去往巴彦敖包的小道了？他祝我们旅途平安开心，随后转身朝白色建筑走去。

后来，他似乎想起什么，又转身朝我们走来。他凑近看了看我们的骆驼，问道："它们想喝水吗？"

"是的，谢谢。"我回答说。

他弹弹响指，两个士兵立即跳起身来跑到旁边。他命令士兵带着骆驼去喝水，想喝多少喝多少。

然后，他又弹弹响指，叫另外两个士兵去给我们端茶。一个士兵带着茶壶，另一个拿着茶碗回来。军官热情地倒了两碗茶递给我们，然后鞠躬敬礼，再次离开，消失在大楼里。这个人精彩绝伦的表演天赋在沙漠里真是浪费。

两个士兵守在旁边给我们碗里重新斟满茶。我们体验着无与伦比的路边服务。这是至今我们喝过的最咸的茶，尽管如此，茶水冲走嘴巴和喉咙里的尘土，感觉还是不错。喝下两碗茶后，我告诉负责倒茶的士兵，我们已经喝饱了。"再多喝一碗。"他坚持道。另一个士兵正好赶来骆驼，我们借机躲过了喝茶。汤姆和杰瑞摇落嘴唇上的最后几滴水珠，我们也向士兵们作最后的告别。

晚上八点，太阳像红色的圆盘一样浮在尘幔之后，慢慢落入地平线。我们也该找露营地点了，但是回头一看，我们仍然在瞭望塔的视线范围内，于是决定穿过棕色的砾石山，直到监视我们一举一动的士兵再也看不见我们。

一个小时后，我们支起帐篷，谢天谢地，16个小时51公里的行军终于结束。我们脱下鞋子，感到无比轻松。清凉的岩石舒缓了我们双脚的酸痛，过去四个小时，我的腿疼痛难忍，但只能忍着疼痛，直至我们走出瞭望塔的视线之外。

计算一下我们的行程。最近九天里，我们已经行走了336公里，平均每天37公里。尽管在边界多有耽搁，但我们加快速度，一天最快走了51公里。

我们在地图上绘制出位置，记入旅行日记里，然后吃完晚饭铺好床，疲惫不堪的我们很快酣睡过去，一夜无梦。

第十天 > 我们度过宁静的早晨，中午之前又刮起无法避及的大风。现在沙尘钻进了我们携带的所有行李，使得我们每天煞费力气地保持照相器材清洁。我们不能把相机挂在脖子上或是拴在骆驼的负载上，也不能随时拿出相机来拍照，我们必须把所有东西装进密封袋里，更换胶卷时，还得保护摄影装备不暴露在飞沙走石中，一般我们会把夹克盖在头上，蜷缩在衣服下操作。

沙子还是帐篷拉链的敌人。每天收取帐篷时，我们都会用软刷刷掉链齿间的沙砾。

虽然我们经常核对指南针，时不时查询一下卫星定位系统，但只有这条布满车辙的车道在中蒙边境和巴彦敖包之间延伸，并引导我们向前。我们在飞沙走石中艰苦跋涉了十公里。到了巴彦敖包，我们将面临最后的审判，很可能中断旅程，甚至坐牢。

比尔特别害怕去那里，他说："我们会被分开，关在某个昏暗的监狱里。"这种猜想也让我苦恼万分。一起关进监狱已经够糟糕了，分开囚禁更是不可想象。

083

　　我们继续向前，比尔的情绪更加低落。每次他忧心忡忡的时候，总是不愿意表达内心深处的想法。他努力掩饰，但是当他无意中提到"强奸"一词时，我忽然意识到作为丈夫，他最怕发生这样的事情。楚伦曾经描述过蒙古的监狱环境形同地狱，囚禁固然糟糕，但是可能发生在自己妻子身上的事，更加让他提心吊胆，不堪忍受。

　　整个早上，我们尽量不去想最坏的可能性，而是全神贯注于积极的一面。我告诉自己，之前两个边境巡逻站的士兵除了例行公事，也没做什么。但是一听到"强奸"，我的脑袋也僵住了。

　　最后，我恢复了乐观看法和平常心，在以往的探险中，这有助于我压制恐惧，化险为夷。虽然一些军官严厉而冷漠，但是我提醒比尔（和我自己），我们至今遇到过的蒙古人都是可敬可佩之人，他们有着坚定的佛教信仰。我们在上一个边境哨所也同样受到过热情款待。我认为，蒙古人一般也会尊重比他们年长的人。我相信，即使我们坐牢，也会得到公平对待，因为我们是长者，是外国人。

　　我的乐观态度让我俩感觉好受了一些，比尔明显变得开朗起来。小道蜿蜒向东，逼得我们在一米深的坑洞里爬进爬出。最后，路上出现一条新的分叉路，和老路平行。我们就沿着这条岩质沙漠上的道路前进，步行也变得更加容易。

　　路边仁立着一座敖包，主要是用几块石头和数不清的伏特加酒瓶堆砌而成。前苏联人在蒙古进行了70年的伏特加技术指导，现在蒙古的Arkhi伏特加酒已经成为蒙古各个阶层的必需品。前苏联人离开后，合法或非法的伏特加酒厂在整个国家遍地开花。

　　去年，我们在蒙古旅行期间，吉普车撞上一个坑洞，轮胎爆裂。我们站在那里不知道去哪里换轮胎，一辆卡车跌跌撞撞穿过坑洞，轰隆隆地停了下来。四个男人走出拥挤的驾驶室，经过短暂讨论后，他们决定徒步32公里去村里带回一只新轮胎。

不过，首先得喝上一瓶伏特加。男人们坐在地上围成一圈，互相传递着一只装满伏特加的银杯，每人喝上一小口。半个小时后，简短的仪式结束，他们速回镇上，拿来一只答应带回来的轮胎。装好轮胎后，他们又坐成一圈喝起另一瓶烈酒。一个小时后，最后一杯酒下肚，他们才志得意满地跟我们握手告别，还给了我们几块肉干，然后把车开走了。后来我们才知道很多蒙古男人的袋子里都装着一瓶伏特加，一只银杯，随时准备在特殊场合喝酒助兴。

离开敖包后不久，我们发现一口只有一米深的井，井底还剩几厘米深的水，水面上漂浮着各种各样的污秽之物。汤姆和杰瑞一看到水源，就满心欢喜地跑过去弯下脖子喝，仿佛这污浊的井水是最甘甜的泉水。

"它们要是钻出水面，就会把脏物晃得我们满身都是。"比尔警告说。我闻言赶紧后退，比尔也随即退后几步，这时两只骆驼喝完水后抬起脑袋使劲摇晃，把水溅得到处都是，幸好我们及时躲开。

总的来说，汤姆和杰瑞表现良好。它们每隔一段时间便会喝水，晚上吃完玉米，就会到沙漠的灌木丛和绿洲里找食物，这些食物完全够它们吃。

没过多久，巴彦敖包进入了我们的视野。常见的边界瞭望山上矗立着一座水泥瞭望塔，俯瞰着这座300人的小镇。小镇位于戈壁阿尔泰省（Gov-Altai aimag），是这一地区（称为苏木）的行政中心。每个省由许多苏木组成，蒙古总共有21个省，各省由民主选举的省长监管，省长也会被选入称为呼拉尔（Khural）的国家政府机构。

我们走进巴彦敖包才发现，这个小镇是个阴森的地方，到处都是破破烂烂的前苏联混凝土建筑，淹没在荒烟蔓草间。小镇电厂的黑烟囱耸峙在荒废的建筑之上，发电厂早已关闭，不再发电。小镇边上有一口敞开的水井，井水溢了出来，周围堆满了各式各样的破瓶烂桶。人们毫不关心小孩和动物会有跌落水井的危险。我们经过的时候，几只刚剪过毛的脏兮兮的骆驼正在水坑里大声喝水。

四个一身戎装的士兵穿着齐膝长靴在炎炎烈日下挖沟。一个士兵在慢慢挖土，另一个指着铁铲应该落下去的位置，还有两个人也在指指点点，他们似乎观点不一。士兵们一心一意地干活，完全没有注意到我们经过。

还有一个士兵靠在随处可见的矮篱笆上抽烟，我们走过去问他政府部门的方向。他头也不抬，只是用手指了指小镇另一边的大楼。这些百无聊赖的士兵和我们之前遇到的活泼开朗的沙漠牧民形成鲜明对比，我们猜想大多数普通士兵在服兵役前都是牧民，到处放牧，现在可能觉得军事生活太过单调乏味。

我们走在通往市镇广场的路上，灰头土脸，又累又饿，还得小心翼翼地躲过地上的坑。路上到处是挖开的深坑，完全不管行人方不方便。我们经过一排小商店，比尔牵好骆驼，我则朝着一间可能出售面包的店铺望去，货架上空空如也，没有看到面包，只窥见一些巧克力棒，不过此时我脏兮兮的外国面孔吸引了人们的注意。我赶紧收回目光，继续沿着坑坑洼洼、积满尘土的街道前行。

整个小镇笼罩在厚厚的尘土中，若隐若现。我们过去十天一直穿行在广袤无垠的无人区，相比之下，这个村庄显得热闹又拥挤。

混凝土政府大楼丝毫不能让人精神振奋。这幢脏脏的白色大楼单调压抑，建筑表面的灰泥大块剥落，破烂的百叶窗斜斜地垂挂在生锈的转轴上。窗户上装有铁栅栏。大楼内部的隐私不成问题，因为玻璃窗上盖着厚厚一层尘土，根本看不见里面。

我们把汤姆和杰瑞拴在大楼正门入口外的马桩上。

在一间简陋的小房间里，一个神情庄重，身材魁梧的男人坐在一张空桌子后面，他长着顺滑的头发，约莫三十来岁。这人起身推开湖绿色的门，我们一下紧张起来。他手上拿着香烟，板着脸打手势让我们进去，并用胖手指了指两张高背木椅。"请坐，我们一直在等着你们呢。"他不以为然地皱着眉头，用口音浓重的英语说道，"你们就是走进非法领土的人，解释一下。"

比尔和我发现，这回我们撞上了残余的前苏联官僚主义硬墙。比尔开始用一种非常平和的语气表达了他的担心，他告诉官员我们翻山越岭找路的艰辛。

"确实，我从边境巡逻队那里听过你们的理由。"他突然打断比尔的话，然后把矛头指向我，让我作解释。

"我们走错了路，往南走得太远了。"我努力克制住紧张，用平缓的声音告诉他。官员站起来，什么也没说就离开了房间。

比尔和我惊慌地对看一眼，然后焦躁不安地坐在椅子上等待。我环视房间，屋子里的沉闷完美衬托出审问者的坏习惯。墙壁是几年前涂刷的深绿色，上面布满剥落的涂料和褐色斑点。墙角放着古老的蒸汽散热片，用来驱散冬天横扫沙漠的极度严寒。房间的地面也不平整，每走一步地板就会嘎吱作响。官员的棕色木桌旁有一张灰色金属桌，上面放着老式打字机，按键已经年久泛黄。整个房间里唯一值钱的家具是桌子后面那张舒适的软椅。

突然，官员走了进来，后面跟着一个闷闷不乐的瘦子。官员坐在桌子后面，支着胳膊肘，轻蔑地看着我们，另一个人则站在桌旁默默注视着一切。最后，官员似乎觉得，我们两个倒霉鬼打扰了他的规律生活。于是，用英语告诉我们，办公室五点钟要关门，我们必须明天早上七点钟再来。

我问他晚上哪里可以露营。

"你们是犯人，晚上可以待在围栏区的大楼后面，那里有士兵站岗。"他回答说。他的语气显得很不耐烦，仿佛和我们说话有损他的尊严。

比尔打听起骆驼的安置问题。

立刻官员说话变得居高临下，仿佛对着什么也不懂的孩子。"士兵会把它们带到井边喝水，然后安置在安全的围场里，晚上会喂它们野生干草。"我们从未听说过野生干草，不过猜想汤姆和杰瑞会知道那是什么。

军官做好晚上的安排后，命令两个士兵把我们带到扎营的地方，然后让另外两个士兵等我们卸载完露营装备后帮忙照看骆驼。接着，他和那个瘦弱的官员很快不见踪影。我们猜测他们已经下班了。又得等到明天才能知晓前途命运是否会遭遇一个支离破碎的打击，不过我们也别无他法。

大楼后面有一堆干燥的沙土，可以挡住人们的视线，不过上面堆满了空罐头、破烂的灰色防水帆布，还有三十多个伏特加空瓶。我们在几个士兵的帮助下，开始清理场地，搭建帐篷，士兵们似乎也乐于帮忙。搭好营地后，我们爬进帐篷，拉上帐篷拉链，庆幸终于摆脱了人群。此时此刻，沙漠的孤寂变得颇具魅力。我对比尔说："我们回到沙漠，又会抱怨方圆几公里荒无人烟。那么让我们记住这个地方，就永远不会感到寂寞了。"

我们没水洗漱，也不想冒险去井边打水，于是待在帐篷里吃了一些干果、饼干和牛肉干。我们躺在睡袋里，通过风门拉链的缝隙偷偷往外看。距离我们6米远的地方，两个士兵坐在栅栏旁的木椅上抽烟。我们略微宽心了些。虽然我们是囚犯，但是至少这个镇上的醉鬼不会摸黑来这里骚扰我们。在清理营地时，我们扔掉了大量伏特加酒瓶，这样看来，附近的酗酒者也不少。

尽管难以入眠，夜晚还是平静地过去了。整个晚上，我们听见士兵走来走去，两人一组轮流换班。他们有时会走近帐篷，仿佛在检查我们是不是还在里面。我们清清嗓子，发出易于辨认的声音，让他们确信没有守着一顶空帐篷。

我们悄声谈话，重温在边境的倒霉故事，以防明天早上受到单独审问。尽管我们很无辜，但还是担心两个官员的性格，他们掌控着我们的命运，而他们的轻蔑态度似乎不是个好兆头。

不过最后我决定不再担心。"我们既然阴差阳错地走到边境，所能做的就是讲述事实，希望他们通情达理。"我对比尔说。

"好好睡觉，为明天做好准备。"比尔明智地回答。我们在戈壁的第十天就这样结束了。

第十一天 > 晨曦笼罩着村庄，早餐吃过干果和饼后，我们赶紧去井边洗漱，免得镇上的人起床后都过来围观。我告诉两个士兵我们要去的地方，他们立即点头应允。我们穿过荒芜的市镇广场，在井边凌乱的垃圾中选出一只干净桶，从井里打水洗脸。在清晨的寒气中，冷水刺痛了我们的手、脸和胳膊。洗完脸后，接着刷牙，然后用唯一的一把梳子梳理头发。

我们的衣服上满是灰尘，不过这也无可避免。但现在不再像昨天刚来时那样邋邋遢遢，一副流浪汉样子。早上八点，小镇苏醒过来。三个女人说说笑笑来到井边，她们穿着蓝色蒙古袍，肩上挑着水桶。一个喝醉酒的青年目光呆滞，踉踉跄跄地走了过来。

我们又该去绿色大门后面的政府大楼了。我的心像锣鼓一样扑通乱敲，比尔探身推开门，微微颤抖的双手显示出他的不安。门一打开，我们便走进去直面未来。

昨天那两个不知姓名的官员已经坐在老位置上等着我们。他们显然就是我们的法官和陪审团。比尔和我坐在桌前的两张椅子上，审问开始了。两个官员先后问了几乎同样的问题。

"你们是怎样迷路的？"

"你们是怎样到边境的？"

"你们要去哪里？"

"你们在蒙古有亲戚吗？"

当然还有常见的问题，"你们为什么徒步穿越沙漠？"

胖胖的官员时不时从椅子上站起来，围着桌子绕圈，把满脸横肉的脸凑近离我的脸5厘米远的地方大喊大叫，好像我是聋子一样，"你们都是走私犯，应该执行枪决！"

我强忍着心中的怒火，直视着前方。

比尔是第二个受害者。"给我个理由，可以现在不枪毙你。"他命令道。

比尔的下颌愤怒地颤抖着，坚定地说："因为我们不是走私犯。"

我不愿再退缩，于是插嘴道："我们不是走私犯，你也知道我们的文件，还有行李中什么也没有，这完全可以证明我们不是走私犯。"

胖官员惊讶不已地后退了几步，但是马上又镇定下来朝我吼道："女人，安静！"

这就对了！他这种话吓不倒我。我站起身，双手叉腰进一步表现出我的愤怒，大声回敬道："我们不是走私犯，你很清楚！如果你现在还不清楚，那你就太蠢了。我们比你年纪大得多。你对无辜的长辈如此无礼，真是给自己和蒙古丢脸。"

胖官员的棕色脸庞气得发紫。我继续滔滔不绝地说："如果你一定要说话，请务必表现出礼貌和尊敬。"

官员在我的言语攻势下全然不知所措，他退到桌子后的座椅上，结结巴巴地说着一些我们听不懂的话。瘦官员走到他身旁，把他叫到远处的角落，低声交谈起来。交谈完毕后，愤怒的胖官员回到桌边瞪着我们，他努力控制住情绪，显露出一丝轻蔑的神情。瘦官员似乎是他的上司，他小心斟酌话语，然后友善地要求："再说说你们是怎样到边境的。"

"不，"比尔回答道，"我们已经回答过了。"

官员叹了口气转向我，重复他的问题，似乎想要找出我们的犯罪证据，然后事无巨细地报告给总部。接受的前苏联式训练使他看起来十分威严。

我坚定地重复了比尔的回答，又另外补充说道："要是你们的同胞知道这间办公室里发生的粗鲁事件，他们会感到羞愧。"这样的回答似乎让形势有所好转。

他显得非常尴尬，于是改变策略，问我们有没有见过什么走私犯。我们告诉他在路上遇到的那两个可疑人物。听到这个消息，桌子后面那个官员的嚣张气焰不见了，他开始谨慎礼貌地说话，似乎想获得我们的好感，"这里有太多走私犯穿越边界。这些人十分危险，如果有人看见他们，就会被他们射杀。"

瘦官员用力点头表示赞同。他们询问了这两个人的情况，以及他们的车子。

于是话题从我们身上转移开来。现在，两个官员一直友善地表达对我们安全的担心，因为我们可能遭遇更多走私犯，无论怎样，至少现在我们取得了进展。

审问持续了两个小时，胖官员走过去打开屋里的门，叫来一个女人。她端着茶和一碗阿热勒（干奶豆腐）害羞地走到我们面前，请我们喝茶吃点心。

我问官员，是不是可以放了我们。他们的回答令人不安，"对你们的惩罚还没有决定。"然后两人一言不发地离开了房间。

面前的瘦小女人穿着灰色蒙古袍，满面愁容地不停往我们碗里倒茶，还劝我们吃了很多硬得像石头一样的阿热勒。考虑到眼前的处境，我们鼓起勇气喝了两碗茶讨她欢心，又使劲咽下又老又酸的阿热勒，这种豆腐硬得连锋利的斧头都切不开。

瘦小女人觉得小型茶会已经结束，于是叹了口气，仿佛她的一天被我们的郁郁寡欢彻底搞砸了。随后，她默默地收拾好餐具，走出房间。

半个小时后，两个官员回来，他们已经做出了决定。我屏住呼吸，祈祷我们不用坐牢。胖官员坐到椅子上，做作地点了一支烟。他知道面前坐着的两个外国人任由他摆布，于是拖延时间，仿佛很享受这种梦幻般的时刻。他点燃烟，长长地吸了几口，坐在椅子上吞云吐雾，香烟缭缭地升到屋顶，然后他一字一句宣布审判决定，就好像英语是我们的外语。

"我们已经得出结论，你们在不知情的情况下走到边境，并没有恶意，不会受到监禁或罚款。你们马上就自由了。"

他坐回椅子上观察我们的反应。

我轻松得简直想亲他。自从我们初次遭到扣押后，就一直处在极度担忧之中，现在终于解脱了。

我们对他深表感谢。他再次警告我们小心走私犯，如果再碰到，就应该像我们在这里表现的那样，"友好一点，表现得像对走私犯一无所知的无辜游客。"

他招呼士兵立即把两只吃饱喝足的骆驼归还我们。我们把过夜装备塞进骆驼驮着的背包里，然后礼貌地和士兵握手，同他们一一告别。我们强忍住撒腿就跑的冲动，淡定地走出小镇。三个小时的审问真是让人痛苦不堪。

正当我们要拐过一个空车站水泥建筑的角落时，建筑物突然大面积垮塌，很快化为尘土。我们回头一望，两个官员还站在离别的地方，热情地向我们挥手道别。

随后我们转过角落，严酷的考验终于结束了。欢乐和自由属于我们！我们很想欢呼雀跃，不过行走路线会经过瞭望塔。一个士兵从152米的高处向下看，用双筒望远镜紧紧盯着我们，就像观察显微镜下的两只臭虫。我自觉地躲到汤姆的脖子下面，让它的身体做我的挡箭牌，比尔也躲在了杰瑞身后。

CHAPTER 5　野生动物

CHAPTER 5　**野生动物**

我们必须马不停蹄地赶路，来避开夏季高温。第十一天的上午十点，我们从巴彦敖包出发，一路艰苦跋涉，努力保持我们的日常里程数。北边横亘着高耸入云的阿吉博格山（Aj Bogd Range），最高峰Khuren Tovon海拔3803米，山顶白雪皑皑，和中午气温高达38.8℃，热浪翻滚的沙漠地面形成鲜明对比。岩石山脊从两边凸起，形成沙漠和北部草原之间的屏障。

前方辽阔的平原上覆盖着网球大小的灰色和铁锈红石块，除了稀疏生长的耐旱梭梭外，这里一片荒芜，完全看不到一丝阴凉。开阔的视野一直延伸至另一面空旷地平线上高耸入云的山脉。水沟现在已经干涸，从阿吉博格山蜿蜒而下穿过我们行进的小路。洼地里填满了岩石，这些都是春季融雪后狂暴的山洪从高峰裹挟而来的。

我们艰难度日，牵着快快不快的骆驼穿过岩石间狭窄的缝隙。突然，汤姆在9米深的水沟边停了下来，不肯再挪动一步。骆驼害怕陡峭的斜坡，在那里稍不留神就会折断腿。我拉着缰绳催促它走进通道，但是汤姆紧绷前腿大声吼叫，固执地站在那里纹丝不动。比尔牵着同样不肯再走的杰瑞，它吼得比汤姆还大声，于是比尔说道："我们最好尝试别的方法，要不就得永远待在这里。"

我们改变策略，并肩而行，在峡谷中走了800米，才找到汤姆愿意通过的地方，紧张的杰瑞紧随其后。我们必须攀爬岩石，这使我的腿伤变得痛苦难忍。我咬紧牙关，整个身体靠在两只登山杖上前行，期望前面的地势会变得平坦。

远处出现了一个波光粼粼的湖泊，真是让人难以置信。湖畔有一座大型正方形建筑，这让比尔想起了飞机库。我们知道没什么好激动的，这只是海市蜃楼，一种光学幻觉。在沙漠平静而炎热的白天，光波向下穿透靠近地面的一层薄薄的强烈热空气，然后向上折射到密集的空气上。我们在沙漠看到的景象实际上是蓝天的反射，这种异常现象创造了湖泊和建筑的外观。过了一会儿，远处的群山看上去也像浮在地平线上一样。

我们在岩石中穿行了几个小时，比尔步履蹒跚，身体重重地落在右腿上。他用形象的语言大声痛骂这条道路，不过最后还是一瘸一拐地重新开始行走，尽管大腿早已青一块紫一块。我们都受了伤，加上身心疲惫，走路时需要特别小心。如果停下来休息，最终还是得忍受重新开始运动的痛苦，所以继续行走看似容易一些。我递了一根登山杖给比尔，但是他拒绝了："你比我更需要。"我们拖着伤痕累累的身体，一刻不停地往前走，直到把这可怕的岩石平原甩在身后。

下午三点左右，我们来到布满黑灰色鹅卵石的平坦地带，周遭环境恶劣得难以形容。这条线路炎热无比，毫无生机。烈日当空，热浪在这片不毛之地上翻腾。

我用一条腿支撑着身体，想象着如果完不成这次远征将会怎样。虽然我意气风发地决心完成这次旅行，但是臀部和大腿的剧烈疼痛让我疑虑重重。我的身体很强壮，可是一天不停地赶路，每走一个小时疼痛便会加剧，我有不屈不挠的精神来战胜病痛吗？我还可以忍受多少？泪水刺痛了我的双眼，我快要濒临身心崩溃的边缘。

不过看看旁边的比尔，他正带着伤痛奋勇前进，没有丝毫怨言。可恶，我想，我绝对不能放弃，于是继续向前，小心翼翼地步步迈进，提醒自己这是我五十年来的梦想，无论如何都要完成这次旅行，一步一步，汗泪俱下。

比尔也很担心我因为伤痛而承受的压力。他经常说，"越是困难，越要加快步伐，克服它，完成它。"如同过去的探险一样，这句话对我很有帮助。有时，我不得不要求放慢速度，因为这1.58米身高的短腿实在难以为继。不过比尔偶尔会反驳说："如果你尽情摇摆身体，就绝不会停下来休息。"之后，反倒是他嚷嚷着要求停下来休息。

过去许多次结伴旅行中，比尔确定的行走速度和我的体力配合得当。我们互相鼓励，结合个人优势，把自己变成运行良好的徒步机器，这样也就很少抱怨。

太阳慢慢滑入地平线。在这个凉爽的傍晚，我们趁着落日的余晖，在星空下吃了些食物、休息了片刻，养足精神后急速前进。北方陡峭的山脉在落日余晖下散发出锃亮的青铜光芒，风沙吹拂着荒芜的沙漠，将沙子吹到了我们的脚边。此时，我们已经进入蒙古南部的阿尔泰戈壁自然保护区（Altai Gobi Nature Reserve），通常称为大戈壁一区。保护区像卷起的地毯一样铺展开来，向东一直延伸至地平线，并向南穿过中国边境伸展到更远的地方，只有几座山脉，几条山谷才能隔断绵延的沙漠。

097

最后几缕阳光逐渐黯淡下来，比尔说："我们露营吧，今天已经走得够远了。"他平时步伐轻盈，现在却变得一瘸一拐。

支好帐篷后，我们瘸着腿去给汤姆和杰瑞喂粮食和饼干，然后点起炉子做晚饭。吃过晚饭后，我们坐下来想办法治疗伤痛。我们很想用冰块减轻肿胀，这当然只是在做梦。不过，我们吃了止痛药，互相按摩腿部使肌肉放松，然后再用抗炎洗剂揉搓腿部。

尽管每天步行结束，我们的体力都能恢复，但是成日在炎热中行走，对身体逐渐造成损伤，精神毅力也大为减弱。每天出发时都有点困难，前面的路程似乎漫无尽头。我们不想早点出发，而是寻思着拖延早饭时间会有多奢侈，甚至听到内心狡猾的声音，让我们在帐篷里休息一天，除了吃饭睡觉什么也别干。

每当我们察觉到心里打退堂鼓时，就会相互提醒高温正在加剧，避开夏季火炉的唯一办法就是尽快赶到我们那遥不可及的目的地。早在探险之初，我们就下决心每天按时出发，这样有助于完成旅行后期的徒步任务。到那个时候，温度预计会升至48℃，为了生存就必须减缓速度。无论如何，我们需要避开心理陷阱，不然就会失去目标重心，浪费休息时间。许多原本可以成功的探险之所以失败，正是由于不堪重负的参与者打破日常作息规律而变得情绪麻痹所致。

我们在旅行的其他方面做得很好。每天装载、卸载、喂骆驼、露营、煮饭、步行，各项工作像固定程序一样平稳有序地开展。小问题都已经解决，骆驼也习惯了日常工作。

凉爽的黄昏，我们吃完晚饭后写起了日记。直觉让我转过身来，正好看到杰瑞把头伸进比尔打开的饼干袋。我健步如飞地跑过去，抓起袋子把杰瑞赶走，它站在那里吧嗒着嘴，期待下一个机会。我把袋子放进帐篷，它发出哼哼的声音，失望地转身离开，和汤姆一起去荒凉的环境中寻找食物。

现在，汤姆和杰瑞成了我们的大型宠物。它们喜欢让我们挠耳朵，也会把头放在我们手上，然后闭上眼睛享受着骆驼的幸福。如果我们很快停下来，它们就会发出震耳欲聋的吼声，我们只好重新开始抚慰。每天，骆驼会耐心地站在地上，让我们把磨损的驼掌检查两遍。

我们知道，背上的负载固定好后，骆驼才肯离开营地。稍有不适，骆驼就蹲下来大声吼叫，两个多小时也不会挪动半步，直到每件物品放置到位，它们感觉舒适为止。汤姆运水的时候特别烦躁。晃动的水罐让它紧张不安，于是我们把水容器装到后面，远离它敏感的耳朵。

白天，戈壁一区显得极其脆弱，这里几年没有下过雨，又炎热多风，几乎没有生物可以生存。慢慢消失的黄昏总会给人带来宽慰，此时沙漠冷却下来，光线也变得暗淡。夜幕降临，天空逐渐暗沉下来，泛出紫罗兰的色泽，星星也开始在天空闪闪烁烁。我们在宁静平和的营地里写完了日记。

黑暗中，我们钻进睡袋休息疗伤，为了明天能够早些出发。我蜷缩在睡袋里，很高兴终于可以美美地睡上几个小时，再也不用管忍受高温的痛苦和不停赶路的需要。沙漠的夜晚宁静而凉爽，这种遗世独立的感觉真好。我们酣然入睡时，一匹孤狼在远处嚎叫，打破了夜晚的沉寂。

第十二—十三天 > 经过最初的十二天行走，我们渐渐和沙漠融为一体。尽管沙尘、高温和风暴一直威胁着我们的生存，却依然能够感觉到沙漠正影响着我们的内在性格。在沙漠粗犷的外表下，我们感觉到了它的脆弱与复杂。沙漠的野生动植物胆怯、稀少，很多还是濒危物种，其生存意志和适应能力远在人类之上。随着对沙漠的理解加深，我们自然而然地折服于这样的环境，但这并非屈身环境，而是在不知不觉中进行调整，让自己生存下去。

我们继续穿越戈壁中心，沿着南部边境前行。中国的景观一目了然，孤寂的平原延伸到远处的群山。

现在是六月的第一周，温度持续在37℃以上，晚上最高温度15℃。前一晚的大风仍然狂刮不止，早晨的空气中依旧弥漫着厚厚的尘土。比尔淤青的双腿的疼痛有所缓解，但还有一点肿，我仍然一瘸一拐，不过休息之后大腿已经好了很多。但愿接下来几天，平缓的地势更易于行走。

和往常一样，我们仔细检查完帐篷门外的蝎子和蛇后，出来迎接第二天的日出。有时，我们感觉到爬行害虫泛滥成灾的问题日益严重。晚上，我们不敢在外面脱掉靴子或衣服，早上撤营收帐篷的时候，我们也会再三检查帐篷下。蝎子常常爬在帐篷下面抓住不放，如果把蝎子和帐篷一起打包，第二天晚上支帐篷的时候，它们就会用有毒的尾巴蜇伤我们。虽然蝎毒一般不会致命，但蜇伤往往疼痛难忍，还会引起严重肿胀。

我正要把帐篷塞入背包，一只未曾发现的蝎子突然快速袭击了我的左手，左手手腕立即传来一股刺痛。我抓住上臂大声惊叫，然后使劲挤压伤口防止毒性蔓延。左手下臂组织很快肿胀抽搐，我难以置信地看着自己的左手。怎么会发生这种事情？我们已经很小心了。

我的左臂完全失去了知觉。比尔忙于装载，而我必须想办法拿起登山杖，我试着用手指拿，但是没有用，手指抓不住登山杖的手柄，于是我只好单用右杖。这是今天挑战性的开始，除了出发也没有其他事情好做，希望我的手臂会很快复原。白天的高温下，疼痛和肿胀随之加重，到日落时分才稍微减弱。不过，蝎子和我们还不算完。

晚上，比尔穿上羊毛夹克御寒，承担搭建帐篷的主要工作，而我因为手臂抽搐在一旁休息。突然，他大骂一声，快速脱掉夹克，抓住肩膀痛苦地弯下腰。四只蝎子掉到地上溜走了。我马上检查他的背部看还有没有蝎子，然后把他扶进帐篷。他倒在睡袋上不停呻吟，肩膀上的四个螫伤部位已经完全肿，为了防止毒性蔓延，我立即用未受伤的那只手揉搓他肩膀上未感染的组织。比尔痛苦不堪地躺着，靠在我卷起的睡袋上，很快打起寒战，说头痛得厉害。我帮他进入睡袋，又把我的睡袋盖在上面，然后用未受伤的右手摸出炉子烧水熬汤。他感觉恶心，什么也没吃，只是疲倦地说："我以为蝎子不会留在那里。"

即使在乌兰巴托，如果有人问起戈壁蝎子是否致命，或者蝎毒是不是只会引发疾病和肿胀，也不会得到详细而肯定的回答。不过我在美国研究过蝎子，知道只有几种蝎子会致命或是引起病发症。大部分蝎子螫伤只会产生局部疼痛，就像我手臂的状况一样。我只有一处螫伤，比尔却有四处。

我坐在旁边抓住比尔的手鼓励他，心里焦虑万分。我在乌兰巴托的医院询问过购买抗蛇毒血清预防毒蛇咬伤的事情，得到的答案是一无所知，有人告诉我们，没人可以买到那种药。现在我眼睁睁地看着比尔受苦却无能为力，不禁担心起他的安全，感到非常害怕。在漆黑的沙漠夜晚，我们越发显得孤立无助，这让我也更加担心。

我无助地坐在他的身边，在脑子里一遍遍搜寻营救的所有可能。我们的处境糟糕透顶。楚伦是我们唯一的希望，但是如果比尔的伤势继续恶化，等到楚伦到来就太晚了，希望明天白天情况会有所好转。我想睡却怎么也睡不着，于是坐到比尔旁边一直陪伴着他。三个小时后，大概晚上十一点左右，他的寒战慢慢减退。之后，他大声告诉我："我想最坏的情况已经过去，我不打寒战了。"

我点燃炉子熬汤，这次他喝下了我递过去的汤。到了凌晨三点，比尔不再发抖，只剩下肩膀和手臂隐隐作痛。我确定他的病情稳定后，拿回睡袋，迷迷糊糊睡到天亮。

102

第十四天 > 晨光中，比尔脸色显得特别苍白，不过除了肩膀上缓慢消失的剧痛外，蝎毒已经没有什么影响了。他用简易臂悬带挂起手臂，这样多少可以减轻不适。自此以后，每天早上打包前，我们都会近乎偏执地检查帐篷、装备和衣服。晚上我们也会彻底检查一番，确定行李中没有野生动物后，才把东西放进帐篷。

早晨，我经常看见有大蜘蛛挂在帐篷布外，于是推断这些长腿生物需要在寒冷的沙漠夜晚寻找温暖，而我们小小的红色庇护所正好适合。沙漠里的蛇不太多，偶尔有一两条爬过。我特别厌恶这类访客。曾经我独自去北极时，遇到过一头重达450公斤的北极熊，而且也对付过许多灰色大蜘蛛、蝎子和蛇。

比尔声称赶走"这些东西"十分有趣，我只能对他的恶趣味长叹一声。一开始，我们就了解到蒙古人只会吓跑这些不速之客，但绝不会杀死它们。因为蒙古人的佛教信仰允许他们宰杀食肉动物，但是不能杀害其他生物，包括蝎子，即使它们钻进蒙古包也不行。

从前，我站在蒙古包外和一个牧民说话时了解到这点。比尔看到一只蝎子冲向了他赤裸的脚踝，翘起有毒的尾巴正要攻击，于是他用随身携带的小刀刮掉蝎子，抬起一脚把它踩得粉碎。牧民马上用他长满老茧的手遮住脸，吓得不敢出气。我们面面相觑，茫然困惑，不知道自己又违反了哪条礼节。

最后，牧民镇定下来，泪眼婆娑地解释说蝎子可能是他转世的亲戚，甚至也许是他的母亲。比尔尴尬不已，连连道歉，才获得谅解。可见他们与我们之间的文化存在着巨大的鸿沟。我们发誓绝不再犯同样的错误，哪怕是沙漠里的微小生物也不再杀害。

103

我们都只有一只没有受伤的胳膊，现在收拾帐篷、装载骆驼都成了问题。早上九点，我们磨蹭了三个小时才动身，微风扬起的尘土在我们身边打转。北边矗立着海拔2696米的Atas Bogd山，山体巍峨陡峭。虽然我们身处海拔1219米的地方，白天的温度仍然高达38℃。烈日照在暴露的岩石上，把布满鹅卵石的广袤平原烤成深色的"沙漠黄"。

20世纪80年代以来，由于连年干旱，戈壁沙漠变得日益荒芜。我们所经过的这些地方已经两三年没下雨了。在过去，夏季来的游客还能在这些地区找到天然泉水解渴，但是我们的路线却没有饮水点。地下水正在枯竭，如今只有几个山区的小绿洲里还有泉水。

再次见到楚伦后，才会有淡水补给，我们现在只能用自己喝的水喂骆驼。骆驼每天喝19升水才够，它们的体重保持得很好，驼峰也结实，表明饮水充足。虽然沙漠中能够获取的食物稀少，但还是能偶尔看见植被，而且还有楚伦带给骆驼的粮食，它们一直都吃得又饱又好。

上午十点，比尔停下来放松还在抽搐的肩膀。我们没有蹲在伞下，而是支起帐篷，这样可以更好地休息。我们每人用一只手搭帐篷，虽然笨拙、滑稽又勉为其难，但最终还是搭建成功了，不过一些锚钉只能勉强敲进地面。

睡袋里面太热，于是我们躺在光秃秃的地上。为了忘记上升的高温，我的思绪回到十三岁那年，我决定徒步穿越戈壁的那一年。新西兰没有炎热干燥的沙漠，因此，那时沙漠只存在于想象之中，直到比尔和我去了加利福尼亚州莫哈韦沙漠（Mojave Desert）边上的小镇尼尔德斯（Needles），比尔在那里度过了童年时光，而我到了那里才明白沙漠的意义。

尽管气温超过37.8℃，但我还是爱上了那里广阔的空间和顽强的植物。仙人掌是我的最爱，但是蛇不会让我着迷。新西兰没有这些动物，当我第一次看见响尾蛇时，便认为，不管我有多喜欢动物，都绝不会把蛇归入喜爱的动物之列。

下午一点左右我停了下来，瞪大眼睛向前看，发现一种难以置信的动物，顿时哑口无言，不敢相信自己的眼睛。

"戈壁熊？"比尔疑声说道。

时间凝固了。我们站在那里一动不动地看着，就在180米外的地方，一团棕色物体四脚着地大步跑动，鼻子紧贴到地面。这只熊正沿着我们的路线跑动，突然站起身来面向我们，并抬着黑色鼻子嗅我们的气味。它直立起来的身高约有0.9米，体重约90公斤。我们互相注视，搜寻着两个不同物种之间的信息。

它显然断定我们不是熊，于是趴到地上，惊慌失措地朝着平原洼地跑去。戈壁熊巧克力色的皮毛泛起微波，很快消失在路线以北的Shar Khulst绿洲。查干博格多山（Tsaagan Bogd Mountain）附近的绿洲是有名的戈壁熊最后的避难所。

戈壁熊是世界上唯一的沙漠熊，也是地球上最稀少的濒危物种之一，它们生活在大戈壁一区自然保护区。没有人确切知道还剩下多少只戈壁熊，但是大部分报告引用的数字约为35只。即便如此，盗猎者仍然杀害当地人称为mazaalai的戈壁熊，以获取熊胆。

我们看到的戈壁熊很可能是来绿洲寻找水源和喜欢的食物——野生大黄，另外还有野洋葱、青草和啮齿类动物，这些动植物构成了戈壁熊的食物链。戈壁熊过着独居生活，冬天会冬眠。由于很少有人研究戈壁熊，甚至连最基本的信息，比如生殖年龄、同胎生仔数和筑窝习惯都仍然是未解之谜。戈壁熊的持续生存能力之所以如此脆弱，是因为食物来源稀少、非法狩猎，以及严酷的夏季和冬季气候。

虽然我们曾读过有关戈壁熊的文章，它们如此珍稀，能碰见一只是我们始料未及的。在这只小野兽消失后很久，我们仍在凝神观望，仿佛只要一直看就能把它盼回来。这真是不可思议的运气，它正好走在路上，我们便恰逢其会。

105

我们来到戈壁熊刚才经过的地方，地上有一堆茶杯大小的深色粪便，还冒着热气。鹅卵石之间的沙地上留有戈壁熊的爪印。戈壁熊走在我们的逆风方向，直到看见后才察觉到我们的存在。我们摸了摸爪印，如同摸到戈壁熊一样，我用手指摸索着它的爪印轮廓，把每天的里程目标忘得一干二净。我们不愿就这样错过戈壁熊，也心知肚明它不会回来，但还是磨磨蹭蹭，想着万一它回来了呢。

　　比尔思忖着，如果追随戈壁熊的足迹，或许还能再见到它。但是我们知道，在炙热的地形中，只有那些在沙漠土生土长的人才能够追踪到动物。我们还有1600公里要走，不得不继续向东。接下来的一个小时我们没有说话，意外见到戈壁熊让我们激动莫名，全然忘记了高温与不适，这也是我们的旅行亮点之一。

　　下午两点，温度计读出43℃的高温。我们从汤姆驮的行李中拿出高尔夫伞，希望赶路时可以遮住灼热的阳光。热浪在大地上跳跃，远处出现的幻影湖泊不断迷惑着我们。变形的山脉在地平线上浮动，无情的阳光炙烤着卵石平原。我们的衣服上积了一层盐，汗水在干燥的空气中迅速蒸发，双脚如同踩在燃烧的木炭之上。

　　虽然在沙漠中大部分时间都在挣扎求存，但是这广袤无垠，天地一线的浩瀚空间，却让人产生了归属感。在旅行之初，沙漠似乎是一片虚空，现在我们却开始关注之前一路忽略的细小事物。奇形怪状的岩石，一小簇顽强的植被，远处舞动的海市蜃楼，还有湛蓝的晴空都引人注目。细节无关紧要，但正是这一切造就了沙漠，我们走在路上，已然成为沙漠的一部分。

　　我们走在寂静中，靴子踩在碎石上嘎吱作响。尘土飞扬的大风早已消失，然而另一场风暴正肆虐着我们前面4.8公里外的沙漠。约莫120米高的褐色沙尘壁不停旋转，形成一股小尘暴。小尘暴从沙尘壁中脱离而出，以惊人的速度旋转，聚集起更多的尘土向我们席卷而来。沙尘暴直径至少有60米，底部逐渐减少至几米，看上去很像《绿野仙踪》（*The Wizard of Oz*）里的龙卷风。卵石和沙尘全被径直吸入高高的风柱。

我们拽住骆驼的缰绳让它们跪下，骆驼顺从地跪下来，我们合上伞，正当这时，滚烫扭曲的伞柄突然转向弹了出去，伞柄边缘裹着飞沙击中我们。800米之外，风柱的能量渐趋衰弱，慢慢沉入地上，就像东边巨大的沙尘壁一样，来无影去无踪。

没过多久，比尔要求停下，指了指汤姆的脚。我们仔细检查才发现汤姆的前脚掌被割伤了。骆驼很坚强，但是任何伤痛，在这样偏僻的地方都会变得严重。如果汤姆瘸了，杰瑞也不可能运送所有的行李。

幸好汤姆的伤口不算深。我用肥皂抗菌剂为它清洗伤口，再用碘酒浸湿的纱布进行包扎，然后用强化尼龙胶布把整只脚包住，以免踩到尖利的石头。我们屏住呼吸，看着汤姆走了几步，幸好现在还没有瘸腿的迹象。

午后时分，强风裹挟着弹片似的粗沙猛烈袭来，我们不得不戴上面罩和护目镜。沙粒慢慢钻进靴子，袜子变成了砂纸，每走一步，就能感觉到汗湿的皮肤被擦掉了一层皮。离露营时间还有三个小时，我们停下来换上干净袜子预防水疱，双脚好受了一些，我们不打算减少当天的行程，又继续前行。

晚上七点，我们的伤口实在疼痛难忍，于是安排露营。比尔的肩膀和我的手臂虽然时有好转，但仍然不舒服，而我的臀部和大腿也亟须休息。今天旅途的最后两个小时，我的步伐慢了下来，即使吃了双倍止痛药也无济于事。路面非常粗糙，幸好我们穿了带有衬垫的袜子，脚上倒没受什么伤。

我们不时检查汤姆的绑带，依然没有会瘸腿的迹象。我们把汤姆拴在地桩上，喂了双份粮食和饼干，这样它就不用再去觅食。杰瑞也只是在附近寻找食物，但它总是不停回头，像是等着汤姆跟过去。杰瑞没走多远就回到了汤姆身边，满心期盼地推着饼干袋。开始我们不愿意喂它，但是后来让步了。杰瑞吃到额外的粮食和饼干后，安心地待在汤姆身边过夜，它俩心满意足地咀嚼着反刍的食物。

我们支起红色帐篷，这是漆黑平原上唯一的亮色。比尔把最后一枚帐篷锚钉强行敲入地面，这时三只骆驼从南面走了过来。我们惊讶地看到，它们在荒芜的平原上无拘无束地闲逛，仔细一看，它们和我们的骆驼不一样。这些骆驼的身体更加瘦长，耸立的两个驼峰呈圆锥形，比汤姆和杰瑞的驼峰小得多，它们脱落的绒毛呈灰褐色，而驯养的双峰驼身体呈深褐色。

骆驼和我们隔着一段距离，这些活泼的动物一发现我们便四散而逃，朝东南方进入中国，很快变成地平线上的黑点，它们跑起来比我们的骆驼优雅迅速得多。后来我们才渐渐知道，这就是大名鼎鼎的野生双峰驼，它们栖息于大戈壁一区自然保护区和邻近的中国北部沙漠。

大戈壁一区自然保护区是蒙古野生双峰驼最后的避难所。据说保护区现有的野生双峰驼不超过350只，这使我们的际遇显得更加离奇。由于中蒙两国的非法狩猎，狼群捕食，以及水源和草料缺乏，使野生双峰驼数量急剧减少，这也是大戈壁一区建立的主要原因。

不断减少的水源迫使野生骆驼在两岁时就要学会喝季节性盐湖里的咸水。雌骆驼一般在四五岁时成熟，每隔一年会经历13到14个月的妊娠期，然后产下幼崽，这使保护变得更加困难。这些濒危的野生骆驼具有很强的韧性，使它们能够克服重重困难继续生存，这正是动物王国的奇迹之一。

白天看到了戈壁熊，现在又遇见同样珍稀的濒危野生双峰驼，这让我们欣喜若狂。兴奋让人忘记了身体的痛苦，我们吃了好几碗米饭，庆祝难以置信的好运气，一天之内居然看见两种濒危物种。

落日余晖把天空染成红黄两色，白天的高温也在悄悄散去。吃完晚饭，我们坐在帐篷外享受凉爽的天气。我们舒缓身体，放飞思绪，不再去专注于行路，这是多么奢侈的享受。周围的风景亘古不变，我试着想象在第一个牧民眼中，这片广阔的土地会是什么样子，他可能和我们看见的一样，不过那时还有许多野生骆驼和戈壁熊。

后来，我看见五只骆驼从南面走来。比尔以为它们也会像之前看见的三只骆驼一样逃跑，但是我不那么肯定。它们比之前的骆驼更加大胆，继续向我们跑来。汤姆被拴在地桩上，如果这些骆驼过来挑衅，我们也会把杰瑞拴上。

之前，我们问过汤姆和杰瑞的主人，如果遇到好斗的野生公骆驼该怎么办。巴特巴塔认为这样的情况微乎其微，但是如果其他骆驼来惹麻烦，他建议我们大喊大叫，上蹿下跳，挥动手臂。如果骆驼还不走，就径直跑到它们面前，边扔石头边喊叫。我们很难想象在体形硕大，怒气冲冲的骆驼面前又喊又跳的情形。

但是这群骆驼可不容小觑，尤其是领头的公骆驼。它跑在雌骆驼前面大声吼叫，对我们侵入其领地怒不可遏。汤姆和杰瑞面向野生骆驼发出紧张的咕哝声。我们毫无防备，也无从撤退，于是迅速捡来一堆石头放在帐篷外。现在领头的公骆驼离我们只有60米远，露出黄色的牙齿咆哮不止，嘴里还流出绿色的黏液。灰色绒毛从它蓬乱的身体上拖垂下来，仿佛恐怖电影里的一幕。

突然，比尔想起巴特巴塔所说的方法，于是挥动着没有受伤的手臂大叫起来。我也如法炮制，加入女高音般的尖叫，迅速捡起石头狂扔一气。

领头公骆驼停住脚步，无声息地盯着，这时雌骆驼也追了上来，大概它被我们怪异的举动惊呆了。在两个焦虑万分的人眼里，这种动物显得无比巨大，如同庞然大物。它小心翼翼、步伐坚定地朝我们走来。我们只好迎难而上，背水一战，拼命向它扔石头。一块石头正好击中了它的额头，领头公骆驼痛得立即转身飞奔而去，雌骆驼紧随其后。

我们继续大声嚷嚷，直到声嘶力竭。野生骆驼逐渐消失在了苍茫的夜色中，我们这才安心落意。汤姆和杰瑞吓得呆若木鸡，而我们的嗓子也喊哑了。刚才，看见那些珍稀动物的欢喜劲儿早就跑到九霄云外去了，现在只想赶紧离开这个地区，越远越好。

看见珍稀物种的经历让我们兴奋得睡不着觉，不过最终还是迷迷糊糊睡着了。可是，沙漠的宁静并没有持续太久。我们听见外面传来低沉的汩汩声，立马惊醒过来。

比尔醒来含糊地说："是什么？"

经过一番检查，才发现是汤姆和杰瑞咀嚼反刍食物时，肠道里发出的惊人声响，它们的肠道里正进行着复杂的消化过程。我们回到睡袋，喧闹声不绝于耳，之后的两个小时我们根本无法入睡，就算把头埋进羊毛夹克里也不能让噪音减轻半分。

最后，我们绝望地从急救箱里拿出棉花塞住耳朵，这样声音才算小了一些。两只骆驼继续开怀大嚼，完全不在意我们辗转反侧，难以入睡。

CHAPTER 6   寂静

CHAPTER 6　寂静

第十五天 > Atas Bogd山被我们抛在了身后，眼前辽阔而平缓的大地绵延不绝，令人沉醉不已。在大戈壁一区，这里的环境还算不错，但与大戈壁二区比起来更加干燥，简直让人提不起神来。

现在，只有骆驼杰瑞没有在旅途中受伤。比尔的肩膀和我手臂上的蜇伤已经康复，但蝎子偏执症仍然存在。汤姆的割伤愈合得很好，这要归功于我们使用脚蹄形泡沫垫和绑带包扎来保护其伤口。我现在仍然依靠两只登山杖行走，即便是在营地周围活动。我无法忘记疼痛，为了重振旗鼓，我常常想象，在旅途接近尾声时会享受到的那种纯粹的快乐。

为了让旅途变得轻松，我们采取了一些对策，包括五音不全地歌唱二重奏，数步伐，讲故事，以及计划未来的冒险。有时我们并肩而行，讨论路线，确定行路方向。其他时候，则一前一后默默行走，各怀心事，轮流带路。和在其他探险活动中一样，我们不会携带任何乐器或读物，除了各带一本微型《新约全书》（*New Testament*）。因为对我们来说，聆听绵绵不绝的自然之音更为重要，即使是一片沉寂。在没有外界干扰时，我们会完全沉浸于自己的世界里，这让我们在遇到突发事件时能做出快速的反应。在夜间，我们也不会看书，而是利用时间睡觉。

偶尔我们也会拍照，只要看到冒险课堂需要的内容。我们时常会为对方的一句"孩子们需要看到这个"而停下脚步，端起相机。

上午十点，气温攀升至41℃。到了正午，一阵微风变成了一股令人生畏的热风，到了下午两点，这阵可怕的热风推动着巨大的棕色沙尘壁向我们袭来，前方的道路变得模糊不清。风速表显示现在的风速超过每小时80公里，说明沙尘暴即将来临。很快，我们就被高耸的沙尘壁吞没了，一片天昏地暗，只有指南针可以为我们指明方向。狂风吹得人东倒西歪，我们斜着身子迎风而行，穿过飞沙走石，很快就变得疲惫不堪，于是只好叫骆驼蹲下为我们遮挡风沙。

狂风逐渐减退，赶在下一场风暴来袭之前，我们开始争分夺秒地搭建帐篷。风暴中，我们用了一个简单的方法防止帐篷被吹走。首先用锚上一米长的蓝色轻型绳子拴住帐篷一脚，然后拉紧绳子，将锚敲入地面，最后再从包里拿出帐篷。如果狂风吹走我们手里的帐篷，锚也会将其固定住。

虽然风势稍微有所减弱，但风力仍然不可小觑，必须一人压住翻动的帐篷布，另一个人要手脚并用地爬过去固定锚。这时一阵强劲的狂风把我掀翻在地，撞歪了我的护目镜，我立即爬了起来，看见比尔抱着受伤的膝盖，他的腿不幸被吹来的鹅卵石打中。我们把骆驼拴在帐篷附近的地桩上，来不及打开背包就一头扎进帐篷，一阵风沙也随之刮了进来。

帐篷搭好了，我们的身体也付出了一定的代价。飞来的鹅卵石将我的手臂和背部打得淤青，眼睛也被沙砾割伤而泪流不止，虽然伤势不重，但是右眼出现短暂性失明，只有斜视才能看见东西。比尔的情况也好不了多少，右臂上布满了难看的黑色伤痕，沙石擦伤的眼睛也不停地流泪。

我们很担心会看不见东西。这片开阔地带没有任何藏身之处，遇到风沙时，也只能在广袤无垠的空旷沙漠里得过且过。难道这又是一场"黑风暴"，它会持续多久呢？更令人担忧的是，帐篷还能承受多大的打击呢？如果帐篷被扯掉，我们还能活命吗？我们蜷缩在直径约有1.8米，仿佛蚕茧一般的帐篷里，靠薄薄的尼龙抵抗着恶劣的天气，恍如与世隔绝。即便受了伤，我们也要努力保持进度，但我们还能与楚伦按时碰面吗？每隔几分钟，我便看看表，当然这也是于事无补。过去的风暴教会我们，耐心会让等待变得更容易。最后我抛开沮丧的情绪，安心坐着等待。

风暴耽误了不少时间，比尔也因此变得沮丧不已，于是他建议道："我们也可以边睡边等。"

有时，沙漠风暴比雪暴更糟糕。令人窒息的风沙会让人呼吸不畅，甚至窒息而亡。风暴时常将较轻的尘土扬起几十米高，一时间遮天蔽日，而厚重的沙砾则在三十几厘米高的空中，聚集成厚重的沙砾层，在地面横行。置身其中，脑袋完全被扬起的尘土掩埋，双脚也在犹如地毯般移动的沙子里找寻不见。

风速渐渐缓慢下来，我们唤起两只仍然驮着行李的骆驼，这时天色已晚。骆驼身上覆盖了一层沙，行李也埋在了沙里。骆驼吃力地站了起来，我们这才看见厚厚一层粗沙下的行李和其他装备。这几天，我们对落满沙土的装备和衣物早就见怪不怪了，也不再去理会食物和装备上是否有沙子。事实证明，与沙子和睦相处比清理沙子来得更容易。

我们抖落完沙子时，已经晚上十点，太晚了，不想生炉子做饭。于是给骆驼喂食了玉米和饼干后，便钻进还有沙砾的睡袋，吃了几把干果。帐篷外，沙漠四下无声，寂静得仿佛从未发生过异样的事情。

第十六天 > 我们只睡了四个小时，之后就摸黑装载好骆驼出发了。我们加大步伐，提高速度，尽量多走些路程，这样就能在四天后见到楚伦。睡眠让我们的眼睛有所好转，但是在耀眼的白光下，就算戴上深色太阳镜，也会流泪不止。

我们看见地图上标有边境巡逻站，于是赶紧避开。虽然批准函允许我们沿着边境行走，但是鉴于楚伦的警告，还是避开巡逻站为好，免得回答军事人员那些例行公事的问题。

附近有一处泥墙废墟，以前曾是佛教寺庙，前苏联占领期间这里被洗劫一空，成为一片废墟。我们很难理解前苏联政治机器为何屠杀偏远地区的无辜僧人。一想到僧侣在生命最后几天所遭受的恐惧和煎熬，不觉悲从中来。杀戮生命，摧毁那些用勤劳双手苦心建立的建筑的行为真是令人发指。

我们在海拔1219米的高地上行走，汤姆和杰瑞驮着左摇右晃的行李默默地跟随其后。在炎热的空气中，偶尔一股"小尘暴"从地面腾空而起，飞舞着穿过我们行进的道路，并飘转着消失在了远方，后面扬起的尘土有30米高，在空中盘旋蜿蜒，四处游移，最后消逝在空中，或是逐一坠落于地。狂风瞬间将我们吞噬，继而又毫无损伤地横扫而过，像是捉弄人一般。两股尘卷风扭成一团，仿佛是和着音乐起舞。在中亚地区，传说迷失的灵魂都住在"小尘暴"

里，寻找难得的安静与平和。

傍晚时分，天色渐暗，微风消散，万里晴空的蔚蓝慢慢隐退于渐近的夜色中，送走白天的高温，带给人以丝丝凉爽与惬意。为了弥补耽搁的时间，我们披星戴月继续赶路。月亮照耀着我们前行的道路，发出的光在尘埃中显得暗淡而朦胧。我们什么也看不清，只能依稀辨认出远山黑色的轮廓。在这深邃而寂静的黑夜里，远山显得愈发寂寥，愈发难以到达。故乡、亲人和朋友似乎遥不可及，只存在于我们遥远的记忆中。我们在夜的寂静中默默前行，唯有我们的、汤姆和杰瑞的脚步声打破了夜的沉寂。

我们打算在接下来的探险中采取夜间赶路的方式，因为我们所走的路线离边境要远一些，也不会遭遇走私犯，而且还能摆脱白天持续上升的高温，从而享受到夜的凉爽。而今晚就当是为即将开始的夜行做最后的彩排。

比尔被一个不明物体绊倒，回头一看，竟然是一堆骆驼骨架。"这些可怜的动物没有成功走出去。"他感叹道。我们停下来仔细观察，看看是否是一只野生双峰驼，但是光线太暗，难以分辨。黑暗中被死亡绊倒加剧了我们对夜晚的恐惧与不安。即使在白天，看见骸骨也让我们无法适应，而且经过动物尸骨时，也无法不去想这些可怜的动物垂死时遭受的痛苦。

指南针指向远处的孤峰，但是不管我们走得多快，似乎都无法靠近。我们越是想走近，就越难以如愿。我留意到手表上的时间走得太慢。之前，我们将午夜设定为休息时间，睡上几个小时，等到天明再继续赶路。现在我们开始犯困了，步伐也就慢了下来。几条蛇从我们面前爬行而过，蝎子和蜥蜴也正在外面全力以赴地捕食。

长时间的行走加剧了大腿尤其是臀部的疼痛，这让我落在了比尔后面。他停下来等我赶上，然后递给我一些牛肉干。"提神食品。"他嚼着一大块牛肉干说。咸牛肉味道不错，在美国我们从来没有吃过，但是在热得汗流浃背的高温下却很想吃。我们肩并肩继续前行，仍然觉得那座孤峰遥不可及。

我们身体的每一处关节，每一块肌肉都疲乏不堪。晚上十点钟，我们停了下来，思忖着，是继续走还是在这里露营呢？虽然很累，但是如果可以，还是觉得应该走到午夜再休息。

时光荏苒，只有战胜疲倦，我们才能走到某个露营地。为了忘记疼痛，我任由自己天马行空，异想天开。我拄着两只登山杖，步履沉重地走在比尔一旁。时间看上去似乎无休无止，我们终于走到午夜，发现孤峰真真切切地向我们靠近了。

慢慢地，疲劳俘虏了我们前行的步伐，于是索性支起帐篷，步履蹒跚地去喂骆驼。今天，两只骆驼在马拉松式的24小时中表现出了惊人的耐力，于是奖励每只骆驼三块饼干，要是平时，也就喂它们一块。航程计算器读出今天的行程是37公里，弥补了我们在沙尘暴中耽搁的里程数。

借着手电筒昏黄的光，我写下这样的话："虽然今天不能按平日的速度行走，但我还是尽我所能，不拖后腿。今天所做的就是坚持向前，而比尔的耐心也给了我莫大的鼓舞。"

晚上，我们睡得跟死尸一样，直到地平线上出现第一缕曙光。

第十七—二十天 > 接下来几天，我们仍旧在高温、狂风、沙尘的笼罩中穿行。尽管有时觉得，穿越戈壁沙漠的想法简直是水中捉月，毫不现实，但我们仍然坚定不移地按照计划前进。遥远的北方，砖红的山峰伴着落日的余晖闪闪发光，在苍茫的夜色中愈发显得冷酷孤绝。

第二十日早上五点，和往常一样，闹钟声叮铃铃响起，我们如临大敌似的爬出睡袋。装载货物时汤姆和杰瑞叫得比平常还大声，无疑是在抗议过去几天毫无松懈的行进速度。而我们却一心想着楚伦答应带来我们的土豆。

上午十点左右，又一场风暴以迅雷不及掩耳之势刮了起来，一时间尘土遮天蔽日，不过令人宽慰的是，它来去匆匆。我们刻不容缓地继续前进，最后来到一个沙丘地带，沙子很深，没过了我们的鞋面。而骆驼却以独为沙地而生的脚掌若无其事地行走，完全不受细沙的影响，这与我们在松软的黄色沙丘上的踉跄步伐形成鲜明对比。

走了二三公里后，沙上的坚硬碎石多了起来，路面变得易于行走。路边有一处盐碱沼泽，宽80公里、深10多厘米，曾经是个小型湖泊。现在湖水已经干涸，只留下裹着白色盐晶的黏土，这种情况在严重干旱的沙漠时有发生。由于水分蒸发量远远大于降雨量，导致矿物质聚集地表，在毛细作用下，越来越多的矿物质向上移动，穿透岩石和土壤到达地表，使湖水太咸而无法饮用，还在周围的地表留下一层盐晶。不过在很多地方，这样的咸水却是野生双峰驼这类动物唯一能够获取的水源。

一整天，我们很少休息，一直马不停蹄地赶路，决心在晚上七点到达预先设定的GPS地点与楚伦会面。今天的顺风风速为每小时32公里，在导航设备辅助下，我们提前一个小时到达见面地点。我们已经走完860公里，平均每天差不多走了43公里！

119

现在，我们首要任务是寻找直升机的着陆带，最好足够长，又没有突出的岩石。我们把棒球大小的石头扔到一旁，确定着陆带安全后，用几块0.6平方米的橙色布料标记出着陆带各端的位置，并用岩石将其固定好。

我们在着陆带旁支起帐篷，然后将绿色睡袋铺在地上，这样从空中看会更加显眼。我们拿出烟雾照明弹测试风向，确保飞机安全着陆。最后把骆驼拴在400米远的地方，如此一来，骆驼就不会被嘈杂的飞机声吓得试图逃跑。

我们做了最后的检查，确保一切就绪后，便倒出靴子里的沙，坐下来注视着地平线，寻找飞机的踪影。等待楚伦的过程让人激动不已又心急如焚，完全没办法静下心来。

胜利正向我招手。在我们的计划中，如果我的伤势太重，我们就会放弃旅行，和楚伦一起飞出戈壁沙漠。但是在第20天，我们按时到达了，而且也坚信自己至少能走完下一段路程，获得下一次补给。比尔将决定权无私地交付给了我，如果我被迫提早放弃，他也会跟着离开沙漠，那么他所走的里程也就白费了。于是我决定：明天继续上路。

刚过晚上七点，一架飞机出现在耀眼的晴空中，径直朝我们飞来。我俩高举照明弹射向空中，发出的信号显示出每小时16公里风速及风向。楚伦驾着飞机盘旋了两圈检查着陆地点，然后降低飞机，滑行至帐篷附近，螺旋桨尾流在空中扬起一团尘土。他快速关闭引擎，以防被飞扬的尘土损坏。

骆驼静静地望着突然出现的飞机，略显焦虑。楚伦一跳下飞机便和我们紧紧拥抱在一起。寒暄之后，开始谈论正事，确定我们明天继续前进后，便开始从飞机上卸载物资。

先是装在坚固塑料桶里的骆驼饮水。比尔刚揭开盖子，杰瑞就一头扎进桶里喝起来，汤姆则耐心地站在一边，仿佛它俩事先约定好了似的。前些天，我一直没有看见水源，因此两天前就把最后的供水喂给了它们。

杰瑞喝饱水后，汤姆走上前来，莫名其妙地将整个头扎入水中，完全沉浸在里面。当它浮上水面呼吸空气时又摇晃脑袋，溅了我们一身的水。做完这一古怪举动后，它才开始喝水。楚伦在一旁看着，对这奇怪的行为也是疑惑不解，"也许它觉得自己是条鱼。"

给骆驼喂过水后，我们开始卸载新的物资。除了口粮、炉子燃料和装满水的容器外，楚伦又取出两麻袋刚收割的青草，这是他亲自给骆驼割的。我们把半袋草倒在骆驼面前，它们便发出欢快的咕哝声，然后开怀大吃。最后，卸下一袋骆驼饼干和两袋玉米渣，我们的补给物资就算齐了。

我们把装有曝光胶卷的密封袋、垃圾袋和空水容器装上飞机后，楚伦递给我们一个大箱子，里面装有土豆、一条新鲜面包、一块特制甜点，还有一大瓶果汁。看到这些珍馐美味真让人心花怒放，忍不住想当场大吃特吃，但为了维持好形象我们努力克制住了。另外，楚伦还带来了外界的消息，让我们放心外面还有一个世界。有时，孤独地走在旷野中，让人不禁怀疑世界是否已经消失，只剩下我们俩还活着。

末了，楚伦又该走了。我们紧紧相拥，作最后的告别，然后目送他朝北飞去，飞往绿草茵茵的北部平原看望他的家人。看着他消失在远处的蓝天里，比尔顺势说道："那才是穿越沙漠的方式。"然而飞行不能带给我们归属感，也不能感受到大地的气息，更体验不到沙漠牧民的生活。

时间已经很晚了，我们就地露营过夜。骆驼开心地咀嚼着青草，我们也吃起了饕餮大餐。在这个特别的夜晚，我们不再管"必须"吃哪些食物，而是先吃了土豆，又吃了果酱面包，最后欣喜若狂地吞下所有的点心，因为这些点心肯定会在明天的高温下全部坏掉。吃了太多油腻食物，胃有些不舒服，不过睡了十个小时后，缺乏睡眠的身体又恢复了活力。

第二十一—二十八天 > 接下来的几天，在微微闪动的45℃热浪中，我们穿过边境进入南戈壁省（Omnogov Aimag）。在预估风险后，我们决定放弃原定计划，继续沿着边境行走。朝东南方向进入葛凡赛汗国家公园（Gurvansaikhan National Park）再南行与楚伦碰面获取第二次补给不太现实，因为这需要穿越公园内海拔2100米的山脉，以及1219米高的通道，再加上每天的高温会消耗大量体力，会给汤姆和杰瑞造成巨大的压力。

葛凡赛汗国家公园建于1994年，面积200亿平方米，是蒙古最新建立的公园之一。葛凡赛汗国家公园堪称蒙古的国宝，公园内有恐龙化石、群山和壮观的沙丘，以及峡谷和山脉所构成的阿尔泰山（Altai Mountain）东端。传说，葛凡赛汗（Gurvansaikhan）的意思是"三美人"，之所以取这样的名字，是因为从前这里有一个富翁，他有三个漂亮的女儿，这三个女儿一心想嫁给三个贫穷的牧人，但他坚决反对，于是女孩们伤心欲绝地逃进沙漠，变成三座山峰留存至今，因此这三座山峰就被称为"三美人"。

公园的建立是为了保护栖息在那里的濒危野生动物，但驯养的畜群也在公园内争夺食物，使野生动物保护区变得日益脆弱。雪豹生活在公园的深处，它们和另一种食肉动物——野狼都以猎食山里的野羊为生。这里和蒙古的其他保护区和公园一样，没有标注边界，也没有钱请人在广阔的区域里巡逻，阻止偷猎和过度放牧的行为。

比尔和我回想起去年的蒙古之行，我们驾着吉普车深入葛凡赛汗国家公园，公园内海拔2400米的高原苍翠而肥美，被群山环绕着，高约152米的沙丘耸立着，蔚为壮观，俯瞰着脚下的羊群。这些沙丘长约80公里、宽24公里，被称为鸣沙（Khongoryn Els）。我们驶过整个沙丘后又原路返回，寻找鲜为人知的原始小道，这条南北向的小道将会引领我们西行。尽管游客从不走这条路线，但当地一位牧民向我们保证他经常抄这条近路。

沙丘的流沙真是让人难以捉摸，去年这条路被又厚又软的沙子堵塞，车轮瞬间就陷了进去。一群黑色大型甲虫蜂拥而至，我们只好丢下吉普车，步行三公里回去找来一位牧民，他有一辆拖拉机，这我们之前就注意到了。他非常乐意把我们的吉普车拖到安全的地方。拖拉机发出轰隆隆的巨响，费尽九牛二虎之力才拖动吉普车，几个热心的当地人也来帮忙使劲推车，最后花了两小时走了1.6公里才摆脱细沙，来到坚实的地面。

当然，成功脱险后免不了传统的伏特加仪式。比尔和我受到邀请，和蒙古人围成一圈坐在地上。在拖拉机的荫凉下，大家用拖拉机司机的银杯分享着伏特加。在这里，喝酒非常随意，没有人敬酒，也没有催促。一小时后，我们和这些可爱的人们拍拍肩握握手，然后匆忙跳上车，在硬泥路面上颠簸着驶走，不过这条路并不适合开吉普车而更适合骑骆驼。

我们完全沉浸在南戈壁之行的回忆里，亲切谈论着快乐的拖拉机司机和他的帮手们。在我们的记忆中，葛凡赛汗国家公园尽是绿色的高原和壮硕的动物，与现在沿途所见的一片荒芜和极度贫乏形成鲜明对比。

前方一束强烈的太阳光从一段短短的沙地向我们照射过来，灼伤了我们的皮肤，即使把衬衣袖子放下来也无济于事。盐晶覆盖的沼泽旁躺着一只死骆驼和三只死羊，它们大概绝望地想喝沼泽里的咸水。在这片荒芜的土地上，稍不留神，人和动物就会受尽口渴的折磨，慢慢死去。

没过多久，我们来到一口废弃的枯井旁，枯井附近有一个被压实的圆形区域，隐约印证了那里曾有一座蒙古包，周围散落着屠宰过的动物的骨头。我们之前见到的动物尸体可能出自蒙古包的主人，也许他们还没来得及迁移到新的水源地，动物就渴死了。在这样荒芜的环境下，似乎所有的生命都已逃离了可怕的高温，仅存轻风孤寂的低语声。然而人们却能够在这样的环境下生活，真是让人难以置信。

走入一些矮山时，我建议爬上山顶探视前面的路。爬上山顶，我们却望见另一片令人惊骇的虚空，无边无际的棕色沙漠向东绵延至令人无比沮丧的远方，荒凉至极，让人不敢正眼凝视。眼前面临的艰巨任务动摇了我们的决心，让人一时无法接受。

比尔显然也有同样的感受。他不敢相信自己的眼睛，沉默片刻后才婉转地说道："我觉得最好还是下山边走边观察路线。这片大沙漠真的太浩瀚了。"下山时，我默默感谢他没有告诉我他对上山建议的真实想法。

当天下午的后来几个小时，我们迂回曲折地翻越了查干博格多山（Tsaagan Bogd Mountain）的南部山麓，其壮观的黑石山顶海拔高达2400米。我们沿着平坦的地形，尽可能往南行，避免误闯中国边境。虽然这条山脉也是另一个著名的戈壁熊避难所，却一只熊影子也没有。

第二十七天，我们花了半天时间休息。我的腿在沙地里抽搐得厉害，亟须休息，然后才能应付几公里的葛凡赛汗山冲蚀地带。虽然沿着边界南行的路线会让我们避开最坏的情况，但是有了翻越巴彦敖包东部冲蚀地带，被扣留下来接受审问的遭遇，多少还是有点不安。

全身心放松不会是浪费。中午吃过饭后，我们躺在睡袋里一直睡到寒冷的空气钻进小窝里将我们唤醒，此时刚好晚上八点，我们起床穿上羊毛夹克，坐在外面享受徘徊在14℃的暮光，中午气温还高达45℃，现在跌落到了14℃，大幅波动的日间高温一到晚上直转急下，对身体带来额外的考验。在夜的凉爽中，我们补上日记，又吃了一顿晚餐，此时天空拉下了夜的帷幕。

倒头又睡了八个小时，为了早些上路，五点便起床了，精神比白天饱满得多。长期以来，为了赶路，造成睡眠不足，起床时总是昏昏沉沉。但是，今天早上新鲜的空气让人神清气爽，我们不再萎靡不振，起早赶路也成了一件新奇事儿。

第二十八天早晨刮起了一阵炙热的风。到了午后，飞扬的尘土把太阳变成了火红色的圆盘，在一层尘土后若隐若现。最终，太阳完全消失在了不断增厚的棕色尘幕之中。能见度不到十米，我们只得再次依赖指南针前进。突然，一处令人欣喜的避难所出现在了我们面前：就在前方18米处，坐落着一顶白色蒙古包，外面栏杆上还拴着一匹马。

把骆驼拴在马匹旁后，我们按照蒙古人的习俗没有敲门就推门而入。进门后，主人下意识地抬头看了看，认出我们不是蒙古人，立马变得目瞪口呆。蒙古包的女主人是个苗条优雅的女人，她很快定了定神，随即起身招待我们。她把几块干燥无味的骆驼粪便放进炉子里生火，十多岁的女儿忙着沏茶。

许多牧民都用骆驼粪便做燃料。沙漠里看不到树木，因此很早以前梭梭枝条就被砍来做柴火。由于戈壁日益减少的降水，加上梭梭作为动物的食物和牧民的燃料遭到过度采伐，使这些生长缓慢的灌木变得越来越稀少。梭梭树枝虽可以当做煤炭使用，但这种灌木丛也是阻止土地侵蚀和沙漠扩张的天然稳定剂。在某些地方，梭梭非常罕见，甚至根本不能生长，于是人们在春季把骆驼粪便收集起来，堆得整整齐齐地晒干。夏天粪便干燥后，等到秋天牧民回来就会把这些现成的无味燃料用于冬季取暖和做饭。

女主人的丈夫是个瘦骨嶙峋的男子，眼睛深陷，右手只有两根手指，他懒洋洋地躺在靠墙的床上。他招呼我们坐在蓝色小木凳上，然后瞪大眼睛盯着我们，显然很想知道两个外国人是如何顶着沙尘暴来到他家门口的。我告诉他我们的行程，以及如何步履维艰地走到蒙古包。一听我们要徒步向东，他立刻专注起来，把头探出门外，想亲眼看看两只装载行李的骆驼。直到这时，他才对我们的话深信不疑。

他的妻子和女儿照惯例给我们端上咸茶，他则一脸关切的神情，滔滔不绝地讲起沙漠旅行的危险以及水源的极度短缺，重复着我们从其他牧民那里听到过的信息：夏季温度上升很快，而且与前几年相比，温度异乎寻常地高。

为了转移话题，我问起他家的牲畜和家庭状况。之前与其他蒙古人聊天时发现，如果问到"你家的牲畜怎么样？"，常常会使交谈变得有趣。但是这人却眼泪汪汪地告诉我们，过去两年发生过几次严重雪灾和冬季风暴，他损失了300多只羊，现在只剩下125只牲畜，包括绵羊、山羊、骆驼和用来放牧的马。

"不过，"他以不可磨灭的沙漠乐观主义口吻说，"下一个冬天会变暖和，我们的畜群也会增加。"这种戈壁沙漠中特有的乐观态度在旅途中屡见不鲜。他布满皱纹的刚毅脸庞微微蹙眉，但是一想到未来的好日子，不由得咧嘴笑起来。

127

不苟言笑的女儿把一碟香甜可口却又坚硬无比的奶豆腐，还有羊奶酸酪放在火炉边的矮桌上。她今年14岁了，晒伤的下巴正在脱皮。夏天，蒙古人的脸上通常都会脱皮。女孩的黑发朝后编成一条辫子，上面系着黄色蝴蝶结。

沙漠里的女孩都很勤劳，从小就接受训练，学习照看蒙古包、做饭、服侍家里的男性成员，还会帮助放牧和挤奶。女孩的母亲虽然很讲究，却仍然是一副任劳任怨的女性模样。

我指着女孩手上一块难看的红色肿块，问她怎么回事。她用勉强能让人听懂的英语回答说，一根刺扎进手里拔不出来了。我过去帮她，比尔则冒险走进沙尘暴中，从行李袋就近的口袋中取出急救箱，我们一直把急救箱放在那里以备不时之需。我用尖嘴镊子从她手上拔出一厘米长的刺，然后用碘酒、绷带和创可贴包扎好伤口。

这个女孩在达兰扎德嘎（Dalanzadgad）的冬季寄宿学校学过英语，很想练习语言技巧，于是问了好多关于我在新西兰的童年时光，以及美国生活的事情。她在学校里看过电视，特别想知道美国人的生活方式是不是同电视上看到的一样。

前苏联统治以前，蒙古的教育完全由分散各地的寺庙提供，而在前苏联统治期间，僧侣被禁止教学。不过，前苏联人会提供包括寄宿学校在内的免费义务教育，使80%以上的蒙古人脱盲。不过悲哀的是，蒙古独立以后，教育标准下降，文盲数也逐年上升。经济困难和极简的教学标准使入学人数锐减。但是在喇嘛的帮助下，寺庙学校在受到70年压制之后重新开放，而教师培训成为首要目标。

虽然大多数蒙古家庭认为掌握饲养技术和放牧不需要"书本知识"，但是一些边远地区的家庭还是会在冬天送孩子去省府的寄宿学校上学。尽管在学校学到的知识不多，但通常会学到一点英语。男孩一般都会上学，而且越来越多的女孩也在接受基础教育。春天一来，这些孩子就会回到家里帮助家里放牧和挤奶。

在21世纪的卫星电视时代，天真的学生们接触到了电视节目，以为节目里所呈现的就是其他地方的现实生活。于是，就有一些年轻人离开牧民家庭去乌兰巴托谋生，寻找电视上所描述的生活，当然大都是徒劳无功。于是我尽力解释说，电视上的人都是演员，而实际上人人都要上学和工作。此时，这对父母听见女儿说他们完全不懂的英语时，自豪感溢满了整张脸。

这家人的水井差不多快枯竭了，他们打算在四天内把所有家当装上骆驼，然后去北方找一处靠山的地方，那里会有泉水和夏季牧场。他们坦然接受现在的生活，谈论起其中的清苦和艰难。男主人解释说，在他之前，祖祖辈辈都在同样的地方过着相同的生活。他的大女儿和儿子还在外面的风暴中放牧，而这个十四岁的女儿也会像他一样承袭父辈，继承家族放牧的传统。

听说其他孩子还在外面放牧，于是我问道："他们懂得在沙尘暴中保护自己吗？"

"生活在沙漠的人早就习惯了。"他耸耸肩，笑着解释道。

三个小时后，狂风渐渐转变成令人满意的微风。离开之前，我给了女孩一瓶碘酒和几张创可贴，还为这家人留下了一袋盐和五双温暖的冬袜。

在解开骆驼时，男主人招呼我们去帐篷外30米远的地方，那里有一具褐色的骆驼头骨。他在头骨上放了一块小石头，然后解释说这是向死骆驼以表敬意，作为回报，骆驼的灵魂会跟随着保护我们。女主人往我们手里塞了很多硬豆腐，让我们在路上吃。感谢他们的热情好客，让我们在漫长的旅途中获得了意外的惊喜，我们重新戴上面罩和护目镜，呼吸着尘土弥漫的空气再次上路。

第二十九—三十天 > 烈日炎炎的日子周而复始。我们试着回想之前在北极探险中的经历，那时我们徒步穿越冰天雪地的北冰洋地区，气温只有零下20℃，不过即使想到冰雪也没有丝毫凉爽之意。我们始终摆脱不了沙漠牧民口中的夏季急速上升的异常气温。

有时，我不明白，为什么自己要执着于这个五十年的梦想，拖着受伤的身体，忍受着可怕的高温和步行的折磨。我在这里做什么呢？我暗自想着。但是我们依然用各自的意念和言语为对方寻找出路，鼓励对方攻克酷热、沙尘、单调和疲惫。

每走一公里，我们需要的精神毅力远远大于身体耐力，这样我们才能跨入征途的新阶段。当我们强迫身体适应每天的酷刑和损伤时，就会愈发怀疑我们的旅行动机是否过于极端。

但是我们总能从每天的挣扎中获得某种释放，寄情于寒夜施展的魔法，以及星光熠熠的苍穹之下的那片宁静。夜空群星闪耀，在它绚烂夺目的光彩下，我们在旅途中所承受的一切艰辛慢慢地消融了。

第三十一天 > 我们仍然身处冲蚀地带和浅滩之中，不过令人欣慰的是，前面的地势开始有所缓和了。

在营地里，我低头看了看沾满尘土和盐渍的衬衣和裤子。指南针的镜面反射出我凌乱的头发，我就像从四格漫画里跑出来的人物，突然觉得一切都那么可笑：一个63岁的女人，坐在戈壁中央，像极了一个长年累月没有洗过澡的苦行僧。这里没有香体浴，没有理发师，也没有美甲师。参差不齐的指甲里全是泥土，多得可以种庄稼了。最有趣的是，我已经习以为常了，没有丝毫不快，也不向往西方世界的美容品。也许所有人到了这里都会是一副野性、原始的样子吧。

话说回来，就算能够找到更多的水源，我们也会把美容和洗澡的时间拿来休息，因为只有休息好了，第二天才有更多的体力。所以我也只会对着镜子，看着爬满尘土和皱纹的脸，自我解嘲而已。

听见我的笑声，正在写日记的比尔立即抬起头。我把镜子凑到他的面前，让他看看自己的模样，他却趾高气扬地说比我干净一两倍，我马上强烈反驳起来。看他胡子拉碴、头发凌乱、衣冠不整的样子，简直就是一道奇观。最后，我们决定抛硬币来决一胜负，看看谁最邋遢，谁至少还在乎形象。

查看里程计算器，前面还有至少1287公里路程等待着我们。我们没有想未来会遭遇什么，只是一味沉醉在这个清凉的夜里，舒适的空气让人神清气爽，我们也变得乐观起来，却不知道一场生死存亡的考验正向我们袭来。

CHAPTER 7　干渴

CHAPTER 7 干渴

第三十二天 > 我们牵着骆驼在微弱的晨光中默默前行，突然杰瑞发出一阵苦恼的咆哮声后便止步不前了，似乎在抗议装载的水容器令它不舒服。这种事情时有发生，于是我们卸下全部装备，调整好背垫，再重新装载。一切妥当后，喂了杰瑞一把饼干让它安静下来，接着继续前行。不过我们很快就意识到，我们犯下了多么严重的错误。

我们相安无事地又走了一两公里。突然，杰瑞毫无预兆地倒在地上打起滚儿来，一边大声叫唤，一边还四肢朝天在空中乱踢。我们震惊了，立即跑过去，抓住缰绳用力拉它。但是为时已晚，杰瑞在地上打滚的时候，压破了背上的塑料水壶，清水顺着裂缝涌了出来。

我们拼命跑过去堵住裂口，但是裂缝太大，只能眼睁睁地看着宝贵的液体顷刻间浸入干渴的土地。我们全身战栗，简直难以置信，等我们卸下所有水容器时，发现一滴水都没有了。

为了应对类似事故，我们通常会在另一只骆驼身上存放15升水。不过，一想到接下来九天的总供水量，真让人苦不堪言，备用水壶加上瓶子里的水不过19升，我们将如何忍受戈壁沙漠常年48℃以上的气温呢。

我们手足无措，不知该如何应付这样的困境。因腿部和臀部疼痛而隐忍良久的情绪瞬间爆发出来。身体的疼痛难忍，旅途的无穷无尽,水源的极度短缺,让我寸步难行,而今又要面临渴死的危险,这一切瞬间将我击溃。

我拉扯着杰瑞的绳子大声尖叫,凑近它的脸,用各种言辞宣泄着对它,对沙漠的看法,还有徒步穿越这片地狱的整个想法。杰瑞睁着大大的棕色眼睛,目不转睛地盯着我,极有可能在想:你已经疯了吗?

沮丧的比尔双手抱头坐在地上,"没有水怎能忍受高温,怎能应付潜伏在这片该死沙漠里的危机,我们不能冒着渴死的危险继续前行。"他愤恨地看着杰瑞,简直想杀了它。

我努力抑制情绪,用自己都难以相信的平和口吻说道:"无论如何,我们必须想办法收拾这个烂摊子。"

"可恶,"比尔坚定地站起身来,"我们一定会渡过难关!"

虽然还不确定怎么做,但我深信不疑。收拾好刚才泛滥的坏情绪,我们开始计划下一步该怎么办。首先我们得跟不知为何发怒的杰瑞和好。在它一无所知面前,我对自己的暴脾气感到难堪,于是给了它一块饼干,抚摸它最喜欢的耳朵下方,比尔则轻拍它的脖子。杰瑞似乎原谅了我们,我们同样也原谅了它,行李中肯定有某件物品让它不舒服,它才想要摆脱掉。

现在我们必须想尽办法摆脱困境。包括今天在内,我们离下次补给还有九天时间。因为我们选择的路线靠近中国边境,蒙古政府规定禁止我们携带应急收发报机,以防我们和中国人联系。(我们俩都不会说中文,这种规定也太荒谬了)。

我们有一个1.8斤重的小型盐水转化器,可以把污泥转化为可饮用液体,但是哪里有污泥呢?经过的最后一口井在我们走后也已经干涸，就连井里近似水的最后一滴液体都被骆驼喝得精光。我们需要密切关注沿途是否有水井，当然也不能错过盐晶的痕迹。如果有盐晶，就表示地下有水。因为地下水通过毛细作用向上运动，然后在地表蒸发形成了白色的晶体外壳。那么只要用铁铲挖土，就有希望在地下两三米深的地方找到水源。我们还能在凉爽的夜晚多走几个小时，这样可以保持能量，不过黑暗之中可能会错过水井或盐晶。

还有一种选择可以摆脱困境，就是待在原地不动，坐在唯一的遮蔽物——伞下，祈祷楚伦发现我们。不过，即使大幅减少日常配给，在楚伦找到我们之前，仍然会耗尽水源。这样行不通，我们一致认为，最好的办法还是继续前行，希望可以在沿途找到水源。

我们决定在第一个四天里将每天的饮水量减少到1.9升，包括做饭在内，这个量少于人体需水量的1/3。接下来两天，日常供水量再减少到每天1升，这样一来，最后三天我们就完全没有水喝了。一想到上升的温度和沙漠的变化无常，我们的处境就令人绝望。骆驼的状态还算好，可以坚持到补给到来的那一天。

"前面某个地方有水在等着我们呢。"我强颜欢笑，心里却直打鼓，"我们会找到水源的。"

比尔皮笑肉不笑地点头称是。

我们翻过一道浅滩，开始穿越碎石平原。远处地平线上低矮的孤峰越发彰显出平原的宽广和辽阔。"寻找水源至少可以让我忘记走路的疼痛。"我说道。

我们一路查找不同寻常的起伏地势和土堆，这些地方可能会有挖掘的水井。尽管我们满怀希望地走了一天，最后还是被不确定的事物弄得偃旗息鼓。我们相互提醒，这只是减少供水量的第一天。尽管目前形势严峻，地图上也找不到一点希望，附近没有村落，也没有其他东西可以引领我们找到水源。但根据以往的探险经历，我们相信很快就能找到水源。

虽然沙漠牧民可能遗弃了枯井，但我们相信可以找到附近有水井的蒙古包，那里的水井比大部分水井持续的时间要长。但是一天过去，一点水的迹象都没有。晚上，我们只能吃浸湿的脱水米，干得让人难以下咽。我们细嚼慢咽，小口喝着今天定量的饮水，细细品味每一口食物，然后信心满满地说明天一定会找到水源。

今晚注定是个不眠之夜，入睡前我大声朗读起《新约全书》里宽慰人心的诗句，祈祷明天情况会有所缓解。

第三十三—三十五天 > 在希望与失望不断交织的几天里，我们忍受着48℃的高温、无所不在的灰尘和日渐严重的头痛，尽量保持积极乐观的态度，却又在绝望之中越陷越深。在烈日的暴晒下，我们的身体也日渐消沉。有一次，神情恍惚，差点抓起水瓶一饮而尽，就在打开盖子的一瞬，突然想到晚上露营没有水喝，才抑制住内心的冲动。我放回瓶子，羞愧地看了比尔一眼，他只是耸耸肩，然后坦率地说有好几次自己也有这样的冲动。

时间一天天过去了，我们变得口干舌燥，有气无力，谈话也越来越少。纵使躲在伞下休息，空气也闷热得让人难以呼吸。有一天，一片脊线尖锐的沙丘如海浪般蜿蜒穿过我们的线路，让我们不得不多走几公里，避开那些松软的细沙。

为了打发一路的单调乏味，我们玩起了益智游戏，回忆起以前徒步去美国喀斯喀特山（Cascade Range）瀑布，沿着河流行走的往事，又翻出讲过无数遍的老笑话，讲完后还笑得前俯后仰，就跟第一次听见一样。

我们的嘴唇干得流血，疲惫的意识拼命得想要集中。四天过去了，我们的意志力开始变得消沉，愈发想躺在地上，放弃旅行，让这世界滚蛋。而每次休息后，又会不断挣扎摇晃着站起来继续前行。

白天，我们喝了大部分定量用水，到了晚饭时间每人只剩下两口，我们只好和着黏稠的汤液小口啜饮。一到晚上，黑暗便张开它凉爽的臂膀抚慰我们，点点繁星也希望帮助我们摆脱困境。当一颗流星拖着长长的尾巴划过天际之时，我仿佛感受到它正温柔地洒向我们的营地。

我们谈起里·贝格（Leigh Beg），他是15世纪最重要的观测天文学家。1449年，他沿着我们所在的同一纬度，同一片地理区域研究行星。他编录了1018颗星星，还率先建立起以地面为基地的天文台。当我们看见天蝎座和飞马座攀爬上天空时，对700年前天文学家研究过的同一片璀璨星空惊叹不已。

一天晚上，我们在睡前搭建起夜间露珠收集系统。正常环境下，如果在浅层洼地中放上塑料，空气中的湿气会在塑料表面形成水分，如果产生足够数量的水珠，就可以收集少量饮水。但受海拔高度和湿气缺乏的影响，戈壁夜间的空气异常干燥。

比尔在地上挖开一个V字形空洞，我将一个干净的塑料垃圾袋撕开套在洞口，然后用石头压住袋子边缘。尽管我们煞费苦心地准备了一番，第二天早上却只发现了几滴露珠。

第三十六天 > 忍受干渴的第五天，在黎明破晓之时，我们从头痛欲裂中安然醒来。今天是七月一日，是我们结婚40周年纪念日。我们从包里拿出为这一刻准备的纪念卡片，赠与对方。悲惨的情形使这一天异常的伤感，我们决心庆祝一番，读完卡片后我们紧紧拥抱在一起，感激这些年来的相濡以沫，接着拆开礼物。比尔的礼物是一条中间镶有直升机图案的皮带扣，而我的是雅致的红色瓷玫瑰。

现在我们在戈壁滩挣扎求生，却回忆起在遥远新西兰的第一次约会，一起度过的四十年婚姻生活，这种感觉真是奇妙，让人回味无穷。1959年公司安排比尔去新西兰，两个星期后我们便相遇了。当时我家农场毒草泛滥，已经危及到山上吃草的牛群，于是父亲叫了一辆直升机来喷洒农药除草，父亲派我去给飞行员带路，从见到比尔的那一刻起，我们就成了朋友。他为人和善，热爱运动，喜欢爬山，对我这类户外爱好者极具吸引力。从那以后我们一直保持联系，直到两年后，也就是1961年，我们走进了婚姻的殿堂。后来比尔调去危地马拉和洪都拉斯工作，在那里我们一直住到1965年。回想起共同度过的这四十年，发自内心觉得它意义非凡。而今我们却不得不在艰难处境中求得生存。

按照先前计划，我们再次把饮水量减半。今天每人只允许喝1升，这样的话，明天每人就会多喝一点，之后就再没有水喝了。早上，我们一边吃干麦片，一边讨论当前的困境。我们的身体开始脱水，大腿、背部和腹部肌肉的痉挛更是雪上加霜，徒增烦恼，时常要停下来按摩。随后我们也不出汗了，开始进入热衰竭阶段，表明水电解质极度不平衡。很快我们就会中暑，死亡也将步步逼近，而我们却无能为力。

现在，生存成了终极目标，而最重要的武器就是乐观。没有乐观的精神，我们很快就会被这场危机击败。我们互相安慰，想着今天也许就会找到池塘或是水井。我想入非非地说会找到丰富的水源，尽情畅饮一番，然后游泳，洗掉满身的尘土。比尔沉默片刻，慢慢地点点头，"这是个好想法。"同往常一样，他还是轻描淡写一笔带过。

借着微弱的晨光，我们穿过另一个卵石平原，一边说着回家后一定要吃垂涎已久的食物。我想吃菠菜沙拉，哪怕只有一片绿叶也行。比尔想吃培根煎蛋，听得直让人流口水，不过我还是中意我的沙拉。我们一路都在讨论着食物，一直到上午十点，这时肌肉抽搐逐渐加重，我们只得更加频繁地停下来互相按摩腿部。我们来到一片沙丘地带，30厘米高的梭梭丛稀疏分布在低坡上，这真是骆驼吃草的好地方，我们也可以顺便休息一下。

过后，我们又继续前行，行走的土地坚实而贫瘠，时而覆盖着一些沙砾和鹅卵石。沙地上行走的速度很慢，还好经过的沙地不多，相互间隔甚远。我们绕开低矮的沙丘，搜寻着闪闪发光的白色盐晶，但是仍然一无所获。后来，我们发现了一处泥土湿润的土地，那里曾经有一个30厘米深的湖泊。春季融雪在这里汇为一潭，不过一到夏季，在炎炎烈日下又会蒸发得一干二净。我们抓起几把厚厚的泥土，使劲挤压，想从指缝间挤出水，但除了沙尘碎石外，任何富有活力的东西都没有。我们抓起泥土往嘴里挤，却没有挤出一滴水来滋润我干裂而流血不止的嘴唇，绝望之感再次涌上心头，顿时我泪如雨下。

比尔转身走开，没说一句话，但他满脸焦虑的神情出卖了他。我跟了过去，牵起他的手，在广袤无垠的平原上向前走，并默默地

139

从彼此身上积聚力量，去忍受这52℃的高温。在这脆弱的时刻，我很想知道是否能忍受自己孤独地死去，和沿途所见的那些死去的动物一样。我很懊恼自己会有这种想法，老想着死就会真的引来死神。

今天结束前，我们只剩下宝贵的1.9升水。我们决定明天不再按照原定计划每人940毫升，而是削减到470毫升，剩下的470毫升留到后天喝。离第二次补给还有四天，我们必须按时去见楚伦，现在就连阴凉处的气温都高达48℃，我们能成功吗？尽管我们不愿意也不允许放弃自己，更别说放弃对方，但是我们都心知肚明，我们的身体已经处于脱水状态，酷热之中，一天不喝水极有可能会死。

酷热难耐，我们的身体已经极度虚弱了。每走一小时，体温调节中枢就会停止运作，引起体温上升。如果继续脱水，身体就会从循环血液中吸取水分，从而使血液变浓，不能再输送体核产生的热量以冷却体表。当身体温度高到无法忍受的地步，体内困住的热量最终会置人于死地。

脱水是一种奇特的情况，就像是一场麻痹缓慢扩散到四肢，放慢身体的节奏。当血液浓度降低，身体机能衰退时，甚至连头脑也会变得迟钝，好比现在我们需要花双倍时间来搭建帐篷。为了节约时间和能量，我们冒险露天睡觉，不过很有可能招来我们的邻居——蛇和蝎子，它们会在夜间捕食和偷袭。

我们本想减缓速度保存体力，但后来还是下定决心全力以赴快速前进。虽然如此，戈壁第三十六天，我们也才走了18公里。查看地图和卫星定位系统后，我们发现总里程数已经有1518公里了，非常接近标志性的1609公里，那是我们梦寐以求的里程碑啊，不过就现在这样糟糕的状态看来，它也就只是个数字而已。

这天晚上，我们已经筋疲力尽，连抬头观望满天星斗的力气也没有。要是能够吃上一顿特别的结婚纪念晚餐该有多好，可是现在没有多余的水，也没有力气做饭。我拿出日记本放在膝盖上，努力专注于今天发生的事情。晚上写字是我平时万分期待的事，但是现在累得一句话也写不出来。比尔也拿出日记，靠在帐篷上。他紧闭双眼，似乎也想不起任何要写的。我们索性去睡觉，但过热的身体却让人难以入眠。

第三十七—三十八天 > 我们强打精神，拖着疲惫的身躯缓慢前行。比尔吐出内心的疑虑：我们还能够坚持多久？我也有同样的忧虑。但是我们别无选择，只能跟着指南针不停地往前走。

141

我的鞋子仿佛灌了四十斤的铅，重得抬不起脚。太阳镜毫无用处，眼睛也痛得只能隐约看到前方。这可怕的高温似乎永无止境。

中午我们没有停下来休息，这样似乎更容易坚持，此时大风停歇了，飞扬的沙尘也偃旗息鼓了。精疲力竭的我们体力也消耗殆尽，步速越来越慢，好不容易拖到了下午。我的脑子一片空白，完全不能思考。我鼓足精神问比尔的想法，他也只是摇摇头。我们步履蹒跚，时不时停下来休息，来缓解阵发性眩晕和肌肉痉挛。我们步履艰难，需要紧紧抓住骆驼缰绳避免跌倒，生怕倒下就再也起不来了。

我们肩并着肩，痛苦不堪地蹒跚而行。我们谈论起一切会以怎样的方式结束，在家时我们也说过这些，很有可能留下家人和朋友，撒手人寰。楚伦会原路返回找到我们，日记会告诉他们这里发生的一切。我出乎意料地冷静，比尔也很淡然，没有一丝恐慌。我们不再害怕，只能接受经过鏖战却功败垂成的事实。不过很快，关于死亡的谈话让我们做出了一个新的决定。我们的意志已经极度消沉，现在唯一的出路就是破釜沉舟，用共同的倔犟来背水一战。于是，我们打算一直走下去，直到倒下或是找到水源。我们趔趄而行，希望能够重获新生。

渐渐地，比尔脸色变得如死灰一般苍白，眼睛深陷似一口枯井，头痛剧烈得难以忍受。而我，眼窝也深深凹陷，连眨眼都困难，脑子里像是有一团烈火在燃烧，这种疼痛吞噬了我的整个身体，灵魂深处犹如死灰一样无比的绝望。我们很少撒尿，小便会产生刺痛，排泄的少量尿液是黑色的。太阳渐渐沉入地平线，却仍以最后的几丝高温揶揄着我们，我们全然不顾，心无旁骛，一门心思地往前走。

现在，大腿和臀部的伤痛又朝我袭来，实在让人不堪忍受。为了忘记痛苦，我大声数起步子。数到两百步时，比尔也跟着数起来，于是我们就这样一步步向前。我们用嘶哑的声音高喊着，正步前进，穿行在炙热的旷野中，如果有人看见，一定会觉得特别滑稽。

在这漫长的一天里，最终我们艰苦跋涉了13公里。我们搭起帐篷露营，身心疲惫却又忧心起以后的路程。吃罢晚饭，我们打起精神，用沙哑的声音对着骆驼和旷野唱起欢快的小曲。我们打开尘封已久的童年记忆，唱起多年未曾听过的歌。骆驼听见我们唱着《你是我的阳光》（*You Are My Sunshine*），却一点也不感动。实际上，它们压根儿没有注意我们，不过也无所谓，诚如比尔所言，"我们确实唱得太难听了。"

晚上，全身皮肤燥热难耐，我们再度失眠。借着手电筒发出的昏黄光线，我在日记中写道："这片沙漠真的像监狱一样让人痛恨吗？我们真的就没有出路了吗？"

第二天，我们身体更加虚弱，几乎无法行走，不断地停下来抓紧骆驼缰绳，靠着骆驼休息。我们压根儿不敢坐下来休息，也不说话，嗓子也根本讲不出话来。

这天结束时，我们只趔趔趄趄地走了5公里，但我惊奇地看到了落日余晖中的一丝闪光，比尔也看到了。过了一两分钟，我们麻木的脑袋才反应过来那是什么。

"水！"我舔了舔流血的嘴唇，尖声叫道，又满腹狐疑地看着闪光的地方，心想也许是另一个海市蜃楼，那样的话对我们也太残忍了。

"这次肯定是水。"比尔低声咕哝道。我们牵着骆驼跌跌撞撞往前走，骆驼似乎也感觉到了，径直朝水的方向奔了过去。

是水！就是水！美妙、珍贵、赋予生命的水！这是一个浅浅的盐湖，大约有12米宽，最深处约有15厘米，湖底布满了石头。

我们按捺不住内心的喜悦大声高呼，泪流满面，连滚带爬地走到湖边，捧起水就喝，随即又吐了出来，水又涩又咸，连骆驼也难以下咽。

一阵兴奋之后，我们认真起来。首先把骆驼拴在远离咸湖的地方，然后匆匆忙忙从行李袋里摸出盐水转换器，确定转换器能正常使用后，我们喝光瓶子里的最后一滴水，轮流摇动转换器的黑色手柄，慢慢抽取湖水进行转换。

操作完毕后，我们喝了一大口，味道仍然令人反胃呕吐，于是慢慢啜饮，喝下这宝贵的液体。水缓缓浸润着我们干裂的嘴唇，流过喉咙，犹如天鹅绒般柔软，虽然有股异味，我们却浑然不觉。

三个小时后，天黑了，我们已经装满了水瓶和15升的塑料容器，接着又多抽取了8升水，欢呼雀跃地倒在对方头上，洗去脸上的汗渍和尘土。我们衰弱无力的身体就像久旱逢甘霖的植物，重新恢复了活力。

我们打着手电筒，喂了骆驼两桶水。骆驼慢条斯理地喝着，与我们饥渴难耐的牛饮形成鲜明对比，它们和我们不一样，没有液体也能坚持一段时间。待一切完毕后，已经过了午夜，我们没有做晚饭，多喝了些水后便钻进睡袋。虽然身体还很虚弱，头痛和其他并发症却有所好转，不过肌肉痉挛仍然很严重，好在皮肤感觉凉爽了许多。在这几个小时里，我们的身体组织像海绵一样吸足了水分，但是没怎么排便。

我们无比兴奋，终于得救了，再也不会恐惧未来。我们的抽水机，新近上市的脱盐装置救了我们的命。

休息的时候，我们说起了好多人因缺水而命丧黄泉的故事。其中一个故事发生在第二次世界大战期间，一小队西伯利亚来的囚犯固执地认为，不需要地图和指南针也可以徒步400公里由北向南穿越蒙古最狭窄的部分。他们带着少量饮水，徒步走了几个星期，在身体严重脱水和饥饿状态下，顶着夏季高温天气，在完全没有水的情况下又走了八天。现在，我们明白了这个故事即便不是虚构，也很夸张。在极端温度下，我们依赖少量饮水只走了七天，如果完全没水喝，是活不过后面两天的，因此我们断定，缺水状态下，根本不可能在戈壁中生存八天。

这天夜里，我们睡得酣畅无比，天亮后又多睡了两个小时。我把湿靴子拿来作枕头，伴着湿气睡觉真是惬意。

第三十九天 > 早上，我们吃了浸水麦片，补偿过去几天吞咽干燥食品的痛苦，吃罢饭后，又往容器和水瓶里灌满水。为了防范更多突发情况，我们每人背了一个黄色小包，里面各装两瓶水。设置好指南针方向后，我们精神抖擞地出发了。比尔重新踏着轻快的步伐，尽管我的臀部和大腿伤势并没有好转，却也不碍事儿。我们走了30米，停下来最后看了看救命的小湖泊。七月底，湖水就会干涸，只会留下白色的盐晶外壳。

CHAPTER 8　冰

CHAPTER 8 冰

第四十天 > 我们从疲惫的泥潭中挣扎而出，继续保持我们一贯无情的行进速度。上午十点，一群建筑突然进入眼帘，但是地图上没有标注。为了寻找水井，我们走进这座破败的村子。村子的街道上布满了沙石，街道两旁尽是各式各样年久失修的混凝土平房。但最引人注目的还是散落一地的五颜六色的伏特加酒瓶，数量之多，令人瞠目结舌。

一位小男孩走进了我们的视野，向我们指出去往村里水井的路。通往水井的每条路上都布满了玻璃碴，我们担心汤姆和杰瑞不能安然通过，于是原路返回，找到一条更加安全的路线去村外的干净水井。这真是一个完美的地方，在这里我们可以补充水源，骆驼也能畅饮一番。

如果之前没有找到咸湖，这口井就会是我们发现的第一处水源。但是暗自一想，那时我们根本不可能及时来到井边解决燃眉之急。我们将所有容器都装满了水。

我们互相往身上倒了几桶水，感受这天堂般的清凉，然后把两套脏衣服泡进水桶，水立即变成了深棕色。我们把洗好的衣服拴在骆驼行李上晾晒，水一直从衣服上滴下来溅在我的靴子上。就这样，我们离开了村子，不想再去看一眼满地的碎玻璃碴子。除了周围山脊上分布的几处金矿外，这里的人们似乎无其他工作可做。他们把赚来的钱都花在了伏特加上，扔掉的酒瓶就成了满地的碎片。

我们继续前进，弥补过去几天耽搁的里程。中午休息了十分钟后，又顶着47℃高温继续前行。一想到马上就能再次获得补给，再次见到久违的楚伦时，预先安排的见面地点就像磁铁一般吸引着我们。到了晚上七点，我们心急如焚地看着天空，忍受着腿部剧烈疼痛匆匆赶路，比以往走得更快更久。经过一天十八个小时的艰苦跋涉，我们走了将近63公里，终于在晚上七点半赶到了见面地点。我们迅速布置好着陆带，很快我们耳畔就响起了飞机靠近时发出的熟悉的轰鸣声。

在戈壁中，我们历经千辛万苦，平均每天行走40公里，完成了1620公里。鞋在尖利的岩石和碎石平原上早已磨得破旧不堪，幸好楚伦为我们带来新鞋，还带来了干净袜子和新的登山杖，这对我们余下的旅程大有帮助。

楚伦听到我们缺水和寻找水源的故事后震惊不已，平常开朗的表情骤然严肃起来，指着开裂的水容器，担心地说："你们差点死了。"

这让他极为担心我们剩下的旅程，他开始像牧民那样提醒我们这异乎寻常的高温，告诉我们沿途大部分牧民已经离开，这个地区三年没有下过雨，水井早已干涸。虽然我们在沙漠中屡次遇险，但还是决定继续往前走。

我们卸载完所有物资和装满水的干净水容器后，换上新鞋，把旧鞋交给楚伦带回去。楚伦提起鞋子，用怀疑的口吻说道："你们竟然把鞋子都穿烂了！"

楚伦拿给我们12个土豆、6个苹果，两块苹果派，一条新鲜面包，还有神秘水果做成的蒙古果酱，我们则递过去三本日记、大量已经曝光的胶卷、沾满灰尘的衣服，当然还有破裂的水容器，拿走这些折腾人的破玩意后真让人倍感轻松。

黄昏时分，楚伦依依不舍地准备离开。我们的友情早已凝结成了信任与关怀。他那开朗的性格和明媚的笑容俨然是戈壁旅行中身心疲累时的一剂补药。

飞机引擎轰隆作响。楚伦的飞机在尘土飞扬的跑道上加速滑行，随后冲上云霄。孤独感瞬间笼上我们心头。不过一想到很快就能美美饱餐一顿，我们的注意力马上转到食物上，未来的担忧也暂时抛到脑后。

晚上，我们做了一顿特别的大餐，主要有土豆和苹果。比尔给汤姆和杰瑞各喂了一个苹果。不一会儿，在我们吃晚饭的时候，两只骆驼悄悄走到帐篷边，伸进长长的脖子，用柔软的鼻子推我们的后背，还像小牛一样哞哞叫。我们没有理睬它们恬不知耻的撒娇，它们反而推得更加起劲了。无奈之下，我们只好给了它们两个土豆，又喂了两片涂有果酱的面包，算是额外犒赏。这两只骆驼真是没规没矩，像孩子一样，知道怎样恣意妄为。为了吃顿安生饭，我们把骆驼拴在地桩上，为它们添了一些草料。

海吃一顿后，还剩下一些馅饼，我们极不情愿地把它留作明天的早餐，之后便倒头大睡。睡到半夜，比尔突然醒来想吃零食，这些馅饼就成了奢侈的夜宵。

第四十一天 > 我们一路向北，来到了气氛阴郁、尘土漫天的省城达兰扎德嘎（Dalanzadgad），之前遇见的那个十岁小姑娘就在这座城市上学。达兰扎德嘎的蒙古语意思是"70个泉眼"，名字诱人，却名不副实，实际上这里只有荒废的前苏联混凝土建筑。公寓大楼剥落的外墙和破烂的窗户增添了城市残破、萧条的景象。市郊的蒙

149

古包社区围着一圈木栅栏，就像这座城市的裙摆。

从乌兰巴托往南到达兰扎德嘎，游客可以选择较为可靠的航空服务，途中还可领略戈壁沙漠的壮观。沿着坑坑洼洼的弯曲街道，我们偶尔会遇到游客拍照留念。

除此之外，这座城市几乎没有任何活力。百无聊赖的年轻人在街上东游西荡，无所事事，因为这里根本没有工作机会可言。一个醉汉在路上趔趔趄趄，咧嘴笑着拿起半瓶伏特加请我们喝。另一个人则睡眼惺忪，骨瘦如柴，衣着褴褛，含混地说着话，四处讨钱想再买瓶酒。另外两个醉鬼勾肩搭背，踉踉跄跄朝我们的方向走来，其中一个还摇晃着空酒瓶语无伦次地咕哝着。

居住在沙漠之城的人游手好闲，意志消沉，与我们在戈壁沙漠遇到的勤劳、乐观、容光焕发的牧民截然不同，真为他们感到惋惜。

风沙在建筑物间旋转翻腾，把纸和垃圾卷入一团团尘土之中。我们本想一睹这座城市的风光，不料满大街全是无精打采的醉鬼，没有一个正常人。

前苏联人撤出蒙古后，达兰扎德嘎像大部分蒙古城市一样，进入持续衰退阶段。戈壁中的几座城市由于地处偏僻，情况更加糟糕，时常停电，今天也不例外。我们问什么时候会来电，得到的回答是"等有人来修好"。

达兰扎德嘎的生活必需品匮乏，也没有几条真正的道路，甚至到了现在，仍然在用前苏联遗留下来的老卡车运送煤气。司机必须穿过没有道路的开阔地带，有时还得用上权宜之计让不听使唤的引擎抵挡住高温和尘土。虽然前苏联引擎质量不错，但也有个严重缺陷，去年我们开吉普车旅行时就发现了这一点。当时我们行驶在蜿蜿蜒陡峭的山路上，翻越北部犬牙交错的山隘，引擎像着了魔似的频繁过热。唯一的解决方法就是把车子开进风里，打开发动机罩，等上半个小时，直到引擎冷却才能继续驾驶。我们时常觉得自己也成了过热卡车的引擎，碰上这个问题，总要停在山顶上吹吹风。

达兰扎德嘎外围是一片开阔的碎石平原，向西一直延伸到阿尔泰山东侧。在这里，广袤平坦的东戈壁沙漠和平原融为一体，像皱皱巴巴和布满尘土的地毯绵延几百公里一直延伸到东部边缘。大山深处隐没着独特的冰封峡谷，再往北走就能看见伫立在平原之上的烈火危崖（Flaming Cliffs），它是历史上重要的恐龙化石发掘地。我们现在有两个选择，要么多走一百公里，按照现在的速度花四天时间去参观这些名胜古迹，要么沿着原定徒步线路径直向东。

晚饭时，我们讨论起应该走哪一条路。一开始，我坚持继续向东，不想多走几公里路，也不愿意让受伤的身体承受更多压力。但是比尔觉得如果不游览这些罕见的沙漠奇观会是人生一大憾事。我们对恐龙的历史很感兴趣，而且这一地区的科学信息和图片对冒险课堂项目也很有价值。最后，这个理由说服了我。我们达成一致，多花些时间，往北多走一段路，然后继续徒步向东。

在用大米和菜干做饭的时候，我们看见一群绵羊和山羊似一条小河般朝我们流趟过来。慢慢地，这条白色的咩咩叫的小河分成两股，绕着我们的帐篷流过，继而汇合朝北流去。羊群后跟着一个身体瘦高的青年，约莫十几岁，骑在骆驼上唱着粗犷的歌，声音高亢而洪亮。他经过时，热情地向我们招手，好像在浩瀚无边的戈壁中的亮红帐篷周围放牧是他日常游牧生活的必修之课，不足为奇。甚至，在两只忙碌着照看羊群的牧羊犬眼里，我们也是透明的。

当骑着骆驼的牧羊人若无其事地从我们身边走过时，我们惊呆了，目送他逐渐消失在平原的尽头，出神得连做饭都忘记了，平底锅烧焦的怪味惊醒了我们。还好锅没有烧坏，于是我们重新加上水开始做饭。夜幕降临，我们钻进舒适的睡袋，为第二天的冒险养精蓄锐。

第四十二天 > 当阳光洒满波浪起伏的平原时，一天的艰苦跋涉又开始了。走了32公里后，眼前的平原变成山麓，一直引领着我们深入崇山峻岭。我们来到一道锈迹斑斑的铁轨处，铁轨两端各立有一个路标，这是进入尤林冰河谷（Yolyn Am，又称大鹰峡谷）的临时入口，守护着里面的冰封雪原：雪原中有一条阴暗的深谷，两岸是壁立陡峭的悬崖。入口的看守员不在，我们牵着汤姆和杰瑞沿着常有人走的小路绕过大门，继续深入冰谷附近的大峡谷。十几头牦牛啃食着贴地的绿色植物，当我们经过时，它们纷纷抬起头看。这种温驯的动物与家牛十分相像，都长着蓬松的长毛和威武的犄角。

山中峡谷与几公里之外干燥的沙漠平原相比，别有一番天地。这里生长着稀疏的绿色雀麦草，周围是低矮的杜松灌木丛，风中飘浮着它独有的芬芳的高山气息，身旁缓缓流淌的小溪蜿蜒穿过渐趋狭窄的峡谷。地鼠猛冲到我们脚边，又慌乱奔逃进洞里。这片地区呈现出一派田园牧歌般的景色，但是由于过度放牧，绿色植物早已被牧民驯养的山羊、绵羊、牦牛和马吃光了。

大约走了12公里，我们停下来把骆驼拴在溪畔吃草喝水。比尔和我则又走了20分钟，来到一个陡峭狭窄的山谷，峡谷两边的岩壁高达几十米，间隔约二十米，近乎垂直的红棕色岩壁间结了一层1.5米厚的冰。山坡处发生过雪崩，冬季积雪沿着十公里长的阴暗峡谷蜿蜒滑入大山深处。阴影中的冰块融化得很慢，即使峡谷高处的山顶艳阳高照。我们在其他山区常见到这种现象，冬天的冰雪在山上不会受到太阳的影响，河谷深处和狭窄山谷的冰雪在整个夏季也不会融化。

凉爽的冰块让人觉得新奇，我们抓起几把往脸上擦，顿时感到一阵刺骨的冰冷。我们怀着探矿者找到金子般的那种兴奋，用小刀挖开地面，切下一块洁白的、一口大的冰，含在嘴里嚼起来，就像吃糖果一般。冰块在嘴里慢慢融化成冰凉而可口的液体，缓缓流入我们备受尘土摧残的喉咙。

我们迫不及待地想进入峡谷深处探索，我们走过天然雕琢的崖壁间的冰块时，才发现这里的崖壁是众多鸟儿筑巢的地点，时常能看见它们在高高的岩缝间飞进飞出。这座公园里栖息着两百多种鸟类，有秃鹰、漠地林莺和蒙古巨嘴沙雀。布谷鸟婉转的歌声曾经激发出贝多芬的创作灵感，写出了著名的《田园交响曲》（*Pastoral Symphony*），现在，这悠扬的歌声正在我们上方的崖壁间盘旋。根据蒙古传说，如果游人连续听到十二声布谷鸟叫，余下的旅途将会走好运。而我们听到的布谷鸟鸣早就不止十二声了。峡谷的野性之美，山谷的凉爽和宁静，还有布谷鸟浪漫的歌声让我们流连不已。

夕阳西下，峡谷间笼上一层厚重的阴影，我们嚼着冰块回去找骆驼。天黑前，我们回到临时入口处，然后在空旷的平原上扎营过夜。

第四十三天 > 翌日，黎明破晓前一个小时，我们收拾好营地，出发前往烈火危崖。按照地图，烈火危崖位于北边51公里处。外国人把这个地方称为烈火危崖，但蒙古人从来不这么称呼，他们称这里为巴彦扎格（Bayanzag），意思是"盛产梭梭"。20世纪20年代，烈火危崖因发现恐龙墓地而闻名于世，美国古生物学家罗伊·查普曼·安德鲁斯（Roy Chapman Andrews）带领探险队挖掘红砂岩悬崖时，尽意外地在中亚发现第一批恐龙蛋化石和恐龙骨骼。在侵蚀砂岩上发掘出大量的恐龙骨骼尤为重要，因此接下来几年安德鲁斯又带领团队进行了几次探险活动。烈火危崖被证实是恐龙蛋的宝库，其中一些带有石化胚胎的化石依然完好无损。而且他还发现一枚极其珍稀的窃蛋龙化石，发现时，这只窃蛋龙骨架正屈膝护住一窝22枚蛋。前苏联人统治蒙古后，意识到美国这项发现的价值，于是禁止所有外国探险队前往烈火危崖。不过，自从蒙古新政府成立以后，许多国家的探险队又重新开始在烈火危崖进行探索与发掘。

154

夜幕刚刚降临，我们穿过低缓的平原来到了烈火危崖，在这个激动人心的地方，剥落的红砂岩悬崖壁立千仞，被风蚀成洞穴、裂缝和麻花形石柱。几千年前，戈壁曾是一片润泽的地区，河流穿过高原切断较软的砂岩形成峡谷，峡谷间生长着茂盛的青草和植物。随着气候逐渐的炎热干燥，植物随即消失，露出悬崖以及谷底松软的砂岩基石。在日益严酷的气候下，生活在平原地区的人和动物不得不离开。早在人类到来前，因天气的不断变化，那里生存已久的古老动物的遗骸逐渐暴露在外。几十米高的砂岩柱向外倾斜，随后崩塌，碎裂成沙土。

安吉拉·米尔纳博士（Dr. Angela Milner）是世界恐龙专家领军人物之一，她坚信戈壁沙漠仍然是重要的恐龙所在地，因为在这里发现的许多恐龙化石比其他地方发现的化石更加古老。她认为这些物种在亚洲进化而成，然后穿过连接大陆板块的大陆桥到了北美洲。专家们相信还有许多古老的秘密深藏于戈壁之中，等待人们一一解开。

岩石周围的平地和斜坡上零星生长着梭梭灌木丛，这些绿色木本植物经过一个世纪生长才长到一米多高，它们沐浴在落日的余晖下，发出耀眼的红光。不远处是梭梭"树林"，这种扭曲盘错的古老灌木绵延几公里直达戈壁北缘。由于缺水，这种扭曲的灌木小得像盆栽一样，但是它的根部却可以抵挡住风沙的侵蚀。傍晚，我们露营在宁静的红色岩石间，沉醉于绚丽的夕阳里，看着鬼斧神工的瑰丽景色慢慢消融在黑暗之中。在这个无尘的夜晚，漆黑的夜空繁星闪烁，美丽异常。

闪闪星空让人怡然自得，我们谈论起这里曾经拥有的勃勃生机之景。如今，沉寂的沙漠中不再有古老生物，这让我们伤感不已，不仅戈壁里，在整个世界，珍稀物种正在人类无休止的开发与侵袭中力求生存。

晚上，我在日记中写道：

沙漠变幻莫测的情绪，乃至它的挑衅都蜕变成了夜的平和与宁静，我们热切展望起旅途中下一个即将来临的挑战。月光笼罩着黑夜，四下无声，万籁俱静，但我们仍然能感觉到，在我们视野之外，夜间动物正四处寻觅着食物。

比尔在日记中写道："我想，这些偏僻的地方没有人类的需求，没有人工社会，也没有塑料胶合板，正是这些吸引着我们跋涉到此。白天我们努力斗争，而在凉爽的夜晚，我们才是在享受生活。"

第四十四天 > 凌晨五点，红色砂岩和隐藏的古老秘密已经被我们抛在了身后。设置好指南针，我们朝着东南方向走回沙漠中央，这是这次旅行所经过的最炎热的地方，1126.5公里的热浪跳跃着伸向一望无际的远方。

我们穿行在海拔1500米的粗砂平原上，突然远处出现了一个孤独而纤瘦的身影，正缓缓前行，于是我们赶忙追了上去。他穿着深栗色蒙古袍，袍子上早已积满了灰尘，腰间系着一条亮黄色腰带。

陌生人见我们追他，赶忙停下来等我们迎头赶上。一阵礼貌的寒暄后，他用流利的英语问我们去哪里。我们告诉他要去的地方，心想他多半也会质疑。但是他只是笑着说："比我要去的地方远，不过我可以和你们同路，一起走到我家的蒙古包吗？离这里只有几公里。"我们当然乐意和这个轻声细语的绅士同行，他告诉我们，他是佛教喇嘛。他瘦弱的肩膀上披着长长的袍子，脚上穿着破旧的棕色皮拖鞋，灰色的袜子上全是洞，已经不堪修补，只能护住粗糙的双脚不被尖锐的碎石割伤。他的光头上随意戴着头巾，使那张布满皱纹的脸庞更加显眼。他背着一个黑色小帆布袋，里面装着几本佛经和一串喇嘛念珠，手上还挂着一根弯曲的木杖，一看就知道陪他走过许多路。

我们把他的袋子系在汤姆的行李上，并肩而行。他回忆往事，告诉我们他的故事。他叫巴雅尔赛汗（Bayarsaikhan），简称巴雅尔（有"欢乐"之意），是一名僧侣教师。白天他从达兰扎德嘎出发，趁着家人还没有把家当装上骆驼，赶着羊群向北走之前，回家和他们共聚几天。

巴雅尔是位老人，他不知道自己确切的年纪，但是在前苏联严酷统治时期，十几岁的他在一位高僧那里接受过秘密训练。他和其他僧人曾经偷偷住在离残存寺庙不远处的山洞里，直到1990年东欧共产主义解体。

蒙古佛教信奉古老的萨满教，相信法力无边的天空、太阳、水和大地之神。16世纪，蒙古统治者阿勒坦汗（Altan Khan）是蒙古第一位佛教首领，他将佛教设为国教，下令在旧都哈拉和林（Karakorum）修建气势恢弘的额尔德尼召庙（Erdene Zuu Monastery）。

寺庙聚敛了大量财富。巨额财富对这个人口稀少，饱受贫穷的国家产生了影响，也带来了权力的复苏。20世纪初，蒙古的僧侣数量占到成年男性人口的1/3。势力强大的寺庙占有国土面积的1/4，统治着大部分人口，牢牢控制着国民教育体系，最终出现了140个活佛（"活佛"这个名称是用来描述转世佛陀）。博格达汗（Bogd Khan）是蒙古的圣君，自蒙古从中国独立出去后，他就成为了蒙古的宗教领袖。

1921年蒙古共产党执政后，前苏联政府很快意识到寺庙的权力和财富威胁到自身的统治。即使在博格达汗死后三年，寺庙仍然保留着大量财富，以及对人民的强大影响力。在斯大林的残酷政策下，前苏联开始迫害佛教，剥夺寺院的一切权利，把僧侣送去服兵役，还禁止他们教育儿童。但即使面临空前的迫害，佛教势力依然延续了下来。1934年，佛教寺庙的年收入仍然很高——几乎和国家收入持平——全国也仍有三千多座寺庙。

1937年，正当日本人磨刀霍霍入侵蒙古时，前苏联人先下手为强，加快对蒙古人迫害的步伐。两千多个高级喇嘛遭到逮捕，并处以死刑，其他喇嘛则被遣送到西伯利亚的劳教所，再也没有回来。佛教寺院被洗劫一空后遭到彻底摧毁，而贵重物品不是被盗就是被砸，黄金佛像则被运回前苏联熔化。1937年至1950年间，大批蒙古人遭到屠杀、囚禁或是被送往西伯利亚。一些当局机构估计有四万人遇害，而其他人据估计死亡人数超过了十万。

唯有一座寺庙幸免于难，乌兰巴托的甘丹寺（Gandan Monastery）作为向外界展示宗教宽容政策的窗口而允许开放，但只允许近百名僧人留在寺内，并且还用于前苏联控制这个国家，若有违背其国家旨意的还会遭受严厉惩罚。

在前苏联的统治下，蒙古人不再进入寺庙参加宗教活动，而前苏联也逐步建立起了自己的教育和政治体系，那些希望继续从事宗教活动的人只能秘密进行。

1990年，东欧共产主义解体后，前苏联人离开蒙古，人们再次重获自由，可以到少数几个躲过浩劫的寺庙里开展宗教活动。身着黄红色僧袍的喇嘛开始出现在街道上，寺院里。佛教徒重新开始接受教育，慢慢复苏的佛教逐渐扩散到整个国家。虽然蒙古没钱重建毁坏的寺庙，但是他们用一种并不铺张的方式东山再起。

巴雅尔用一种平静而悲伤的语气告诉我们，有一年夏天，前苏联士兵袭击了边远山区的寺庙。僧人们收到消息后，知道士兵正在靠近，连忙跑到隐蔽的洞穴藏了起来。几个跑不动的老僧人被士兵抓住，当场打死，尸体一直留在原地。佛像和其他宗教器物被悉数偷走，寺庙也被摧毁，只剩下黏土外墙屹立在废墟之上。

寺院受到袭击后，惊恐万状的僧人在洞穴中躲了几周。他们出来之前，把僧袍藏在墙缝里，然后避开村子，穿过乡郊野外，回到家人身边。他们的家人都是戈壁沙漠或者北部草原的牧民，于是僧人也重新成为了牧民。几个月后，包括巴雅尔在内的几个僧人回到寺庙附近的山区，取回僧袍和几件简单的物品，在藏身山洞里悄悄过起宗教生活，开展教学活动，直到前苏联人离开蒙古。

前苏联统治结束后，巴雅尔和他的僧人同事重新获得自由，现在可以公开敬拜佛祖。巴雅尔领导了寺庙的修复工作，希望将寺院用于新一代年轻僧人，让他们在那里接受培训，跟随他的脚步弘扬佛教文化。

"那是一个悲惨的年代，但是最后我们胜利了。"巴雅尔讲完故事后说道，"很多学生继承了我们的事业，那些丧命于野蛮人之手的勇敢长老们会得到祝福，永远活在我们心中。内心纯洁和正义行为永远不会被摧毁，我们必须原谅那些千方百计清除我们的人。"

我们一起默默往前走，比尔和我陷入沉思，这个温雅端庄男子的话语在耳边回响。我们不知道应该怎样评价他们遭受的残酷迫害，但是巴雅尔的平和与宽容令我深深感动。他艰辛的人生道路更多的是一种心路历程，而不是外在的身体体验。他流露出的沉静与情感力量似乎比任何身体体验更加强大。我能获得这种内在力量吗？我想知道，这种力量不仅能够使人在残暴中生存下来，还能原谅那些施暴的人吗？

我从一旁偷看巴雅尔。他的双脚踏上碎石铺就的大地，好像是在抚慰地表；他移动双手，仿佛轻轻划动着空气；他的双眼凝视着挚友一般的沙漠。我遇到的问题，比如身体疼痛，比如需要一直保持匀速前进，突然大幅减轻。在那个时刻，我完全明白徒步穿越戈壁不是要征服这片辽阔的沙漠，而是正在经历一场心灵之旅，我们心怀友爱穿越戈壁，一边行走，一边拥抱身处的世界，了解周遭的环境。

我们走了八公里，来到一个狭谷之中的白色蒙古包前，周围是

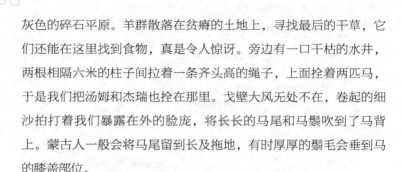

灰色的碎石平原。羊群散落在贫瘠的土地上，寻找最后的干草，它们还能在这里找到食物，真是令人惊讶。旁边有一口干枯的水井，两根相隔六米的柱子间拉着一条齐头高的绳子，上面拴着两匹马，于是我们把汤姆和杰瑞也拴在那里。戈壁大风无处不在，卷起的细沙拍打着我们暴露在外的脸庞，将长长的马尾和马鬃吹到了马背上。蒙古人一般会将马尾留到长及拖地，有时厚厚的鬃毛会垂到马的膝盖部位。

依照蒙古传统习俗，巴雅尔没有通知家人就将我们径直领进蒙古包。虽然我们在沙漠里待了几个星期，不敲门就进蒙古包仍然让人觉得害羞，甚至还有点愧疚。巴雅尔的家人看见我们进来，立即起身迎接，向巴雅尔深深鞠躬表示敬意，然后牵着他坐到蒙古包后面的上座，我们则习惯性地坐在左边的客席。

蒙古包里身强力壮的男子是巴雅尔的儿子，他握着父亲的手，深深鞠了好几个躬，他的妻子赶忙斟茶倒水，三个孙子马上聚到巴雅尔旁边。一个十岁左右的纤瘦女孩坐在巴雅尔脚边，把脸放在他的膝盖上。两个身高不一的男孩，一个六岁，一个八岁，蹲在巴雅尔旁边，努力展示他们的男子汉气概。

女主人给巴雅尔斟上茶，再给比尔和我，最后是她的丈夫倒茶。巴雅尔给他们解释了我们如何相遇，全家人都笑了起来，点头称是。巴雅尔显然是他们家的神，巴雅尔的朋友就是他们的朋友。

我们顺从地喝完咸茶，但是干奶酪一端上来，比尔不得不故作姿态，因为他忍受不了奶豆腐的腥臭味。他假装把干奶酪放进嘴里，实际却悄悄攥在手上，然后趁人不备一下扔进口袋。这倒不失为处理难吃食物的好方法，因为在蒙古和许多文化中，拒绝女主人提供的食物非常无礼。

不过，这些坚硬的奶豆腐也不会浪费，我们会留下来等以后去其他蒙古包的时候再用。我们发现，每个蒙古包外面至少有一条忠心的看门狗。这些护卫犬有时太忠于职守，会攻击无辜的游人。如果有奶豆腐在手，我们就很容易收买遇到的看门狗。

按照惯例，接下来就该吸鼻烟了。巴雅尔的儿子递上一个色彩鲜艳的烟壶，男人们一一打开盖子，用拇指和食指取一点烟草，放在鼻子下吸上一分钟，然后把烟壶往下传。女人不参加这种仪式，我暗自庆幸至少不用尝试这种习俗。

但是麻烦事情接踵而至。巴雅尔回家是大事情，一定要喝伏特加，于是一小杯清澈的液体就递进我们手里。蒙古礼仪中，第一杯酒敬神，人们必须将无名指浸入伏特加，然后用无名指和拇指朝天空弹出一滴酒。第二滴酒也要弹向天空，第三滴弹向大地，第四滴抹到前额，最后才啜饮杯中酒。我们负责仪式的第一部分，因为我们已经在之前的其他场合品尝过这种消毒液口味的伏特加，所以这次只是润湿嘴唇，假装喝一点。外国客人只要喝了酒，酒杯便可以继续往下传，我们当然不能阻碍仪式的进程。

喝完酒，就轮到挑战我们西方胃口的食物：尊为蒙古国民饮料的艾日格，也就是发酵的马奶。新鲜马奶很好喝，但是在高温中存放多日，马奶就会变酸。刚开始我不知道那是什么东西，猛地喝下一大口。全家人面带微笑，满怀期许地看着我，准备分享我畅饮玉液琼浆的快乐。

酸涩的液体刺激着胃部，让人全身紧张。我难受得眼泪都流出来了，却只能强行咽下饮料。为了使主人高兴，我只得打起精神强颜欢笑。等我喝满意了，他们才把注意力转向比尔。不过，比尔后来说，他看出我状态不好，这就提醒他得小心了。他抿了一口艾日

161

格吞下去，然后微笑着赞不绝口。这时主人看见我们喝得开心，也感到万分欣喜。

蒙古人把马奶倒进兽皮制成的容器，挂在蒙古包里，不时搅拌直到发酵。到了夏天，马奶完全发酵后，人们就会大量饮用艾日格。蒙古有一种两人玩的艾日格猜拳游戏，输家必须喝一大碗艾日格。我们经常见到蒙古人玩这些游戏，看着输家将碗里的艾日格一饮而尽，让人不由得心生敬畏。蒙古人日益强大的胃黏膜能力和厚度真是令人羡慕。后来，我们听说古代蒙古人会喝艾日格治疗肺结核，而这种艾日格是用白色母马的马奶制成。

随后，女主人端上几碗新鲜酸奶。为了消除艾日格的影响，我三两下喝掉一碗酸奶，胃部舒服了很多。女主人又端上特色蒙古汤，由面条、土豆粒、胡萝卜和洋葱烹制而成，滚烫的液体上浮着几块羊肉和脂肪。虽然这种简单的汤料味道很好，但是一看到浮动的脂肪，还有空气中弥漫的浓烈羊膻味，我们顿时没了胃口。我在新西兰长大，那里的羊肉堪称国菜，所以多少能吃一点羊肉，不过羊肉油腻的膻味仍然挑战着味蕾。比尔在美国出生，不习惯吃羊肉，他费尽心机，也只能用鼻子闻闻羊肉的浓烈气味。

相对于西方人来说，蒙古人的饮食简单乏味。他们根本不用调料，如果要使用，也仅会使用少量的洋葱和大蒜。美国菜里有一道非常辛辣的菜品叫做蒙古牛肉，但是戈壁牧民压根就没有听说过。牧民依据食物和供水频繁迁徙，没有机会种植蔬菜或其他庄稼，只能依赖牲畜提供的食物。他们的主要食物是各种动物的肉和奶制品。他们喜欢羊肉，几乎每天都吃，而且还会在食物中添加大量脂肪。

确实，蒙古的绵羊品种不仅能够抵御极端气候，依靠数量有限的植物为生，而且还长着硕大的尾部，蓄积着三四公斤纯白色脂肪。绵羊的尾部是饥饿时的营养来源，类似于骆驼的驼峰。另外，白色羊毛也深受地毯产业欢迎。骆驼奶、马奶、山羊奶和牛奶给牧民家庭提供了各种各样的奶制品，比如他们大量消费的奶酪、酸黄油、酸奶、奶豆腐、酸奶油，当然还有咸茶。

　　蒙古人除了做羊肉汤，还会将肉类制成各式各样的美食，烹饪、风干，或是将蒙古包里悬挂的羊肉割下几条拿来油炸。夏天，蒙古人的食物称为"白食"，几乎完全是用夏天产奶季节的新鲜奶制品做成。而在寒冷的冬天，他们会在肉类主食中加入容易储存的奶制品，比如奶酪和奶豆腐。

　　对于蒙古牧民来说，素食者拥有精神错乱的灵魂，只有吃上一碗热气腾腾的肥羊肉才会好。他们从未听说过每天的饮食里面没有肉。

　　尽管我们不愿离开这个温暖的家庭，最后还是从木凳上站起来，打算在夜幕降临前多走几公里。按照游牧民族的风俗，我们在离开前向巴雅尔赠送了礼物，因为他是这个家庭里最年长的成员。我们还送给每人两双冬袜，以及一袋盐。巴雅尔的儿媳感动得热泪盈眶，连忙跑到橱柜拿出两大把硬豆腐塞进我们手里。巴雅尔的儿子让孩子们去井边喂骆驼。巴雅尔说再过三天，他们全家就会赶着羊群，迁移到北部山区的一个山谷里，那里邻近他的寺庙，他们夏天一直在那里寻找食物和水源。秋天，他们会赶在下雪前回到这里过冬，那时井水又满了。

　　我们离开的时候，巴雅尔的儿媳跑回蒙古包端出一锅羊奶。她站在我们身后，熟练地晃动手腕，把羊奶洒向空中。白色的液滴掉在地上，他们全家挥手告别，"Sain yavaarai!（一路平安，再见）"，我们回答说"Bayarlaa（谢谢）"。下坡前我们回过头，看见他们还站在那里目送我们离开。我们挥了挥手，消失在他们的视野之外。我们永远也不会忘记这些善良诚实的人们，希望巴雅尔健康长寿，可以看到寺庙重新建好。

当天余下的时间，我们一直在消化油腻食物。我们绝口不提吃的，一想到食物就让人反胃，现在我们只想喝水。作为礼物收下的奶豆腐装在袋子里，留待以后用来收买沿途遇到的蒙古包看门狗。

黑暗笼罩着沉睡的碎石平原，只有一弯新月照耀大地。我们停止前行，搭好帐篷，喂完骆驼，吃了一小碗米饭缓和胃部不适，然后坐在帐篷外沐浴着如水的月光，让夜晚的凉爽洗去白天的疲乏。

第四十五天 > 最近，我们注意到流出的汗水味道不咸，这说明身体正在经历盐分损耗。自此以后，每天吃早饭的时候，我们都会就着水服下两粒盐片。今天我们把剂量增加到四粒。

比尔负责清理帐篷，装载骆驼，我负责收拾外面地上的垃圾。我抓起一张食品包装纸，突然另一端伸出一个蛇头。我慌忙扔下包装纸，吓得踉跄后退。原来这条蛇整晚都盘踞在包装纸下面，我捡垃圾的时候连同蛇尾一并抓了起来。这条一米长的爬行动物受惊后钻进了附近的洞穴，我却被吓得站在原地一动不动。平常，我们从地上捡东西，都会用登山杖翻一翻。我的心跳渐渐缓和下来，下定决心不再犯同样的错误。如果我抓的是蛇头而不是蛇尾该怎么办？

现在，我的大腿和臀部越来越痛，每天不得不增加止痛片剂量来减轻每一步针扎般的疼痛。戈壁第四十五天，我挂着两只登山杖，手腕上圈着杰瑞的缰绳，深吸一口气，与比尔一起又踏上了新一天的征程。

　　我们打着伞在45℃的高温中奋力前行。空气让人鼻喉干燥，虽然涂了厚厚的润唇膏，我们的嘴唇仍然皲裂流血。我们不停地出汗，但是汗水很快被蒸发掉，在衬衣上留下盐渍。下午的空气干燥炎热，酷热的大地升腾起波动的热浪，我们穿行在海拔1512米的高原之上，呼吸困难不已。

　　蝎子仍然是个问题。太阳升起的时候，蝎子会钻进凉爽的洞穴中避暑，让人稍事轻松。二十三天前，蝎子蜇伤的疼痛仍然刻骨铭心。

　　热风阵阵，我们跟着指南针方向踽踽而行。每次我们遇到牧民迁移前往较为舒缓的北部沙漠寻找食物和水源附近的庇护所，只留下枯井和难以忍受的高温时，沙漠的空旷和旅途的孤独便愈发明显。现在只有我们在夏季高温中走向戈壁的深处。

　　今天早晨，我们惊喜地听见前面的歌声。羊群吃着最后几丛青草，一个牧人骑在马背上，对着羊群唱起蒙古长调。蒙古长调可以吟唱几个小时，一般是讲述草原、沙漠和爱情故事。听到这首蒙古长调时，我们一天的不适之感顿然消失，感觉无比的轻松。

　　我们还没有看见牧人，嘹亮的歌声便已经传进我们的耳朵里。他身处沙漠的简单世界，与动物一起在引以为豪的传统里自得其乐，让我们羡慕不已。他看见我们时便大声打起招呼，站在马镫上策马过来迎接我们。马镫是牧民坐在不舒适的木制蒙古马鞍上纵横驰骋的必需品。牧民骑在马上，举着传统的木套索，也就是一根长长的套马杆，穿过崎岖不平的大地。他炫耀着精湛的马术技巧，勒马停下，斜着脑袋疑惑不解地问我们为什么在这里行走。我们告诉他徒步的行程，然后等着他的回答。

"你应该骑骆驼。"他目光老练地看着骆驼说道。我解释说，我腿受伤了，不能骑骆驼。他将我上下打量一番，然后看向比尔，像其他蒙古人一样天真地说："真疯狂，那太远了。"然后他想了想说道，"外国人都很疯狂。"

　　他确定我们精神没有问题后，羡慕地看着汤姆和杰瑞。他下马收好缰绳，确信马儿不会移动半步，然后掰开汤姆的嘴巴检查牙口，又戳戳杰瑞肥厚的肋骨。他退后几步，点头赞许道："你们真会挑骆驼。它们一定来自北方，这附近可没有这么好的骆驼。"虽然他觉得我们神经兮兮，但是听到他赞美骆驼，我们仍然觉得很高兴。看着他如此羡慕，我们没有告诉他骆驼是选好才交给我们的，而实际上我们也不是他认为的骆驼专家。随后，他像其他沙漠牧民一样，盛情邀请我们去他的蒙古包。

　　我们前脚刚着地，两个外貌相像的十岁女孩便飞奔而来，咧嘴大笑，马还没有停好，她们就跳到地上。她们的特技表演让人大开眼界，啧啧称奇。我们微笑鼓掌，点头赞赏她们的骑术和马匹。她们看到我们的反应也满心欢喜，把马拴在附近的围栏上，咯咯笑着率先跑进蒙古包。

　　她们骑的马是小型蒙古马的优良品种，在成吉思汗和他的继任者统治时期，这种马匹的祖先帮助蒙古人征服了半个世界。直到今天，马匹仍是蒙古人最大的资产之一。这些马虽不如大型矮种马高大，却以强健的身躯载着蒙古军队走向胜利。而现在的这些马依然强健，以优雅的步伐和过人的体力驮着牧民穿越沙漠和草原。蒙古骑手站在马镫上骑了一里又一里，显示出绝佳的平衡力和强大的自信心，因为他们还不会走路就已经学会骑马。

　　蒙古人使用两种马鞍，一种是装有衬垫的俄罗斯皮革马鞍，另一种是色彩亮丽，前后高高翘起的蒙古传统木制马鞍。蒙古马鞍在西方人看来有点像刑具，但其设计完全适用于人们在开阔的草原和沙漠中套马。马鞍将骑手固定在座位上，这样被套住的动物逃跑时就不会将骑手轻易拖到地上。

牧民色吉（Serjee）把我们迎进蒙古包，拜会他笑容满面的妻子达阿莎（Daasha）。达阿莎穿着浅蓝色蒙古袍，因缺水蒙古包里免不了沾有灰尘，但是室内却收拾得非常干净整洁，顿时，女主人的持家能力给我们留下了深刻印象。圆形天花板的底面围着一圈五彩斑斓的手绣面板，梳妆台和床上装饰着绣品，坛坛罐罐也擦得光可鉴人。

两个长相酷似的女孩杏眼圆睁，露出亲切的微笑，她们身上很干净，仿佛整天待在家里而不会出外放牧。达阿莎得意扬扬地告诉我们，这两个女孩是一对15岁的双胞胎。她们都穿着深蓝色裤子和鲜艳的印花衬衫。色吉跟达阿莎说起我们的骆驼，她迅速检查完骆驼后点头称是。她说："真是好骆驼。"然后把干骆驼粪放进炉子。如先前所见，粪便烧热后清洁无味。

我们喝咸茶的时候，色吉告诉我们，他们本来有400只羊，但是由于去年冬天的寒风大雪，气温下降到零下10℃，让他们损失了200只。更糟糕的是，他们只能救出四只骆驼和六匹马，这些动物在夏季迁徙时是必不可少的运输工具。

他沮丧地说起家里遭受的双重痛苦：眼睁睁看着动物冻死却无能为力，不能拯救它们。一个女孩哭诉起如何失去她最心爱的马，那是一匹五岁大的黑色母马。他们救护动物的唯一方式就是喂它们吃北方草原带回来用作冬季饲料的干草，但是草料供应不足。

离蒙古包几米远的地方有一个圆形露天护栏，动物们可以待在里面过冬。围栏直径九米、高一米，是用上百块岩石筑成，这些石头是他们煞费苦心从附近的沙漠里一块块搬回来的。正常冬季气候下，石栏可以挡风，周围的沙漠也可以提供少量食物，加上带回来的干草，足以使动物活到春天。夏季高温来临前，春季融雪形成的水分可以促使植物生长。但是去年冬天，蒙古发生大规模雪灾，多数动物都不能幸免于难，只有最顽强的动物才能在这种简陋的避难所里幸存下来。

畜群是沙漠家庭唯一的食物和收入来源，他们出售羊毛和羊绒购买干草和食品，这样才能支撑起沙漠里的生活。牧民将羊毛和羊绒装进袋子，带去附近的村庄，那里云集了大公司的买家。自从前苏联解体和集体农庄解散以来，牧民受市场支配，没有讨价还价的能力，只能接受买主提供的价格。

蒙古出产一些世界顶级羊绒，用于编织美丽时尚的毛衣。羊绒在蒙古语中称为nooluur，产自一种小型克什米尔细毛山羊，这种山羊通常为棕色或白色，生活在喜马拉雅山克什米尔地区。由于蒙古冬季严寒，克什米尔山羊会长出密实柔和的内层绒毛保暖。每年春天，牧民会用长齿耙子梳理羊绒，尤其是白山羊的细羊绒。他们会将克什米尔山羊的四肢捆住，有时山羊会大力反抗，每次只能梳理一下。他们一家需要花费很大气力和耐心梳理两三百只山羊，才能从每只羊身上获得六盎司羊绒。而绵羊和骆驼比较容易处理，用长剪减去绒毛就可以了。

羊绒是蒙古最值钱的经济作物，然而克什米尔山羊赖以生存的生态系统变得越来越脆弱，在戈壁中过度的放牧已经威胁到克什米尔山羊的生存环境，这对蒙古经济和养殖牧民产生了严重影响。我们问色吉哪种动物最宝贵，他皱起眉头想了一会儿，最后回答说对于食品和羊绒来说，山羊最有价值，但是他们在沙漠搬家时，也需要骆驼和马驮运蒙古包和其他家当。

我问色吉，前苏联统治结束后，现在蒙古人是不是活得更轻松，他耸耸肩什么也没说。对于沙漠牧民来说，这里远离蒙古首都，也没有道路。他觉得前苏联集体主义社会反而生活得更容易，因为政府统一作决定，还会向沙漠城镇提供医院、医生和免费学校。牧民属于大集体，必须严格执行分配额，政府会以固定价格收购羊绒和羊毛。

"如今在自由市场体制下，"他告诉我们，"我们完全不知道会卖出什么价格。"忆及往事，他不由得悲从中来，政治变革来得太快，城里的工作没有了，取而代之的是空铺子和饥荒。第二代城市居民被迫返回农村，他们的传统放牧方式也仅仅是求生存。

他说："至少牧民现在比较独立，也有食物供应，可以供养家庭。但是市场还不稳定，大部分牧民没钱上学看病。也许等到蒙古经济重新稳定后，独立体制才会有效吧。"他深深叹了口气，声音越变越小，在空气里留下一个大大的问号。

169

色吉一家礼貌地收下礼物，微笑着挥手告别，邀请我们下次再来。我们牵着骆驼重新上路，和沙漠里的其他朋友一样，我们在夏季找到他们的可能性很小，因为他们总是搬来搬去。色吉一家已经把羊毛绒袋和各种家当堆放起来，准备向北迁移。水井差不多干枯的时候，他们就会离开，然后等到冬季第一场降雪来临才会回来。

CHAPTER 9　好客

CHAPTER 9 **好客**

第四十六—四十八天 > 黎明破晓时，我走出帐篷，看见一条60厘米长的灰蛇慌忙钻进附近的蛇洞。早饭时，一条更长的蛇也悄悄溜进洞里。我们发现这里有很多蛇洞，于是赶忙撤退，避免遇上更多的蛇。

跳鼠匆匆忙忙穿过道路，这些小型夜间动物很像老鼠，拖着长长的尾巴，长着一双大眼睛和长耳朵，跳起来有3米高。由于这里人烟稀少，几天以来，在凉爽的夜晚和早晨，我们时不时会遇到跳鼠、壁虎和蝎子，它们成了我们唯一的伙伴。

我们穿过辽阔的红色平原，每一步都疲惫不堪。现在是七月上旬，虽然平原海拔有1512米，早上十点的气温却已飙升至49℃，没有遮阴之处实在难以为继。我们躲在伞下，躺在坚硬的地上，喝了许多水，又打了一会儿瞌睡，却仍然无法消除疲劳，七月的温度实在太高了。

南方传来微弱的驼铃声。不久，十二只骆驼接踵而过，身上驮着沉重的家什，包括衣柜、火炉、蒙古包折叠格栅和毛毡内饰。九个闷闷不乐的大人和四个孩子骑着马，有的走在骆驼长队前面，其他人跟在后面，他们和骆驼一样沉默不语。

我向近旁的年轻骑手挥手致意，他疲惫地坐在马鞍上，从他回答的语调中感觉到了一些不对劲儿。他含糊地说他们昨晚开始就没有喝过水，问我们能不能分一点。我拿出水瓶递给他，他一把抓过瓶子，大口喝起来。我和比尔商量后，告诉年轻人他可以取走19升水。

他一言不发，策马向家人跑去，他们骑在马上又累又渴，都没力气说话。年轻人一边骑马，一边大喊"水，水"。一位老人毫不迟疑地拿出塑料容器，跨上黑马飞奔而来。我们给他装满了水，他感激不已，从挂包里拿出羊肚做的袋子，里面装着甜酸奶，然后递给比尔深表感谢。老人说，白天出发前，他们把最后一点井水留给了羊群，家里人就没有水喝了。虽然他们适应沙漠环境，但是一天不喝水也已经干渴难耐。他的家人听说我们分水给他们，纷纷骑马过来，他转向家人，让他们先喝两碗水。

老人瘦弱的妻子喝着水，圆圆的脸上即刻容光焕发。她告诉我们，他们还有一天时间才能赶到有山泉的地方，两个兄弟赶着羊群应该已经先行到达。她双手高举着碗，仿佛在敬奉神灵。她大声说着"水"，然后一饮而尽。随后，她吻了我的手，又吻了比尔的手，然后害羞地抱着我说"牧民"。被一个沙漠牧民称为牧民真是莫大的恭维。

年轻人把剩下的半罐水捆在马鞍后面，然后动身上路。他们很快就会穿过山脊，离开我们的视野，老人在山顶上掉转马头面向我们，站在马镫上抬起右臂向我们作最后的告别，我们也挥手致意。后来，我们吃着可口的酸奶，谈论起这些牧民对畜群的奉献。他们动身北行显然有点晚，但却甘愿把最后的水源留给动物。

不久以后，我们在灼热的微风中开始穿越单调乏味的地区，这里到处是沙子和赭色碎石，四周没有一点生命迹象，连壁虎都没有。时间过得很慢，我频繁看表，比尔则把他的表放进口袋，免得忍不住去看时间。

172

路线以北32公里处有一座巨大的塔本陶勒盖煤矿（Tavan Tolgoi），是蒙古最大的煤矿床之一。产出的褐煤、烟煤主要供应于这个国家的能源需求，尤其是城市发电厂和城市居民的炉灶，这让乌兰巴托和其他城市的空气污染相当严重。

蒙古大部分外汇收入来自于煤矿。身为世界最大的铜矿国家之一，蒙古还拥有各种各样的宝石和大理石矿，以及成百上千的家族小矿和大公司经营的矿山。同时戈壁地区的石油勘探也在不断增加。我们遇到的几个牧民都觉得戈壁日益干燥的气候主要是由于采矿使土壤和岩石受到影响造成的。蒙古的古代风俗认为土地不应该挖掘，岩石不应该被挪动，这样神灵才会保持平和。牧民们相信，他们的地神母亲和天神父亲被现代挖掘行为激怒，为了惩戒人类，这一地区不再降雨。在这个想在快节奏的世界中找到出路的国家，这些古老的传统将继续与新的发展方式角力。

173

我们每天经受着高温、海市蜃楼，还有疼痛。现在，我已经用上第二对玻璃纤维登山杖，原来的两只登山杖两天前就坏了，类似越野滑雪杖手柄的腕带已经磨穿，玻璃纤维杆也开裂了。我们的第二双靴子也已经严重磨损。

前方还有1046公里要走，我们放缓步伐，艰难穿过贫瘠的土地，无法想象这里有生命存活。沿途堆有骆驼和绵羊的骸骨，想起它们生命的最后时刻，我仍然像往常一样感到无比难过。

我们经过一块凹地，那里曾经有一个小湖泊，现在已经干涸，露出湖底的盐晶。七月酷热的高温中，湖水早已蒸发殆尽。下午，我们在遮阳伞下休息，天气热得躲在伞下都难以忍受。

我们在太阳下做起白日梦，想象着眼前这片辽阔土地的冬季景象：温度下降到零度以下，雪暴肆虐，十月至三月，凛冽的寒风从西伯利亚横扫蒙古南部，将沙漠变成冰天雪地。酷热难耐的时候，我们难以理解这个地区气候急剧变化对生活的整个影响。这里的冬天被划分成九个时间段，每个时间段九天，九是佛教的吉祥数字，因此冬季被正式定为81天。佛教徒给每个时间段编写了谚语，第一个时间段是"一九二九，羊羔盖好"；冬季结束是"七九八九，汤不结冻"；到了春天则是"九九加一九，生命如常走"。

第八十一天后，人们会庆祝白月节，这是农历新年的开始，也是蒙古最重要的两个节日之一（另一个是夏季的那达慕大会）。喇嘛占星之后，决定在一月或二月开始为期三天的庆祝活动。每个家庭都会准备丰盛的食物和饮料，款待络绎不绝的客人。人们会大量食用色彩鲜艳的糖果、饼干，精心准备的面包、羊肉，而庆典的主要食物是一种称为布兹的小羊肉饺，当然还有伏特加。

戈壁第四十八天，我吃过晚饭，在月光下捡起几块石头放在60厘米高的堆石界碑上。我想留下一点东西记录我们穿越的这片土地，尽管戈壁冷酷无情，却已经是我们生命的一部分。比尔在界碑底部放上几块大石头，又在顶端放上一块小石头，然后我从比尔的日记本里撕下一页纸，写了一张简短的字条：

虽然这片沙漠的严酷有时超出人类的忍耐力，但是当我们与周围的大地、风沙和尘土融为一体，便感觉到一种深深的宁静。我们永远不能征服这里的一切，只能像过客一样去经历，我们深知在我们穿越之时，离开以后，沙漠仍旧会延续它喜怒无常的个性。当我们与自然携手，遵循自然的时候，我们花了不少时间才明白这种随之而来的特殊的自由。当我们与环境和平相处，与造物主协同一致，与日俱增的疲乏更容易消解，而外在的抗争也倍加轻松。

比尔把字条装进小塑料袋，放在界碑中间。也许有一天某个疲倦的游客会读到这张纸条，并从中找到慰藉。

第四十九天 > 新的一天开始了，一望无际的大地上仍然没有人和畜群的影子，这里似乎缺少生命。

临近傍晚；我们看见北方1.6公里处有一个蒙古包，靠近一看，感觉好像来到热闹的沙漠交叉口。我们走近几只小羊羔，两只衷心看护羊群的棕黑色大狗不满地吠叫起来。我们扔出一把奶豆腐，看护犬立即忘记看护任务，狼吞虎咽地吃起坚硬如铁的奶豆腐，吃完后又摇尾抬头乞怜。我们不时丢几块讨得它们欢心，一路走到蒙古包。

门突然打开，一个男人出来迎接我们，由于骑了一辈子马，他的双腿变得弯曲。他穿着破旧的深色裤子和打满补丁的灰衬衫，袖子也是破的。他咧齿微笑，以示欢迎，想要引起我们的注意。他招呼我们进去，当看到两条狗跟着我们一路摇尾乞怜便咯咯笑了起来。我们给他看了看袋子里收买看护犬的奶豆腐，他笑得更加厉害了。

他似乎没有注意到我们蓬头垢面的外表，领着我们坐到客席。明显可以看出这家人相当穷。女主人正坐在火炉边清洗刚刚宰过的羊头，布满皱纹的脸庞可以看出她多年来一直从事繁重的劳动，她看上去五十岁左右，不过实际年龄很可能只有三十来岁，破旧的蓝色蒙古袍用别针钉在一起，靴子破得几乎没了鞋底。

她的丈夫告诉她我们贿赂看护犬的事情。她听完后拍手大笑，顿时，年龄从她疲惫的脸上消失了。几年前她在女子寄宿学校当工时学过一点英语，于是她用蹩脚的英语解释说，这两条狗是她表哥

175

给的，是小村里最凶的两条狗。表哥告诉他们，"谁也不敢靠近你们的羊群"。现在两个陌生人长驱直入，真是让他们哭笑不得。

蒙古草原和沙漠是大型犬类的地盘。一般来说，棕黑色大狗都源于藏獒，前苏联统治以前，西藏喇嘛将藏獒带到了蒙古。

蒙古包内两个孩子正在一张矮木桌上揉面，准备切成面条。男孩八岁，女孩十岁，看起来无精打采又营养不良。当眼睛适应了蒙古包里微弱的光线后，才发现还有一个十多岁的女孩躺在房间对面的床上，怀里抱着新生婴儿在喂奶，一旁还坐着一个小伙，面带微笑，一副得意的样子，他们介绍说这是她的丈夫。他用蒙古人最熟悉的几句英语骄傲地告诉我们，这个婴儿才刚出生两个小时。他们相信婴儿刚出生，就有陌生人到来，预示着宝宝会有美好的未来。这位年轻的母亲叫做苏仁札布（Surenjav），因为缺乏营养，显得特别虚弱，加上长时间生产，现在躺在那里显得有气无力。

他们的蒙古包里没有常见的刺绣，也没有色彩亮丽的梳妆台。蒙古包后部放着一个普通箱子，上面摆着一尊白色陶瓷佛像。蒙古包里没有装饰墙面材料，夯实的地面也没有铺地毯。年长的妇女，现在成了祖母，她从炉子上热气腾腾的锅里盛出咸茶招待我们。她的丈夫也成了祖父，从外面粪堆里拿来更多的粪饼烧火，然后用破旧的锡盘端出一碟奶豆腐。为了让她高兴，我们每人吃了一块，却欣喜地发现这是迄今吃过的最好吃的奶豆腐。

现在，我们已经熟知了蒙古习俗，礼貌地问起牲畜的健康。"夏天，这些动物都养肥了吗？"我问这位祖母。他们也有一个悲伤的故事，过去两年的冬季雪灾几乎让他们损失掉所有的动物，现在只剩下二十只绵羊、十一只山羊、四头骆驼和六匹马。他们会在这里再待两个星期，等他的兄弟、弟媳和两个侄子过来，他们也在冬季严寒中失去了大部分牲畜。两个家庭会合后，会一起赶着剩下的羊群，去北方寻找更多的食物和水源。他解释说，同一个家族的成员损失动物时，整个家族通常会把羊群汇集在一起，增加牲畜的存活机会，才能重建家族产业。尽管损失惨重，他的态度却很乐观，相信下一个冬季会时来运转。

这位祖父叫做巴特巴雅尔（Batbayar），他问我们有多少只动物，我告诉他我们的羊群数量，他礼貌地问羊儿是不是如愿以偿地养肥了准备过冬。"是的，"我回答说，"它们养得很好。"寒暄之后，我们继续谈论起沙漠里的其他热门话题，比如水。巴特巴雅尔表达了和其他牧民同样的担忧，沙漠的水位下降，影响了水井，也使动物寻找的旧水源地枯竭。他们已经三年没见过雨，和我们遇见的其他人一样，说起夏天来得越来越早，气温也越来越高。我们没有用他们的水，而是用我们带的水喂汤姆和杰瑞，然后还给这家人留下11升水。

177

坐着喝咸茶的时候，小女孩出人意料地走上前来，用手指轻轻抚摸我的唇部。她注意到我开裂的嘴唇正在流血。她的母亲点点头说："夏天的太阳烈，风沙也大，冬天却又太冷。"小男孩给我看他手背上的伤口，伤口很深，而且受到感染。祖父也给我看他的左手肘，上面长满发炎流脓的疮。这一家人和他们的动物吃尽了苦头，冬天也没有充足的营养来抵御感染。

祖母叫做额韦克赫（Erveekhei，意思是"蝴蝶"），在她做饭的时候，我给她的家人治疗伤口。我挤出他们手上的脓疮后，她遵照萨满教仪式，滴了两滴羊奶在每个人身上，嘴里念念有词，接着点起蜡烛跪在佛像前恳求佛祖治好她的家人。伤口包扎好后，他们互相称赞起绷带来。祖母在每人的绷带上系了一条蓝色丝带，和敖包上的一模一样，她说丝带会阻止恶鬼进入伤口，这位虔诚的佛教徒对萨满教的精神世界也坚信不疑。

我在橱柜上留下大量药膏、绷带、各种尺寸的胶布，还有一瓶未开启的碘酒，另外递给苏仁扎布一管婴儿使用的防皮疹药膏，然后又把剩下的维生素和矿物药片给了她，解释说这些药片可以帮她恢复活力和健康。开始她很怀疑，但我们一说健康的母亲才能喂好宝宝时，她才答应收下这些补品。

祖父和祖母留我们过夜，但是他们生活如此拮据，如果按照传统待客之道，吃他们招待的食物一定会让人感到内疚。于是我们说，只要答应用我们的米煮饭，便留下来过夜。他们面面相觑，显然被这个提议弄糊涂了，不知道该怎样办。

我建议蝴蝶用她的炉子做饭。一听到是女主人做饭，他们便欣然同意了。也许这对他们来讲是个新想法，趁着他们还没有别的想法时，我们迅速走到外面，从地上的食物装备中拿出米。

比尔打开充足的供应物资，取出一袋十斤的米交给蝴蝶。看着这么多的米，她惊讶地捂住了脸。我们向她保证我们还有很多米，但她还是把头摇得跟拨浪鼓一样，担心我们的粮食会很快吃完。为了让她安心，我带她到外面去看另一袋米，她这才信服地回到蒙古包开始做饭。

这家人太穷困，冬天吃不饱，未来也一片惨淡，蝴蝶却还挂念着我们的粮食，让人深受感动。米饭做到半熟时，蝴蝶取出一条肥羊尾，切成小块和米饭搅拌在一起，又多加了些水。用羊尾做特色菜是为了庆祝我们在她孙女出生时来到这里，结果成了我们见过的最油腻的一餐。她盛好饭递给每人一碗，她的家人立即一阵狼吞虎咽，每一口都吃得吧唧吧唧响，这就是蒙古的最佳传统。

吃完饭后，到了晚上挤奶的时间。帮忙挤完羊奶后，我们回到帐篷休息。之前，我们解释说如果和他们一起睡在蒙古包太挤，对新生婴儿也不好，所以我们并不介意睡帐篷。蝴蝶和巴特巴雅尔仔细检查了一遍我们的帐篷和睡袋后，方才同意。蝴蝶在帐篷上系了一小块蓝丝带作为防范，因为这个可以"驱走恶鬼"。

我们正想钻进睡袋，蝴蝶跑来说她的家人想表演喉音唱法以示感谢。于是我们回到烛光摇曳的蒙古包里，听巴特巴雅尔演唱蒙古喉音唱法——喉咪（khoomi）。一种不同音律的美妙和声从他喉咙深处发出。蝴蝶骄傲地说，巴特巴雅尔小时候曾接受过喉咪的训练，十六岁初次见到时他就为她唱了一首情歌。

喉音唱法的音调深沉饱满，通常由男性演唱。牧民的生活与动物和环境密切相关，这也深刻反映在了他们的歌声中。美妙的歌曲一首接着一首，我们足足听了一个小时。演唱结束后，悦耳的歌声仍然在我们耳边回响，巴特巴雅尔收好伴奏的提琴，我们也回到帐篷。

我们低声交谈，讨论起那个新生儿。这家人太穷了，我非常担心那位新妈妈，担心她营养缺乏，不能好好喂养婴儿。我们额外提供的粮食也不够他们维持到下一个冬季。婴儿也没有衣服穿，只裹了一层薄薄的棉布。还有之前提到的随时会来的亲戚，他们损失羊群后也变得穷困潦倒。

"我们一定要帮帮他们。"我告诉比尔。

我们思考良久后，比尔说道："我想楚伦能否在沙漠中找到他们，送些食物和衣服？"

我回答说："只要我们查明他们夏天将要搬去的地方，应该可以送到。"

在蒙古首都的银行账户里我们还有3000美元应急资金，这些钱应该能解决他们一家的燃眉之急。

第五十天 > 一觉醒来后，蝴蝶招呼我们在早晨挤奶前去蒙古包喝咸茶。我们借此机会打听他们搬迁的确切位置。我们解释说，如果可以找到他们，有朋友会开飞机给宝宝带些额外物资和衣服。在他们眼里，有人飞进沙漠给他们送东西，简直不可思议，所以坚决拒绝接受帮助。

为了不损他们的独立与尊严，我们提醒说，之前他们说过我们是最先看到初生婴儿的陌生人，我们的到来会给孩子带来好运。我说："这就是你们期望的好兆头，你们可以代表孩子接受帮助。"

这个理由最终说服了这些自尊自强的人，他们同意接受我们的帮助，然后描述了计划路线和预计行走的天数。因为他们不使用地图，描述时就以山脊、山谷和山脉作为替代物，我们花了一个小时写下几页的注释。我们相信有了路线说明，"沙漠通"楚伦就可以开飞机跟上他们。

早晨挤奶时间到了。男人和男孩绝不会插手这项家务，他们认为这是女人的工作，不过比尔打破了这个传统，向他们说："体验体验吧。"女孩和她母亲挤了六只山羊，我们煞费苦心地挤了四只。

我们的挤奶技巧突飞猛进，给四只骆驼挤奶时，它们全然不动，只有一只骆驼用它那鞭子似的短尾巴在我脸上拍打，简直是在挑衅我这个生手。就在我挤完最后几滴奶时，它又在我脸上狠狠一击。

在蝴蝶警惕的眼光下，我佯装成一副若无其事的样子。几分钟之后，脸上一阵火辣，这让我想起在自家农场给霍斯坦种牛挤奶的往事。

我们谢绝了这家人提供的早餐，解释说需要在一天最热的时间来临前上路，他们深表理解，帮助我们拆帐篷，但他们对帐篷柱子以及连接各部分的弹力绳一无所知。祖父和两个孩子每人抓住一根柱子，协力拔起一端，看着伸长的弹力绳不知所措。我走上前去拿起帐篷，向他们演示如何拔出柱子，如何把各部分折叠起来，他们明白之后，异口同声地"啊"了一声。半小时过去了，帐篷仍然是地上的一堆红布，不过至少帐篷柱子折起来放好了。

正当大家对帐篷及其古怪的用法感到好奇之时，比尔趁机溜过去把我们剩下的米往空袋子里又倒了一些，并悄悄放在蒙古包里的第一个袋子旁，两袋加起来一共有十四斤米。我们离开后，他们肯定会大吃一惊。

我们把帐篷和其他装备收好装上骆驼，然后送给这家人每人两双袜子、几块肥皂，还有一斤多的盐。我把多余的睡袋塞到新妈妈手上，告诉她这是给宝宝用的。他们开心地笑了，就像一道难得的风景。

我灵机一动，问巴特巴雅尔是否可以好心收下我们多余的图格里克（图格里克是蒙古的货币）。我解释说，我们差不多要准备回家了，如果他替孙女收下这笔钱，就可以帮我们省去兑换货币的麻烦。他咧嘴笑了起来。

我们深知游牧民族的处事方式，如果直接给他钱，他会觉得受到侮辱，会断然拒绝保全面子。但如果说这钱是给他孙女，又另当别论。只有男人可以给巴特巴雅尔钱，于是比尔取出相当于50美元的图格里克递给他，这对沙漠牧民来说是一笔财富。

蝴蝶跑上蒙古包顶，抬手取下两块茶托大小的羊肉干，上面铺着一大堆羊肉，在阳光下暴晒着。这次轮到我们笑着点头深表感谢了。巴特巴雅尔请求我们帮忙，让我们顺路帮他把四只骆驼带到1.6公里外的沙漠洼地放牧，让骆驼在那里吃上一整天草。"你们会找到洼地的，旁边有一只死羊。"他告诉我们。我们表示乐意帮他们护送骆驼，他们就忙着去牵骆驼，趁人不备，我把两块羊肉放回蒙古包顶上。这些羊肉晒干后可以帮助他们越过冬天。

蝴蝶一家以尊重长者的方式向我们道别。按照传统仪式，蝴蝶把羊奶弹向空中，与我紧紧拥抱，老泪纵横，舍不得我们离开。苏仁扎布抱着孩子走出来，孩子身上仍然裹着单薄的棉布，她把女孩的小手放到我手上，看着这张天真的新面孔，顿时泪眼婆娑，默默祈祷这个孩子和她的家人不要受到伤害。巴特巴雅尔握着比尔的手深深鞠了一躬。

他们挥手做最后的告别，并祝愿我们身体健康，又依照蒙古风俗，祝愿我们家里的牲畜健壮。伴着他们的祝福，我们走向了开阔的沙漠。走下平原的洼地之前，我们转身最后一次向他们挥手道别。蝴蝶挥舞着蓝色的锦旗，把婴儿举在空中致以最后的敬意。当我们走下洼地，走出他们的视线时，眼泪不禁夺眶而出，模糊了我的视线。

第五十一天 > 旅途的终点仍然遥不可及，我们必须迈着麻利的步伐在令人窒息的空气中连续走上几个小时。第五十一天的正午，气温攀升至49℃，我们躲在遮阳伞下休息，在休息的三个小时里，我们每人喝了四升水。与干渴较量的那七天让我们更加意识到脱水的严重后果。

我大腿和臀部的伤情不容乐观，疼痛远远超出之前的预料。但是我知道，半途而废会使艰苦跋涉的里程全部付诸东流。我不想回顾这样的旅程，而是在思量如果我再接再厉能否马到功成。我们为冒险课堂收集了比想象中还要多的照片和信息，这让我们的努力更加值得。

下午三点钟，一群骆驼、绵羊、山羊和马向我们靠近，本以为是海市蜃楼，但被阳光刺伤的眼睛很快辨认出有人骑在马上。半个小时后，牧民靠拢过来，看见有人牵着两只骆驼赶路，一脸的惊讶。

一个男人穿着破旧的深色蒙古袍，腰间系着橙色腰带，脚上穿着脚尖朝上的传统高筒皮靴。据说，这身打扮能防止惊扰土地之神。（牧民相信，如果神灵受到惊扰，植物就不会生长）。

他告诉我们，正要去他兄弟家，两家会合后会赶着羊群去北方寻找食物和水源。这实在是太巧了，他正是巴特巴雅尔和蝴蝶等待的兄长。他也说起冬天没有东西吃，眼睁睁看着动物死去。

他们一家穿得破破烂烂，露出和他亲戚一样痛苦而不健康的神色，而这个男人的体力和情感力量却给我们留下了深刻的印象，我们坚信他能担负起两个家庭的生计和幸福。他伸出手握住我们，再三感谢我们对他兄弟及家人的深情厚谊，互道珍重后，他赶着牲口，骑着马徐徐离去，我们也继续向东，坚信楚伦一定会在冬季来临前找到他们。

CHAPTER 10　新娘

CHAPTER 10 新娘

第五十二—五十四天 > 我们来到博格汗山脚下的一座偏远小村庄，这个村庄与博格汗山同名，海拔1100米。我们穿行在小村庄布满沙尘的街道上，村里的水井是我们迄今为止见过的结构最复杂的井，由一间上锁的水泥碉堡围着，一个精明稳重的女人正在卖水，一排妇女拿着各式各样的容器耐心地等待。

我牵着骆驼站到一旁，比尔拿着容器排队。我们立即成为了关注的焦点。我笑了笑，故作镇定，而比尔似乎恨不得溜到别处去。妇女们打量我们一番后，又重新聊起刚才中断的谈话。一个小时后，比尔排在了队伍的第十位，已经靠前了，便支付了相当于五美分的钱买了38升水。

出了村，我们绕行好几公里穿过了沙堆和多节灌木丛，几只骆驼和山羊在其间无精打采地游荡着，这些灌木并不能供给它们食物。比尔称这个地方为绝望之谷。

这天晚上，令人吃惊的是，我们发现浅浅的岩石山谷中生长着五棵六米高的古老树木——胡杨。它们拥有又厚又深的槽状树皮，根系直达地表浅层吸收水分。深绿的叶子摸上去十分光滑，让人感觉愉快又新奇。我们兴高采烈地在树丛里，春季融雪冲刷而成的沙堤上搭起营地。然而快乐稍纵即逝，我们再一次与老邻居蛇和蝎子相遇了，它们也把胡杨树当成了安乐窝。

第二天，我们来到几十米高的秃山脚下的Janchivdechlen寺。

一个僧人告诉我们，1938年寺庙遭到前苏联人洗劫摧毁，现在正在重建。这个荒凉古朴的寺庙现有530个僧人，远不敌于前苏联统治前的1000人，后来前苏联人杀害了大部分僧人，这些建筑也毁于一旦。

这个偏远之地位于沙漠深处，让人匪夷所思的是，前苏联人是如何发现它的。除了几棵两三百岁的胡杨外，阴冷荒凉的环境令人倍感沮丧，然而我们所见的这些僧人铁骨铮铮，满怀激情地从废墟中重建宗教场所，对摧毁寺庙的恶势力没有丝毫怨言。

走过这里时，两头野驴受到惊吓，怔在那里好几分钟，分辨我们是敌是友，之后便飞也似的冲进附近的荒山。

第五十五—五十八天 > 接下来的四天是整个旅途最糟糕的一段时间。在酷热难耐之下，我们披荆斩棘穿过沙丘和长满雀麦的山地，60厘米高的雀麦茎秆粘到身上划伤皮肤。沙子钻进头发、衣服和鞋子里，踩在绵软的地上，每一步都是煎熬。每天的艰苦跋涉加剧了我左侧身体的疼痛，为了缓解疼痛，现在吃止痛药就跟吃糖似的。

汤姆和杰瑞比我们幸运多了，高大的身躯完全不受雀麦的困扰，生来就巧妙的脚部还可以在沙地上滑行。放牧的间歇，它们津津有味地吃着草丛底部的绿叶，比尔和我则躲在这片一米高的灌木丛中乘凉，赌咒发誓只要我们活着，就不想再看见雀麦，或是与之类似的植物。

第五十九—六十天 > 第五十九天，为了明天能够按时与楚伦会合，我们必须在这两天内完成74公里。在此之前，这样的行程完全不成问题，然而现在却成了一项难以完成的苦旅。上周穿越费力的地势早已让我们筋疲力尽，庆幸的是，战胜了沙丘、山地和雀麦，前面是较为缓和的开阔平原。

我们需要在中午长时间休息，于是黎明破晓之时便踏上征程。正午时分，我们停下来，在伞下休息时，想到了一个办法，要找一条易于行走的路线穿越前面万分险峻的山脉，即使选错了路，也不用冒险原路返回。我们朝着阻力最小的道路出发，竟然惊喜地发现一道车辙，尽管泥泞，却带着我们翻过了山脊。

这道车辙朝北通往几公里以外的村庄，那里的人们以在山区开采铜矿和金矿为生，我们另辟蹊径按照原定路线向东走去。到了傍晚，我们停下来煮饭，喂汤姆和杰瑞，然后继续穿过荒芜的平原一直走到深夜。我们在午夜露营，凌晨五点醒来继续赶路。短暂的午休后，我们又按时出发，两个小时后，我们到达再次补给地点，周围仍然是一马平川，很像机场，非常平坦，也没有岩石。我们立即着手为楚伦的到来做准备。趁着还有时间，我们从疲软的双脚脱下鞋子休息了一会儿。

刚到晚上七点，楚伦就到了，飞机向我们滑来，扬起一团尘土。我们卸载完全部物资后，楚伦准备了一盒糕点作为惊喜，嘱咐我们晚饭时再打开。我们下一次会面如果不出意外，会是旅行的最后一天。与我们做好安排与协调工作后，楚伦驾着飞机前往首都参加妹妹的婚礼去了。虽然我们只有短暂的相处，但是他的到来，他的乐观却让人如沐春风，尤其是在艰苦穿越漫无边际的沙地和冲蚀地带之后，感触尤深。

我们早早开饭，迫不及待地打开了这份令人惊喜的食物，欣喜地发现这是一个我们见过的最大的苹果派，这是乌兰巴托的一位女士特意为我们制作的，里面附有一张便签，祝我们平安，并致以问候。毫无疑问，这是我们吃过的最好的松饼，很可能也是世界上最好的松饼。那位可爱的女士以及她的美意让我们疲劳顿失，重新恢复了活力。

第六十一—六十二天 > 这次我们没有设置闹钟，一觉睡到自然醒，足足睡了14个小时，早上十点才懒洋洋地爬起来。太阳光洒在帐篷上，暖烘烘的，舒适无比。

早餐时间，汤姆和杰瑞吃了谷物和刚送来的青草，我们吃了新鲜面包和花生酱，之后前往宗巴彦（Zuunbayan），因为毗连沙漠，不断增加的石油勘探使这座城市小有名气。北方的沙漠和碎石平原上矗立着一座海拔762米的Dadiyn Khar敖包。我们步入了更加崎岖的浅显峡谷，峡谷周围环绕着山脊。一口三米深的水井掩藏在树丛中，蓄有大量清水。我们在井边找到一只木桶，打上一桶甘冽的井水，让汤姆和杰瑞开怀畅饮了一番。

按照沙漠习俗，游客找到水源后可以任意取水，但必须为路过的动物填满水槽。我们刚把第一桶水倒进水槽，一阵飞奔而来的蹄声打断了我们。只见二十多匹马循着水声，争相跑了过来。我们赶紧打水填充水槽，但还是敌不过这些干渴动物的速度。为了安全起见，比尔挥挥手，示意马停在水槽一旁，我则匆忙倒满水槽。我们一往后退，马群立即占领了六米长的水槽两边，专心喝起来。当最后一匹马离开后，我们又重新装满水槽。这些动物很可能属于某个牧民家庭，不过他们的蒙古包远在岩石山脊的另一面，离这里尚有一段距离。

我们继续赶路，穿过岩石山脊沟壑纵横的峡谷和数不胜数的沙丘。我们走近宗巴彦，来到一片空白区域，这是地图上的真空区。这个地区平坦得都足以在上面打桌球。这里没有植物，也没有人和动物。幻景在我们眼前舞动，一片根本没有水的广阔湖面戏弄着我们。南面伫立着Burdene Bulag，它是戈壁最大的沙丘之一。我们挥师北上前往赛音山达（Sainshand），此时中国边境已经被我们抛在了132公里外。

第二天早晨，太阳从地平线上升起，夜晚14℃的气温迅速上升，在桌面般的地表上燃烧开来。向东的路线阳光太刺眼，戴上太阳镜也不能保护刺痛的双眼，强烈光线让人泪流不止。

中午时分，我们来到宗巴彦郊外，发现村子以北五公里处有一口井，骆驼在那里美美地喝了一顿。骆驼不像人类，它们毫不介意棕色水面上漂浮的垃圾，也不在意周围到处是动物和人的粪便。我们不愿逗留，牵着骆驼绕过一地破碎零散的伏特加酒瓶。

宗巴彦和其他沙漠村庄一样，是前苏联政权崩溃后留下的遗产，是冷漠、贫穷和买醉的地方。蒙古新政府没有项目和资金提供就业机会，也不能帮助那些因政治变革而陷入困境的人们。这里大都是前苏联统治时期的制造厂，产品从服装到重型钢梁不一而足，现在大部分工厂已经倒闭，一切值钱的东西都被撤走。这里的学校不仅为村里的孩子提供基础教育，也为附近愿意冬天送孩子上学的牧民家庭提供教育服务。一根高大的黑色烟囱耸立在煤电厂之上，煤电厂经常停工，或者说是间或地开工。村民没有工作，看不到未来，剩下的只有绝望，唯有自家酿造的便宜伏特加，才能减轻他们的痛苦。

如果这里还有医疗设施的话，也只是最基本的物资和建筑。医院往往破败不堪，而且建造简陋。受过简单培训的员工和医生，用他们有限的医学知识和医疗设施勉强维持，但抗生素和诊断设备的缺乏，也使他们的工作难以开展。

　　我们听说过几个可怕的故事，全是常见医疗问题引起的误治。一个漂亮的年轻女孩小腿轻微骨折，却被半体牵引器材固定在床上卧病一年。在这一年里，女孩的腿部日益萎缩，关节和肌肉僵硬坏死。还有一个十岁女孩遭遇反复腹痛，到了医院，医生却给她"放血"，后来这个女孩死于阑尾炎和缺血。我们难以忍受辽阔沙漠的冷酷无情，一刻也不想留在这些阴郁的地方，继续赶路是最好的选择。

第六十三天 > 早上，我们穿过平坦的鹅卵石海洋，惊讶地看到1.6公里外的低矮山脊上坐落着五个蒙古包，中间一个隐隐泛着白光。一个25岁左右的男子把500只羊赶到蒙古包附近，正要把马拴在围栏上。我们靠近的时候，他抬起头来热情地把我们迎进新蒙古包里。这不是建立已久的普通家用蒙古包，而是新郎和新娘的新房，新郎就是刚刚招呼我们进屋的那位。他们结婚才一周，现在还在举行庆典，对于小康之家来说，婚礼庆典会持续两周。

　　结婚典礼期间，蒙古人欢迎陌生人拜访，这是儿孙满堂、幸福美满的征兆。因此，我们发现自己成了贵宾。在蒙古最好的新婚传统中，要求一切都是崭新的，从蒙古包到坛坛罐罐。闪亮的茶壶放在泛光的铁炉旁，墙壁装饰着鲜艳的编织垫。我们坐在刚刚刷过漆的蓝凳子上，脚下是柔软的绿地毯。满面春风的新娘穿着金色蒙古袍，看上去容光焕发，我们一进来，她连忙穿好衣服，端上几盘特制的喜糖和喜饼，还有香甜的麻花卷面包。她的婆婆端来几盘羊脂块和白色硬奶酪，新娘的姐姐也用新瓷碗沏好茶递给我们。

看着面前堆得满满一盘食物，我赶忙去外面寻找合适的礼物。我找出一袋盐、六块白香皂和四双冬袜。我绞尽脑汁想找点浪漫的礼物，但是我们带的全都是实用物品，哪有什么浪漫可言。我回到蒙古包里，把这些礼物送给新娘。她说从没见过这么暖和的袜子，也没用过这么洁白的香皂。

比尔拜会新婚夫妇时，注意到一项重要的传统，蒙古包后面的圣坛上堆放着一摞钞票，于是他也有样学样，在上面放了几张图格里克，这些钱可以帮助新郎新娘的婚姻有个充裕的开始。新娘劝我们多吃点食物，特别要尝尝本地美味的羊脂块。接着一碗甜酸奶又塞进了我们手里。我们都快被食物淹没了！

我瞥了一眼比尔，他正狼吞虎咽地吃着30厘米长的面包卷，仿佛这是他最后一顿餐。我对大块的肥肉毫无兴趣，于是尽情地享用糖果，一边嚼饼干和糖果一边喝酸奶。在我伸手拿面包时，突然意识到，我们太没吃相，太没规矩了，于是轻轻咳嗽一声，想提醒比尔吃慢点，他一点也没有注意，完全沉醉在一堆美食中。我看了看这一家人，觉得有点难为情。

191

其实是我多虑了。年轻夫妇和他们的亲戚，他们十人非常满意地看着我们，看见我吃着吃着突然停下来，还以为我想要更多，于是又往我手里塞了一堆食物。就这样，我们不可避免地吃到撑肠拄腹。我们交口称赞这一顿大餐，连连解释说吃不下了。现在我们麻烦了，吃的东西已经远远超过正常饭量。我们身不由己，担心他们还会劝我们不停地吃。他们无疑是最体贴的主人，很想让客人开心。我们撑着肚子又多吃了几块饼干，之后就再也吃不下了，这又让主人一阵惊慌。不过，当我们把主题从食物转向婚礼传统后，他们这才放松下来。

新娘热情地用流利的英语柔声细语地说，只有婚礼结束后，他们才能安定下来过婚姻生活。妻子通常会离开娘家，和新郎一起在他父母、兄弟的蒙古包旁建立家园。如果婚姻美满，新娘会被丈夫的家人接纳，很快怀孕。随着第一个孩子出生，作为母亲的新角色她的家庭地位会提升，如果第一胎生的是男孩，那就更不用说了。

在很小的时候，蒙古女孩就受训要努力工作，服侍男人，对他们千依百顺。沙漠里的婚姻有时仍由父母包办，不过年轻男子爱上几公里外另一个牧场的女子，然后结为夫妇也是常有的事。

婚礼是两个家庭之间的协议。新郎家将一定数量的牲畜转让给新娘家，作为回礼；新娘家赠送珠宝、家具和衣服给新郎家做嫁妆。新娘看了看丈夫，他点头表示赞同，新娘继续说，妻子对家庭决议有发言权，也会得到很好的保护。

新娘的母亲在前苏联占领期间养育孩子，她补充说前苏联人颁布政令，规定做母亲是女人的爱国义务而且还享有生育奖励。生育五个以上孩子的母亲授予二级光荣母亲勋章，八个以上的授予一级光荣母亲勋章。除了奖章外，还会获得丰厚的奖金和其他社会福利。前苏联人撤出蒙古后，这两项奖励便没有了。我们这才发现，一路上所遇到过的蒙古家庭都只有二到四个孩子。

这个友善的家庭热情得让人难以推辞，我们起身离开时，更加热情似火。我们说必须重新上路，他们赶忙起身把一盘盘糖果、饼干、面包装进袋子让我们在路上吃。新郎的母亲感谢我们的出现会给他们带来好运。现在，她深信新娘会生很多健康的男孩。我暗想如果可怜的女孩只生女儿该怎么办，不过现在想这些为时尚早。

新婚夫妇含笑致谢。他们的兄弟把骆驼缰绳塞进我们手里，新郎的母亲遵照传统，把羊奶弹向空中。我们互相挥手告别，在阳光下，新娘的金色蒙古袍正闪烁着耀眼的光。

穿过一望无垠的平原，我们朝着赛音山达进发。酷热难耐的高温下，灰色碎石地面发出耀眼的光，刺痛了我们的双眼。几辆残破的油罐车如响声雷动的大怪兽，咯咯嗒嗒驶过，司机们满脸严肃，势必有抵达目的地的决心。

我们向杂乱无章的赛音山达城步步逼近。来到市郊时，眼前景象一片狼藉，真是见所未见，让人大感沮丧。几百平方米的混凝土建筑和曾驻扎几百名士兵的前苏联军事基地围墙横亘在我们面前。当前苏联军队撤走时，毁光了所有不能带走的东西，没有给蒙古人留下一件用得上的物品，荒芜的简直难以置信。

20世纪50年代，前苏联人开放军事基地和附近的油田，建立了赛音山达（Sainshand）。这里发现的低档石油蜡含量高，只适合作润滑剂。由于在戈壁极端的冬季严寒中，油层加厚，石油抽取极为困难。为了解决这一问题，前苏联使用老设备，采用原始的方法，这让附近的沙土受到严重污染。前苏联在西伯利亚发现大量石油储备后，遗弃了戈壁油井，一门心思抽取西伯利亚发现的高档石油。1965年，戈壁冶炼厂在一场爆炸中遭到严重破坏，前苏联人盖上油井，没有收拾残局，没有治理污染就一走了之。

193

我们转向东方，沿着戈壁纵贯铁路（Trans-Gobi Railway）行走。戈壁纵贯铁路也称为西伯利亚纵贯铁路（Trans-Siberian Railway），始于莫斯科，经西伯利亚到乌兰巴托，然后由北向南穿越戈壁沙漠的狭长地带，最终到达中国北京。20世纪70年代，为了避免火车撞到动物，尤其是瞪羚，人们在轨道两旁竖起一道围栏。据估计，有30万至100万只瞪羚生活在东部草原上，每年的迁徙成了亚洲最壮观的野生动物场面之一。不过由于栖息地减少，铁路围栏等屏障又阻碍了动物迁徙，瞪羚的种群数量急剧下降。人类不断地对所触及之物进行商业化并予以控制，荒野对于人类来说似乎已经无关紧要，对动物的需求更是漠不关心。

我们往前走了三公里，发现一直寻找的交叉路口，两个十岁大的男孩推着自行车站在那里。我们不想带汤姆和杰瑞进城，于是问男孩们是否可以帮忙照看骆驼等我们回来。我们以五美元的高价成交，然后把两位动物朋友留下来交给男孩们照顾。

我们走在一条半封闭的道路上，正如比尔所言，这条路像是用画笔涂抹了一层薄薄的黑色柏油。约走了八百米，我们左转进入城内。赛音山达的意思是"美好的春天"，和我们之前经过的沙漠城镇不同，这座城市是繁忙的政治中心，约有两万人口，大都是政府公务员。这座城市虽然遍地尘埃，却非常干净整洁，这不足为奇，因为赛音山达前后都是沙漠，沙尘暴总是穿城而过。衣着考究的人们意气风发，来往匆忙。显然良好的就业状况使醉汉大幅减少，之前在极度贫穷的小城镇所看到的绝望也了无踪影。

一排排戈壁白杨和柳树点缀着街道，城内的建筑大都只有一两层楼，维护得很好。我们在市中心找到几家货品齐全的商店，这无疑是因为赛音山达位于铁道线上的缘故。两头牛慢悠悠地穿过超市停车场，仿佛这是司空见惯的事，却一直在提醒我们现在仍处于戈壁之中。我们一副沙漠流浪汉模样吸引来一阵礼貌又好奇的目光。由于赛音山达南面靠近中国边境，距离乌兰巴托大约480公里，四周又是可怕的沙漠，鲜有游客光临这座城市。城里只有一两家带基本设施的旅馆，主要接纳前往北京的火车旅客。

超市的货品充足丰富，有果汁、苏打水、水果和蔬菜。我抑制住抓取唾手可得的一切商品的欲望，只挑选了橙汁和芒果汁、几罐苏打水、一打苹果和西红柿。比尔怀着对异国饮食的无限神往，去了面包店。到面包店找他时，他正盯着一大块巧克力蛋糕，蛋糕上面覆盖着厚厚一层奶油酥皮。蛋糕让人垂涎三尺，不过在日常高温下难以储存，最后，比尔只好买了六个甜甜圈和几块巧克力，然后说道："我们要尽快吃光，如果融化了就喂汤姆和杰瑞。"

一提到骆驼，我又去选了一捆胡萝卜。我们家的驴子谢巴（Sheba）爱吃胡萝卜，骆驼可能也会喜欢。我们付了钱，满载而归。回到交叉路口时，两个男孩正在给汤姆和杰瑞喂干草。这些新鲜干草是他们表哥经过这里时回去取来的。

如此周到的照顾值得嘉奖，付完钱后，又给了他们两块巧克力棒、一瓶果汁和两个甜甜圈。他们满心欢喜，带我们去了干净的水井又指明往东出城的路。

城市观光让我们在无休止的艰苦跋涉中得到片刻安宁，但我们现在要再次回到沙漠，眼前是另一段六百多公里的旅程，我们打算走到东部城市敖包（Ovoo），在那里结束旅行。

CHAPTER 11 朋友

CHAPTER 11 朋友

第六十四天 > 我们朝东南方的边境进发，避开险恶的沙丘屏障和岩石冲积区满坡的须芒草。

我们把水壶挂在骆驼的背阴一侧保持水的清凉，到了早上十点，水变得温热，到了中午，已经烫得难以下咽。我们奋力前行，远方热浪翻滚，在我们奋力前往的沙丘上形成了树木和湖泊的撩人幻景。

时间在没有树荫的沙漠里以非比寻常的姿态流逝着。我们一直前行，并大量饮水以防脱水，在高温消耗了大量气力和体液，快要中暑的时候会停下来休息。为了达到每天的里程目标，我们会逾越这道安全警戒线拼命多走一段路。有时行程安排得过于紧凑，为安全起见，我们需要相互提醒停下来休息。

我们走得汗流浃背，突然远方出现一个小白点。希望这是蒙古包而不是海市蜃楼，我们将指南针的方向调节了两度。随着我们逐步靠近，蒙古包真真切切地出现在了雾霾之中。两条生龙活虎的黑色看护犬从住所旁的阴凉处蹿跳出来，狂吠不止。看护犬愤怒地梗直脖子，猛地朝我们冲过来。不过我们早有准备，马上扔出一把干奶酪，它们立即忘记了看护任务，停下来狼吞虎咽，然后摇尾乞怜，想要更多干奶酪。我们高兴地又扔出一把，然后走近它们看护的人家，这些狗即刻服服帖帖地跟在了我们后面。

我大声叫喊，"Nokhoikhor"，意译为"我能进来吗"，不过字面意思是"看住狗"。由于看护犬在陌生人靠近时尽忠职守，"看住狗"就成了一句普通问候语。

喊了几声后没人回应，于是我们依照传统，怯生生地走到蒙古包门口。得到主人许可后，我推开黄色木门，小心翼翼地抬腿跨过门槛，以防踩到。比尔则紧紧地跟在我的身后。我们适应了屋内暗淡的光线后，一阵腐肉的味道扑鼻而来。一位平淡不惊的妇女从炉子旁探出头来，她的脸上布满皱纹，却面露威仪。一个壮实的男人紧盯着我们，肩膀有力地靠在床上，随意指了指我们业已熟悉的客座小木凳。他的头上戴着红顶蓝边的传统蒙古帽，精雕细琢的长烟枪里冉冉升起的香烟飘上顶篷。他们听到狗叫声便知道有人来了。两个五六岁大的女孩穿着明艳的西式上衣长裤，害羞地看着我们。我们朝她们微笑，小女儿害羞地赶忙跑到母亲身边，靠在她的身上，从蒙古袍的皱褶里偷看。

我们互相致以问候，妻子递给我们两碗咸茶，丈夫敞开房门，屋内的光线亮了很多，炉子的热气也散出去了，正如我意，腐肉的味道也飘了出去。蒙古包的帆布和毛毡顶篷被卷起，墙体底部也挂了起来，这样恒定的气流才能使屋内凉爽。由于夏季天热，蒙古包的地板上只铺了一半的地毯。

我们坐在凳子上乘凉，喝茶，吃羊奶酸酪。谢天谢地，我们终于不用吃奶豆腐了。

这家人留我们在蒙古包过夜，我们欣然接受。蒙古包外两根牢牢插在干裂地上的高木杆之间拉着一条似晾衣绳的绳索，主人的两匹马稳稳地拴在上面，我们也把汤姆和杰瑞拴在这两匹马旁。

　　不一会儿，一个十五岁的女孩骑着白马赶着羊群回到蒙古包，她穿着灰色蒙古袍，围着一条亮橙色围巾。她的姐姐是个身材高挑、表情严肃的年轻女子，赶着15只成年骆驼紧随其后，身后还跟着一群哞哞叫的小牛。牧群回家后，大家走到外面开始晚间工作，给小牛套上缰绳，用长绳把它们拴在地上。小牛的妈妈踱着步啃食着四周一丛丛稀疏的须芒草。

　　我们想搭把手。他们咬着耳朵商量了一阵后笑着同意，我想就当是娱乐吧。我们的第一项工作是从八百米外放牧的地方把30只绵羊和山羊聚在一起。羊群已经习惯聚集在没有围栏的野外，我们一靠近，羊群便聚成一团准备回蒙古包，蒙古包里的看护犬会通宵保护它们免受狼群攻击。羊群出于习惯，整齐划一地向蒙古包跑去，我们不费吹灰之力就把它们赶了回去。

　　这时，居住在一公里外的外祖父和外祖母也骑马赶来。这对老年夫妇从未见过外国人，好奇地盯着我们，对我们无缘无故徒步穿越这片广阔空间的古怪行径充满好奇。

　　他们的第一个问题是关于我们的年纪。当我告诉他们，我六十三岁，比尔七十四岁时，外祖母用手指温柔地摸着我的脸颊说："你的脸上都没有皱纹。"在我看来，老牧民常年忍受酷热、饱经风霜和冬季严寒的侵袭，脸上早已长满了皱纹，和他们相比，我们看上去年轻多了。

　　拘谨地做了一番自我介绍后，我们开始吃晚饭。首先是咸茶，现在我们已经习惯了咸茶的味道，也很喜欢喝。接着，女主人递上几块新鲜可口的羊奶干酪，我们饶有兴味地大嚼起来。随后，她从煮沸的羊奶中刮下甜奶油，抹到面包上塞给我们。前几次拜访牧民时，我们已经喜欢上新鲜的甜奶油，不过一旦奶油放在盘子里，在夏季高温中放上几天，就会变成又臭又黏的酸奶酪。其他人兴致勃勃地将面包蘸上酸臭的奶酪，大声吃喝打嗝，表示对女主人的感谢与称赞。

这位妻子叫苏伦（Suren），她做了蒙古饺子（buuz），一种类似于小水饺的食物，是蒙古菜肴里最受喜爱的主食。首先，她将煮熟的羊肉切成小块，再将肉块和剁碎的洋葱、少量蒜和面粉搅拌在一起，然后熟练地把配料放进一小块生面团中，包成鼓鼓的小球，面团边缘捏合起来准备清蒸。不消几分钟，一大盘饺子就做好了。

人们还没洗手，就迫不及待地伸手去抓饺子。大家吃得吧唧作响，对味道交口称赞，看来这盘饺子很受欢迎。小饺子美味可口，我们也大口吃了起来。第一盘水饺风卷残云般一扫而空，女主人很快端上第二盘、第三盘，不过吃下十几个美味水饺后，油腻的口味和浓烈的羊肉膻味让我们再也吃不下了。女主人接着准备下一道菜庆祝我们的到来。我们惊恐地看着她走到门后，从天花板上挂着的羊腿上切下一小块羊肉放入锅炉加热。大家满怀期待地看着，只有我和比尔除外。

女主人为每人端上一碗半生不熟的羊肉，几块肉不小心掉到地上，她迅速捡回盘子。这将成为史无前例的美食考验。我绞尽脑汁想找个借口不吃羊肉又不会触犯牧民礼节中的禁忌，但却无计可施。我强颜欢笑，掩饰住我对腐肉引起食物中毒的恐惧，夹起一块最小块的羊肉放进嘴里。

食物冲击着我的味蕾，我嚼着却吞咽不下，于是假托所需物品落在装备里，然后冲出蒙古包把腐臭的羊肉吐在了地上。回屋后，我徒劳地喝着咸茶，试图冲淡腐肉的味道，但是几小时后，那股臭味仍然久久不散。

轮到比尔吃腐肉了，不过他有更多时间考虑行动方案。他像魔法师一样熟练地拿起一块肉放进嘴里，实际上却藏了起来，然后瞅准机会将腐肉扔进口袋，和之前处理干奶酪的做法如出一辙。比尔夸张的咀嚼声让人信服他正在享受羊肉的美味。接着，女主人又端上剩下的饺子，我们感激地接了过来。

晚餐的最后，苏伦的丈夫巴特包勒德（Batbold，意为"坚硬的刚铁"）将一个小巧的红色鼻烟壶递给男人们，他们捏着鼻烟壶放到鼻孔下吸了几口，然后继续传递下去。轮到比尔的时候，他也如法炮制。

巴特包勒德伸手取出放在衣柜和床之间的马头琴，这是一种常见的蒙古乐器。马头琴和西式大提琴有细微的相似之处，琴的顶部雕刻成独具特色的马头形状。琴弦由马鬃制成，琴头到正方形木制琴身长约60厘米，琴身放在乐师的膝盖之间，用弓弦演奏。传说，马头琴的声音就像畜牧动物，在蒙古包里演奏马头琴可以驱除恶鬼。马头琴通常为牧民们放牧时吟唱的蒙古长调伴奏。蒙古长调的许多诗篇再现了传统的游牧生活故事，描述了大草原和沙漠的美丽。

巴特包勒德将弓弦放在琴弦上，丰富而动听的音乐响起，萦绕着蒙古包。苏伦用高音唱了几首歌，讲述了一位牧人在几周里赶着羊群来到北方茂盛的草原天堂，但是他在那里过得并不开心，反而怀念沙漠的广袤无垠，于是刻不容缓地赶着羊群回到沙漠开始幸福的生活，给沙漠的风儿唱歌听。

在晚上，我问了巴特包勒德一个困扰已久的问题。"为什么我们没有看见任何墓地或者埋葬死者的地方呢？"问题一出，便是一阵不安的沉默，成年人望向蒙古包远处的角落，显然是想在这异常尴尬的时刻避免眼神接触。最后，巴特包勒德告诉我们，蒙古人不喜欢谈论死亡。"这是一个我们永远不想谈及的话题。谈论这些话题是一种不祥的征兆，会带来厄运。蒙古人有句谚语，'命运天注定。死亡是所有主题中最不祥的一种，避之唯恐不及，因为灾难会降临在那些谈论死亡之人的身上。'"

他继续解释说："因为你们是我的客人，也是外国人，我可以告诉你们一点。从前蒙古人施行藏族人的天葬，会把死者放在特殊场所的地上。短暂的神圣仪式后，尸体留在那里供动物食用。如果尸体很快消失，说明这个人生前过着好日子。前苏联统治时期，这种风俗被认为不合法，因为当时的法律要求土葬。"

我细心问道："那么现在呢？"

他的回答小得几乎听不见，"我们在沙漠里做我们该做的事。有人说老传统最好。我们不能再谈论这个问题了，这对祖先不敬。"话说到这个份儿上，这个话题就永远不能再提。我们的谈话即刻转移到更让人舒心的话题上，比如动物、干旱、雪灾和儿童。

夜色降临前，我们出去给骆驼挤奶。牛犊被赶到牛妈妈身边长时间吮吸乳汁。苏伦把木桶放在一只抬起的膝盖上，另一条腿跪在地上支撑着身体，用单腿站立的姿势给第一只骆驼挤奶。为了防止晚上母牛走得太远，牛犊都被拴在靠近蒙古包的地方。

主人分了四只动物让我们挤奶。这四只家伙正审视着我们，我们把头偏到骆驼身侧，学着苏伦的单腿姿势拉扯动物的乳头。温热的奶一滴没溢地喷进桶里，让人倍感宽慰。苏伦也咯咯地笑了，对我们赞许不已。

夜幕降临，三条看护犬严阵以待，在各种动物间悄悄巡逻。为了防止狼群靠近，连汤姆和杰瑞都在它们的保护范围内。

祖父母决定留下来过夜。我们难以想象十个人怎样睡在这个狭小的空间里，原来我们忘记了，和我们不同，蒙古人是完全没有个人空间感，在他们的世界里，一个蒙古包一间房，这个概念压根儿就不存在。看见两个蒙古人仅隔着三四厘米的距离谈话再寻常不过，他们一点也不在乎肩并肩挤在拥挤的房间里，而且我们发现蒙古包里总是有多余的空间。

当天晚上，大家都在打地铺，只有这家人的丈夫和妻子睡在自己靠墙的床上。我们把睡袋铺开，每个人细看了一遍绒毛尼龙睡袋后，惊讶地发现竟然有人可以睡在这样奇怪的装置里。大家睡在三厘米厚的毛毡垫上，各盖了一床鲜艳的粗羊毛毯。如需上厕所，就在附近的沙漠里随便找个地方解决。

这家人最小的女孩只有两岁，长着蒙古儿童特有的脸庞，圆圆的脸蛋晒得黝黑，但是她的独立行为值得夸赞。去厕所的时候，她取下木桩上的衣服，我想帮她扣好衣服，她却耸耸肩谢绝了，然后独自走了出去。

我问她妈妈："她可以自己去吗？碰到蝎子和蛇怎么办？"

她妈妈用非常聪明，非常蒙古的方式回答说："如果我们担心危险，就很可能会发生危险。她不会有事儿的。"这个蹒跚学步的孩子很快就回来了，挂好衣服，躺下就睡了。

不过，比尔和我却难以入睡。"我的腿该怎么放？"比尔在我耳畔轻声说道，"我碰到祖父了。"

我瞥了一眼睡袋外面，看能不能把腿往左挪一点，这样可以不碰到任何人。我们一齐小心翼翼地挪动了几厘米，也就仅此而已。然而，老祖父在接下来的两个小时里，鼾声雷动，让人不禁怀疑他是否在意比尔把腿放在哪里。终于，祖父的鼾声减弱，只听见蒙古包里大家熟睡时发出的沉沉呼吸声。渐渐地，我们也进入了梦乡。

第六十五天 > 当第一缕晨光透过天窗，人们便翻动身体，起床开始沙漠牧民一天的新生活。他们叠好睡垫和毛毯，整齐地放在墙边。苏伦展开一条五颜六色的刺绣布料盖在叠好的床品上。他们从井里打起一桶水，全都聚在外面用旧牙刷刷牙，这是现代生活的一种妥协，但是他们却不用牙膏。两个十岁小孩、我和比尔被分派去挤羊奶，苏伦和祖母则点燃炉子做早餐。苏伦的丈夫和祖父出去上马鞍，准备当天的放牧。两个幼童帮忙按住山羊，我们开始挤奶。

挤完奶后，比尔和我把三十只羊赶到前一晚羊群吃草的地方。而马背上的男人们赶着骆驼、牛群，还有剩下的四百只山羊和绵羊到一公里外吃草。早晨的杂务工作结束后，大家回到蒙古包内吃早饭。

早餐是咸茶，还有我们最喜欢的碎土豆、胡萝卜和洋葱做成的面汤。为了亲自制作面条，两个年轻人把生面团揉成一块薄薄的60厘米宽的圆面饼，然后切成细面条，就算是机器也很难把面块切得如此均匀。面汤煮好后，苏伦舀了一勺汤倒进炉子敬奉火神，这样火神才肯做下一顿饭。苏伦正要把肥羊尾当做配菜加到我们碗里，我绝望重生，实在不想再经受羊肉脂肪的新一轮袭击，连忙说："我们可以带着羊尾等到晚上露营再吃吗？这会让我们的晚餐更加特别。"希望她会相信我的话。

"当然可以。"苏伦回答道。她舀起羊尾，又另外加了一些，然后放进碗里，准备装进我们的露营用具。此时只听见比尔松了一口气。

不过新一项考验又来了——旱獭肉。我们的盘子里放了几条油腻的旱獭肉，蒙古人觉得这种食物非常美味可口。我记得美国的喀斯喀特山（Cascade Range）到处是这种毛茸茸的可爱动物，山里的尖叫声此起彼伏。接着，我又想到了旱獭有时会携带腺鼠疫（黑死病），这是蒙古的地方病。离家时，我心里回想了一遍我们注射过的疫苗，鼠疫不在其列。

205

比尔的脸吓得惨白，他清了清嗓子拖延时间，而我则盯着这盘肉，煞费苦心地想找一个得体的理由谢绝食用。苏伦走来走去，微笑地看着我们，骄傲地向客人提供这种美味佳肴，这让人难以拒绝。我只能夹起一块最小的旱獭肉，屏住呼吸，避开浓烈的油味，嚼了两口这皮革般的肉类，便整块咽了下去。

"我们可以把剩下的旱獭肉和羊尾一起留作晚餐吗？"我满怀希望地问道，试图忘记说话时胃部泛起的浓烈油味。

"旱獭肉做好后，最好趁热吃掉。"苏伦回答说。

在求存心里的驱使下，我说道："一想到晚餐这么丰盛，我们在享用的时候就会想起你。"

苏伦显然深受感动，热情地把剩下的旱獭肉堆了一大盘，上面浇上油脂。比尔一言不发，把正要送进嘴里的肉放回盘子里，再把他盘里的肉倒进我的盘中，然后把所有食物都装进了我们的备用塑料盒，盒子啪的一声盖上，我们又躲过一劫。

早饭过后，在这家人殷勤的帮助下，我们收拾好行李，装载上骆驼。与我们的新朋友道别并非易事，"也许有一天，我们会再相见。"我说道。大家用力点头，心里却明白这几乎不可能。牧民没有地址，这家人今年夏天已经搬迁过两次，水井干枯后，他们又会在三周之内迁移到其他地方。

我们向这家人每人赠送了两双冬袜、十块肥皂、两斤盐，老祖父笑得合不拢嘴。他们送给我们几把干奶酪作为回礼。这种干奶酪很甜，也比之前吃过的其他奶酪软，所以这次我们只留下一半干酪收买看护犬，剩下的在路上吃。

苏伦问我们是否愿意替他们拍照。之前我们已经用了几卷胶卷记录他们的生活场景，但是他们仍然想再拍一些特别的照片。我欣然答应。他们赶忙回屋换上盛装，出来时个个容光焕发，头发顺滑。我们花了两个小时，拍下不同的人物组合照片，还有很多骑马的照片，大家都感到心满意足。

与我们旅行途中接触到的其他民族不同，大多数蒙古人都很喜欢照相。一开始，我们不知道怎样把照片寄给他们，就问他们有没有去过乌兰巴托。他们不只去过，老祖父还有个兄弟住在那里，不过却不知道他的住址。我从日记本上撕下一页纸，写上前往楚伦公寓的详细路线，然后告诉老祖父照片会放在那里。

　　临别之时，又是一场传统的抛洒牛奶告别仪式，他们齐声祝福我们"旅途平安"（Sain yavaarai）。之后，苏伦的丈夫和两个大点的女儿便离开蒙古包照料羊群去了，祖父祖母也骑着马回家。我们的拜访结束了，这一家人继续他们一天的工作，我们也继续踏上了未完成的旅程。

CHAPTER 12　走私犯

CHAPTER 12　走私犯

第六十六天—六十七天 > 七月的最后一天，一夜的睡眠并没有让我们精神焕发。灼热的空气和不断吹拂的大风使我们的身体日益疲乏，而我们必须勇往直前。整个早上，我们都在起伏的地面上艰难跋涉，炙热的狂风卷起沙尘，打在我们脸上，在衣服上覆了一层薄薄的灰色泥土。空气异常干燥，汗水还没来得及浸透进衣服便被风干。每一口饭都裹着厚厚一层砂砾，完全尝不出食物的味道，为了不断补充能量，我们不得不艰难地咽下。而当务之急仍是继续赶路。

从地形上看，蒙古的南部边境地势奇形怪状，很不规则，犹如一条巨蛇一般摇头摆尾深深切断南北。中午时分，风停了，空气中弥漫着沙尘，让人喉头发涩，喘不过气。我们拿出温度计测量身体背阴处的准确温度，温度计显示有52℃。正午的酷热难耐阻断了我们向前的步伐。比尔不停地喝水，出汗却越来越少，脸颊通红，出现了轻微的中暑症状，这种症状很快也降临到我的头上。

接下来的三个小时，我们萎靡不振地坐在伞下，一人拿着一升水不停地喝。中暑可以致命，我们必须提高警惕，不断观察身体潜伏的中暑症状。凉爽的环境是治疗中暑的最好方法，不过我们无力改变周遭的环境，唯一能做的就是坐在伞下喝水乘凉，尽量使身体感觉舒适。现在哪怕是一丝淡淡的绿意也能消除疲劳，振奋精神，然而严酷的环境中却看不见一星半点。

临近傍晚，高温未见消退，酷热依旧，我们只能踯躅而行。每走一步，我的大腿和臀部的疼痛便愈演愈烈，步伐变得越来越慢，我央求结束今天的行程，比尔立马同意了。

我们喂过骆驼，躺在帐篷里，打开所有的门，希望能捕捉到一丝姗姗来迟的微风。躺着休息让人倍感轻松。尽管酷热难忍，但是随着身体疼痛减轻，精神也为之一振。晚上我们只吃了少许的饭，喝了一肚子的水，今天每人总共喝了8升水，在温带气候中，这样的量算是饮用过度，但在夏季的戈壁，算是九牛一毛。

和往常一样，夜的清凉消散了白天的高温，我们酷爱夜晚的时光。金色的斜阳渐渐隐退，夜幕降临，沙漠的柔和像舒适的毛毯一样包裹着我们。晚饭后，我们坐在地上，靠着帐篷遥望无穷的世界，心无旁骛，只管放松身心，享受沙漠的美好与宁静。静静的夜是戈壁最好的时光，此时的戈壁显得如此动人，值得我们慢慢欣赏，细细品味。这片沙漠用尽各种伎俩让人心生敬畏，任何西方的方式和现代装备都无法战胜它，唯有观察这里的生存法则，才能安然无恙地走出戈壁。

第六十八天 > 日间温度始终如一，超过46℃，炙烤得我们筋疲力尽，胃口全无，只想疯狂喝水。现在，我们瘦了好几斤，衣服松松垮垮地挂在身上。尽管一路悉心摄取足够的卡路里，但日复一日的颠簸仍然使体重逐渐减轻。一直以来，因为害怕碰到走私犯，我们只是偶尔夜间赶路，不过现在想避开炙热，就不得不兵行险招。我们心存侥幸，可能不会碰上走私犯。

睡了一个小时后，晚上十点，我们起身继续赶路，小心翼翼地穿过紧靠边境北侧的道路。月亮笼罩在厚厚的尘雾之中，光线朦胧微弱。此时29℃的空气让人神清气爽。我们在无边无际的黑暗中默默行走，苦恼为何不早点开始夜间赶路。然而我们热情的肥皂泡即将破灭。

刚过凌晨一点，只听见几百米外传来一阵汽车引擎低沉的轰鸣声，我们一下子愣住了。从中国那头来的三辆吉普车没有打开车灯，正缓慢穿过中蒙边境。沉寂的夜晚里，汽车声显得异常响亮。

比尔悄声道："走私犯！不然还有谁会夜间开车不开灯？"他急忙说道："蹲下！"

我早有所警觉。我们急忙拉住缰绳，让骆驼蹲下，一动不动地挤在骆驼身侧，祈祷不会被发现。一辆车子掉头朝我们开来，我缩成一团，心里七上八下，恨不得立即隐身。突然吉普车掉头，同另外两辆紧随其后的吉普车径直朝北驶去。

三辆汽车驶过我们来时的路，这时北边又出现两辆车，也没有开灯，追上前面的三辆车。要是我们再往前多走几步，就会被他们发现。汽车开到临时集合点，模糊的人影在车辆间来回穿梭，大概是在转移走私货物。一切结束后，最初的三辆车仍旧黑灯瞎火得开回中国。

我们纹丝不动地待在骆驼身旁，屏住呼吸，不敢挪动分毫。因为在漆黑的沙漠中，就算我们孤零零地躲在原地，微弱的响动也会被无限地放大。观察一阵后，确信没有更多车辆开来的迹象，我们鼓起勇气继续前行。为了防止误闯入走私犯的定期集合地点，我们加快步伐，祈祷白天赶快来临，那时走私犯可能不会冒着被发现的风险进行走私活动。

"我们想看见人，却不是那种人。"比尔挖苦道，我也深有同

211

感。这段插曲激励我们不断前进，马不停蹄地走到天亮，走到炎热的中午，才终于敢停下来休息。最后，我们一致决定，靠近中国边境时还是改在白天行路。

一想到还要在这穷山恶水中再走八天，加上身体的疼痛折磨，让人几近崩溃。但是我们付出了艰辛的汗水，殚精竭虑的努力和不屈不挠的毅力，想要半途而废是绝对不可能的。我告诉自己，这一切都是值得的。现在，除了我走路一瘸一拐之外，一切进展还算顺利。步伐虽慢，但至少每天可以走将近32公里。

比尔和我一样疲惫不堪，车祸所受的肩伤时有发作，但他却无比赞同我们应该有始有终，走完这段历程。"我们一定要一起共渡难关，经受住高温、跛行和这里的一切。"他握紧我的手鼓励道。

旅途中的另一个紧张时刻轰然来袭。

下午五点，昏昏欲睡的我俩行路愈发艰难。我们耷拉着身子拴好骆驼，喂了粮食。边境近在咫尺，为了避免汤姆和杰瑞闯入中国境内，我们给它们挂上足枷，让它们在周围觅食。

轻薄的睡袋早已被炙烤得滚烫，我们打开帐篷门，躺在常放在睡袋下的一厘米厚的泡沫垫上，毫不在意蝎子和蜘蛛，只想偷得一丝清凉。

第六十九天 > 三十米开外的中国，正向我们展示着戈壁中司空见惯的单调景色。边境两端看不见一个村子，也没有任何生命迹象。

上午十点左右，一辆高速行驶的车辆在漫天尘土中开了过来。如果这些是走私犯，我们就麻烦了，光天化日下就会被抓起来。吉普车在我们身旁停了下来，四个士兵拿出手枪跳下车。比尔和我面面相觑，士兵发现我们是外国人后，立即放下枪口。

队长操着一口流利的英语疑惑不解地问："你们要去哪里？"听到我们的回答后，他大为吃惊，但很快镇定下来，礼貌地问我们有没有看见走私犯。我们告诉他昨晚所见的事情，他向其他人解释了一遍，他们都点头称是。

"是的，"队长说道，"他们是蒙古走私犯。我们了解这个团伙，他们运输毒品，很快会被我们逮捕。"

我们希望士兵们赶紧去追走私犯，但队长却把注意力转向我们，用严厉的语气说我们离边界太近，会被抓起来送进监狱。

天哪，又来了，我寻思道。

"没有下次了。"比尔一边说，一边把边境旅行批准函递给队长。我屏住呼吸，等待以为会来的坏消息。队长迅速看完信件，告诉我们："这件事非比寻常，不过这封信倒是正式批准函。"他命令一名士兵从吉普车上拿来纸笔，"我也写一封信，把你们提供的走私犯信息记下来。这样就不会再有人质问你们靠近蒙古边境行走的事情了。不过你们要保证不会跨越边界。"

我们再次松了口气。我们当然不会越过边境进入中国。显然我们现在与当局关系融洽，希望可以保持这种关系。他们没有忙着追赶走私犯，我们怀疑所提供的信息对于他们的追捕行动到底有何帮助。

后来，让人始料不及的是，队长是一位土生土长的蒙古人，他不紧不慢地叫他的人从车上取来发酵马奶艾日格。士兵拿来一大罐饮料和六只碗，长官招呼我们和他们坐在一起，举杯畅饮，祝福我们的旅行能圆满完成。我们给骆驼上好足枷，在沙漠中央的石地上坐了下来。阳光照在我们身上，一身戎装，还穿着又黑又亮的马靴的队长和三个士兵，他们脸上只冒出细小的汗珠，而比尔和我却挥汗如雨。

一个士兵斟好艾日格，深鞠一躬递给我们。虽然一想到发酵的马奶，就会反胃，但是为了第二封珍贵的批准函能够顺利到手，我们必须装成很感兴趣的样子。我们不能得罪这些人，也不能失去队长的尊敬，因为他依然有权逮捕我们。

大家几番推杯换盏，为我们的健康、旅途、未来还有骆驼干杯。队长受到启发，又为蒙古、完成走私抓捕行动，以及两国之间的友谊干杯，比尔和我忍着喝下第一碗马奶。祝酒词越多，也就意味着要喝更多的艾日格。我喝下第二碗马奶，比尔犹豫再三后也一饮而尽。

队长问起为何我的英语不是美式口音，知道我的祖国是新西兰后，他热情高涨，举杯又为新西兰、新西兰人，当然还有全国的动物干杯，这意味着又得喝一碗酸酸的液体，但是我们再也喝不下了。

"我们西方人的胃可没有你们的强大，"我承认道，"三碗会撑死我们的。"

比尔看着我，脸上露出如释重负的表情。我知道他喝那几碗马奶比我还困难。新朋友听到我刚才说的话，互相看了看，突然大笑起来，队长也乐不可支。他们捧腹大笑，好一阵子才说出话来。就连引人发笑的我俩也情不自禁地笑了。

大家止住笑声。"有一天，我们一定会去美国。"队长说道，"到时你们也可以找一种饮料来灼烧我们蒙古人的胃。"

我向他保证说没有任何东西比得过艾日格，它会让我们的胃燃烧好几天。

他依旧满心欢喜地问道："请让我们再往你们碗里倒一点艾日格，我们不能不为新西兰干杯就离开吧。"

"那就再倒一点吧。"比尔说道。

队长招呼士兵往我们碗里倒了一点艾日格，他们的碗里自然倒得满满的。最后一轮干杯结束后，我们又多坐了一会儿，聊起军队的沙漠生活。他们志得意满，轻松悠闲的生活方式，以及令人愉悦的幽默感让我们羡慕不已。

队长说道："毕竟，我们整天巡逻，什么时候想起来都可以庆祝。"然后，他突然想起走私犯，"我们必须马上出发搜寻走私犯，才能在天黑前找到他们。"他们把茶碗和艾日格收进吉普车里准备离开，队长留给我们最后一句忠告："不要夜间行路。靠近边界时，白天更加安全。走私犯不会在白天出没"。

我好奇地问了最后一个问题，"你们巡逻怎么还带这么多艾日格？"

队长笑了起来，解释说他们不知道什么时候有机会庆祝，因此随时带着点艾日格总是没错的。

"但是有20升呢？"我说道。

士兵们狡黠地对看一眼，队长目光炯炯，解释道："我们蒙古人常常有很多庆祝活动，即便在沙漠中也是如此。"

队长和我们握握手，拍拍背，愉快地驱车而去，身后扬起了满天的尘土，我们再次孤零零的，被遗弃在穷乡僻壤之中。

我们解开骆驼的足枷，继续前行，很快艾日格发生了反应。不

215

一会儿，比尔走到一边呕吐不止，我也跟着吐了起来。

下午三点，由于高温和身体虚弱，我们只好停下来。呕吐使我们迅速脱水，引起宝贵的体液流失。我们强忍住胃部的痉挛搭好帐篷。如果想要按时完成旅行，以后无论如何都不能喝饮料，尤其是不新鲜的饮料。我们下定决心，即使触犯礼节也不会再喝。

我们休息到下午五点，天气转凉后重新上路。我们听从队长的叮嘱，不走夜路，天一黑就停下来扎营。露营地毫无遮蔽，让人暴露无遗，很容易受到走私犯的攻击。然而我们所能做的只是祈祷，祈祷露营地不是在走私路线附近。

到目前为止，我们已经走了2200公里，计划还要走209公里。尽管遭遇了细沙和风暴，以及在牧民家中做客耽搁了一些时间，但也只比计划时间晚了一点。

第七十天 > 天亮了，我们发现只有汤姆拴在木桩上，而杰瑞不见了踪影。比尔担心发生最糟糕的事，连忙拿出双筒望远镜，发现逃走的骆驼正在边境以南约1.6公里处。

如果我们前去找杰瑞，就会在中国被抓，会碰上无数的麻烦。若要留下它，最后有可能被渴死。因此我们必须冒险把它牵回来。

我们把汤姆留在木桩旁，匆忙越过边境，紧张兮兮地留意着边境巡逻队，这里没有藏身之所，而且也不知道如果巡逻队过来了该如何是好。

比尔跑在前面，跨过一段残留的边境围栏，我赶忙大步流星地跟了过去。我一心害怕被逮捕，对腿部钻心的疼痛浑然不觉。杰瑞拖着连根拔起的木桩跑进中国，正在安静地吃着干草。比尔一把抓住缰绳，我们拉扯着受惊的骆驼迅速跑回蒙古，不过麻烦的是细软的沙土留下了我们清晰的脚印，暴露了我们进入中国的踪迹。我们没有喂骆驼，装载好行李便动身往正北方向走，想尽快远离边境。到了正午我们才停下匆忙的脚步。

我们庆幸没有被人发现，于是躲在伞下休息喝水，这时一辆迅速逼近的吉普车径直朝我们开来。我们立即站起身来，心里害怕得怦怦乱跳。车辆距离我们只有270米时，我们僵住了，神情麻木地站在原地。

突然，车子转向东面，消失在了附近的沙丘中。我们紧紧盯着车辆的踪迹，期望见到车辆前行时扬起的片片尘埃。但是吉普车开过第一座山丘后，尘雾消失了。我们怀疑这是边境巡逻队的车子，他们不知怎么发现了我们的踪迹，不过现在更可能是走私犯躲了起来。

我们抓紧骆驼的缰绳，往北逃到沿途无矿岩山脊的隐蔽地带。我们冲进缝隙，命令骆驼蹲下，藏好它们，以免被双筒望远镜发现，然后小心翼翼爬上山顶，躲在锯齿状的岩石下。我们藏好后从山顶俯瞰沙丘，确信车上的人一直在那里等待我们离开他们往北的路线。当听见车辆靠近的轰鸣声，看见飞扬的尘土时，我们差点跑出来投降。很快，吉普车沿着山脊边缘的道路疾速行驶，闯入我们的视野，最后消失在了前方漫天的尘土中。

尽管我们被这一段插曲吓得浑身战栗，但是相信危险已经过去。我们观察所在的位置，距离边境还有41公里。现在，我们进退两难，往北逃跑会远离原来的路径和预先安排的补给地点。这样的话，接下来的五天我们必须往东南方向行走才能和楚伦见面。我们没办法联系上他，他更不会想到我们会往北走这么远。

我们担心会误闯进走私犯经常使用的非法贸易路线，于是在远处平原上选择了一处隐蔽的营地。搭建帐篷前，我们查看了地图和高空图，计划下一步的行动方案。如果我们朝着东南方向努力行走两天，就能在预定路线上按时见到楚伦。现在有了可行计划，一天的紧张感顿然消失，随即着手搭建营地。

夜幕垂垂，夜晚的宁静抚平了我们紧张的情绪。我们正准备睡觉，比尔检查拴汤姆和杰瑞的木桩时，突然大叫道："是谁……"随后惊叫声减弱。我立即冲出帐篷，惊恐地看见一个身穿深灰色蒙古袍的人鬼魅般地从岩石缝隙中走了出来。他在那里站了好一会儿才走上前来，挥手致意。我们满腹狐疑，没有作出回应。

陌生人注意到我们的困扰，便用流利的英语说道："很抱歉吓到你们了。我来只是想交个朋友。"

经过今天一连串的事情，我们仍然心存戒备。我懒得遵守传统习俗，也顾不上礼貌，直截了当问到："你是谁？"

他显然想让我们放心，于是再次道歉后解释说他和他的家人在附近的金矿工作，他儿子牧羊时看到了我们的营地。我们告诉他白天的事情，然后逼问他关于走私犯的消息。他突然明白过来，问起详细情况，"你们能描述一下他们吗？"

我们只告诉了他吉普车的样子。

他显得很担心，于是邀请我们去他的蒙古包，说到家后会回答我们的问题。

为了提防附近潜伏着的狼群，我们牵着汤姆和杰瑞一同前往。他名叫巴特尔（Baatar）。翻过一座山，我们就到了他的蒙古包。

拴好骆驼后，我们走进蒙古包，房间里点着蜡烛，他的妻子笑脸盈盈地端上不可或缺的咸茶招待我们。一个十来岁的男孩和一个女孩在一旁静静地看着。

我们充满好奇，问巴特尔在哪里学的英语。让人意外的是，他是个喇嘛，在前苏联批准的乌兰巴托寺庙里完成了学业。那些年里，他不得不忍受着前苏联对寺院事务的干涉，前苏联人离开蒙古后，他回到了家人身边。如今，他和兄弟们，以及兄弟们的家人在附近的山上挖金矿。

巴特尔没有食言，重新谈起走私的话题。他坚信我们见到的吉普车属于从蒙古走私金矿到中国的走私犯。

我们已经误闯进了走私犯平常做矿石买卖的路线，那些人没有对付我们，算是很走运，走私犯有时对可能妨碍他们非法买卖的人十分残忍。他的家人和亲戚把金矿卖给乌兰巴托的公司，就算走私犯高价求购，他们也不会和走私犯做生意。

219

巴特尔说他的家族矿产工作非常艰辛，依靠手工工具和人力挖掘含金的矿石。在之前的旅途中，我们见过这样的家族矿山，似乎和这里一样，无休止的劳作换来的却是很低的回报。

我们察觉到时间不早了，也知道按照蒙古风俗，人们有时会熬到午夜时分，于是谢过主人准备告辞。这时他们又往我们手里塞了一碗茶，最后聊到凌晨一点，才向主人道别，他们提醒我们说，最好朝正东方走几公里到了平原后再向南走。巴特尔认为远离在金矿区的平原上行走会更加安全。离开时，他和我们一一握手，还送给我们一尊佛像，祝我们健康长寿，旅途平安。然后，他和蔼可亲的妻子递给我们一块蓝布，这也是简短礼仪的一部分。这些可爱的人让我们倍感安慰，回到帐篷后便酣然入梦了。

第七十一天 > 第二天清晨，我们听取巴特尔的忠告，规划了一条正东方的线路，我们来到一条金矿隧道，隧道里一位老人和他的两个儿子正用凿子和铲子挖掘荒凉的岩脊。我们又往东走了几公里，终于走出金矿区，也逃离了可能遇见走私犯的区域。现在，加上我们记录下来的逃避边境和走私犯的额外里程，我们还有253公里要走，需要五天半的时间才能到达卫星定位的最后地点。

我们正要改道南行，突然狂风大作。灼热的风慢慢形成遮天蔽日的沙尘暴。我们轮流带路，尽量跟着指南针往前走。我们脑子一片空白，一门心思往前走。我们只能在前方空白的棕色沙尘壁上设定一个假想点，朝着这个点走，抵达后再设置下一个假想点。

太阳在尘土之中隐匿多时，没有太阳照射的影子，让人东西莫辩。现在能见度只有30米。沙子迅速漫过地面，淹没了我们的双脚，扬起的尘土足有30厘米高，湮没了地面的一切。风势不断增大，我们迎着风继续前行，逐渐狂风变成了咆哮的怪兽，能见度缩小到胳膊的长度。我们抓紧骆驼站定，努力呼吸着大风掠去的空气。

骆驼的尾巴随风招展，我们蹲在骆驼旁边，保护皮肤不被沙石擦伤，现在的风速是每小时80公里。

大风逐渐消散，三小时后太阳重新探出头，犹如漫天尘土中闪现的红色圆盘。我们蹲伏得太久，费了好大劲才站立起来。沙尘覆盖了一切，没有东西能躲得过这种潜在的威胁。我们来不及像平时一样抖落尘土，只得快马加鞭，继续前行。落日余晖拉长影子，晚上十点，我们搭建起营地，在天黑之前匆忙准备晚餐，竟然忘了喂骆驼吃饼干。骆驼满怀期待地不断伸出脖子和嘴巴讨要，我们才意识到自己的轻率，于是比尔喂了四块饼干给它们作为补偿。骆驼在沙尘暴中表现非常出色，镇定、顺从又听话，早已成为探险的重要组成部分，光是将装备和物资从一处搬运到另一处的能力，就远远超过其他动物。它们是我们的得力助手，忠诚朋友，也是我们的亲密伙伴。

CHAPTER 13 终章

CHAPTER 13　终章

第七十二天 > 旅途经过的最后一个省是苏赫巴托省（Sukhbaatar），蒙古语意思是"执斧英雄"，是以1921年蒙古革命英雄苏赫巴托尔（Sukhbaatar）的名字命名。苏赫巴托尔死时年仅三十岁，据说是被政敌毒死。乌兰巴托中心广场上竖立的一座雕像便是苏赫巴托尔跨马扬鞭的雄姿。苏赫巴托省如同其他戈壁省一样，人烟稀少，游客鲜见。这里地势平坦得令人乏味，除了几座山峰，千篇一律的景象绵延不断。让人略感欣慰的是远在视野之外的地方坐落着敖包，那是我们最终目的地。

前两天，我们马不停蹄地跑到安全地带，又奋力穿越沙尘暴，身体早已变得僵硬疲劳。尽管身体亟待休息，我们却不能停下来。

黎明划破黑夜之时，我们再次上路，一边走一边舒展筋骨。现在气温只有27℃，我们趁着凉爽的温度，踏着坚硬的地面朝东南方迈进。我们全神贯注地奔走，刚开始并没有注意到与沙漠颜色融为一体的纹丝不动的两只动物。后来，母马和马驹一动弹，我们才认出这是野马，和我们之前见到的野马属于同一种类。它们看见走路的我们有些捉摸不透，于是飞驰而去。野马通常成群出现，我们猜想它会跑回隐匿在山脊峡谷间的马群栖息地。野马的沙漠环境适应能力很强，能够察觉到地表下流淌的地下水，并能够向下挖掘寻找水源。

时间过得飞快，凉爽的早晨时光一晃而过，每天不断上升的高温成为我们必须攻克的障碍。上午九点，阳光炙烤着大地，地面反射的光线照在身上，只消一会儿便让人痛苦无比。我们穿上防紫外线衣物，从头到脚裹得严严实实，为了防止强烈光线晒伤皮肤，我们在脸上涂抹了厚厚的防晒霜，皲裂的嘴唇也涂上了唇膏。炎炎的烈日，四周的荒凉激起了心里的阴霾，一路折磨着我们。

靠喝水来彻底解渴已经不管用了，因为每走一步口渴之感便会增加一点。我们呼吸着炙热的空气和尘土，皮肤干裂，喉咙发涩，两周前开始的咳嗽愈来愈烈，白天尤为严重。到了中午，头痛更是让人不得安宁。太阳成了我们最痛恨的敌人，真想干掉它。沙漠不知不觉地让我们变得意志消沉。

然而，希望透过泛着微光的氤氲雾气在远方若隐若现。海拔1219米的阿勒坦敖包（Altan Ovoo，金山）的壮丽景色闯入我们的眼帘，这座对称的圆锥形火山在小镇敖包上空若隐若现。小镇敖包也被称为达里甘嘎（Dariganga），在未来四天里，它将是指引我们前进的灯塔。

远处，牧群正慢慢向北移动，也许是去几公里外的新鲜牧场。两个男孩追赶着六只掉队的骆驼和牧群一起向北，一切都延续着游牧生活永恒的节奏。骆驼的驼峰扁平，缺乏脂肪，很难想象这些动物是以何为生。我们行经的这片土地和西部戈壁一样荒芜，现在正值盛夏，这对人和动物来说更是雪上加霜。

和西部戈壁一样，水源正是东部戈壁面临的重大问题。如果沙漠里存在水源，通常在两三米深的浅水井里就能找到。不过在戈壁略微偏北的绿色中央大草原的某些地区，浅水井往往含盐。前一年我们穿过波浪起伏的绿色草原，寻找美丽迷人的牧场，走了一里又一里，只因为没有可饮用的水源，那里根本没有人类和动物生活。虽然挖掘深井引出淡水能滋养几平方米的草地，但是项目成本远远超出这个国家的财政能力。

东部戈壁的天空没有西部戈壁那般湛蓝，这里的天空常常飘浮着奇形怪状的白云。淘金者曾经告诉我们，这片地区两年没有下过雨，我们梦想着这些云彩会带来消失已久的雨水。

我们马不停蹄地赶路，疲软的双腿却不听使唤。以前，平均每天行走41公里完全不成问题，但是到了现在，走过差不多2253公里后，它变成了一项艰巨的任务。整个早晨，我们一心一意地拖着疲惫的身躯奋力前行，让人庆幸的是，此时没起大风，也没有沙尘暴的踪迹。

225

不一会儿，八百米外的路上扬起一片尘土，我们紧张不安，极力想看穿那片尘雾，希望这是瞪羚扬起的尘土，而不是走私犯。随后，比尔大叫道："确实是瞪羚！"只见二三十只瞪羚像野马一样伪装成沙漠的颜色，从我们面前快速跑过。成千上万只白尾瞪羚栖息于东部戈壁和东部草原。每年十一月和十二月的狩猎期，瞪羚会遭到猎杀，用于肉类商品销售。一年一度的壮观迁徙得益于它们能在草原和沙漠的广阔地区畅通无阻地穿越。然而，瞪羚这种散养物种的未来不容乐观。这片地区已经开始采矿和探油，随着计划的公路、管道和新铁路的建成，这里将竖起一道栅栏，这样，瞪羚的迁徙路线就会被切断，如同赛音山达铁路两边的围栏一样。

晚饭时，我们讨论起成吉思汗的时代，那个时代，他带领着突击队暴风骤雨般席卷了我们现在走过的平原。从北方的肯特省（Khentii，据说是这位伟大领袖的出生地），中国人修筑了一道城墙，横贯东面的东方省（Dornod），一直延伸至中国腹地，试图阻止墙外暴虐的蒙古人。这就是中国有名的万里长城，而在蒙古被称为"成吉思汗墙"，这道屏障完全不起作用，蒙古统帅买通中国守卫，率领蒙古大军长驱直入。去年我们参观过这段蒙古长城，不过早就成为一片废墟了。

中蒙边境以南是与蒙古分割开来的中国内蒙古自治区（在中国民间，蒙古被称为外蒙古）。几个世纪以来，中国的兴衰影响着蒙古。蒙古在中俄两个大国之间的夹缝中挣扎求存，相对于俄国，有些蒙古人似乎更加惧怕来自中国的影响。

1279年，蒙古人征服中国，建立了元朝，并将都城定于北京。成吉思汗的孙子——忽必烈可汗成为元朝的开国皇帝，统治一直持续到1368年。就在这一年中国汉族反抗者聚集北京，将蒙古人驱逐出境。从此蒙古又分裂成了各派对立的部落联盟，时不时骚扰中国。这种情况持续到18世纪，清朝皇帝打败蒙古人后控制了他们的国家。

蒙古深陷于中俄两国的边境战争，1911年清朝灭亡之后，蒙古北部由俄国管辖，南部由中国管辖。蒙古只维持了八年的国家独立，之后就在前苏联统治下成为共产主义卫星国，直到1991年前苏联解体。

第七十三天 > 日复一日，我们不停地向前走。为了避开正午的高温，我们在天亮前一小时就开始赶路。刚走了一公里，突然两只骆驼停下来，拒绝向前，它们高高昂起头，惶恐不安地看着在黑暗中潜行的某样东西。四下漆黑一片，我们什么也没看见，什么也没听见。

顷刻间，危险突然向我们袭来：是狼。汤姆拉扯着缰绳直往后退，差点把我绊倒。杰瑞用后腿狠狠地踢向那两匹狼，野狼一闪，躲过了致命的一踢。我们立即拉转两只骆驼，让它们直面危险，同时对着狼群大喊大叫。狼群默默退回黑暗，我们停止呼叫，总算松了口气。

我心想危险已经过去，正打算继续赶路，然而骆驼仍然拖着缰绳不肯挪动半步。它们抬起脑袋嘴里咕哝着看向右边又突然转向左边。

"狼群还在周围徘徊。"我惊慌地喊道。

"把骆驼并肩拴在一起。"比尔大声回答。

我们拴好骆驼，站在一旁，各拿一只登山杖严阵以待。我们凝望着沉沉的夜色，观察黑暗中的动静。东方露出鱼肚白，黎明的曙光洒在我们身上。晨曦之中，四匹狼还在300多米外的地方徘徊，一匹狼朝着骆驼靠拢几步，想试探我们，我们立即大喊大叫，朝它狂扔石头，将它打退回去。四匹狼不再周旋，转身跑到更远的地方，坐着静候猎物。

三十分钟后，太阳冉冉升起，狼群跑来跑去，贪婪地盯着骆驼。骆驼面朝狼群发出恐惧的咕哝声。四匹狼无法抓住猎物，越来越焦躁不安，最后在一匹雄性野狼带领下，慢慢朝着东方跑去，逐渐消失在了薄雾之中。

我们苦苦熬了两个钟头，又过了一个小时，两只被吓坏的骆驼才缓过神来，重新开始它们日常的单调工作。我担心再次受到狼群的威胁，便提议晚上两人轮流站岗。比尔爽快答应，但是晚上不眠不休使白天行路更加艰难。之后，我们在沿途发现一具瞪羚残骸，身体大部分已被吃掉。也许，这群不讨人喜欢的访客——野狼已经在其他地方偷袭成功。

晚上我们搭好帐篷，堆起30厘米高的石堆，准备整晚轮流看护拴在帐篷附近的汤姆和杰瑞。比尔和我一点都不害怕，因为狼群猎食的是骆驼。

比尔站第一班岗，我睡觉，一个小时后和我换班。两只骆驼蹲在地上惬意地咀嚼着反刍食物。看守的时候我一直在打瞌睡，凌晨三点左右，汤姆发出一声惊叫，和杰瑞跳起身来，我顿时清醒过来。比尔听到声音后睡意全无，从帐篷里跌跌撞撞走出来。狼群折返回来，态度坚决地躲在黑暗中耐心等待。我们神经紧张地站在骆驼身旁，时间仿佛慢镜头一般缓缓流逝。汤姆和杰瑞紧张不安地咕哝着，前脚不断顿地。一直到黎明拂晓危险才过去，骆驼不再害怕，跪在地上打起瞌睡。狼群已经离去，我们继续守护着骆驼，直到地平线上出现曙光。

228

第七十四天 > 我们安安静静吃过早饭。一想到又要艰苦行走一天，缺乏睡眠的脑袋愈加昏昏沉沉。我们形容枯槁的样子惨不忍睹。比尔看着指南针镜子，愁眉苦脸地说："太难看了。"

早在旅行之初，我就不用镜子了，看不到自己的真实样貌心理上会好受一点。比尔形象糟透了，我不敢想象自己和他一模一样。

尽管旅途将近尾声，我仍然不敢老惦记着大腿和臀部的伤痛，努力克服伤痛已经成为了我的生活，甚至都记不清楚不痛的时候是什么感觉，可见对付疼痛我是多么的一心一意。但是今天，我告诉自己目标已经不远，胜利在望。在过去，坚强的毅力使我克服了重重困难，而现在，我坚信也会克服身体的伤痛。比尔是我的坚实后盾和坚强的伴侣，为我付出的比他想象的还多。和旅行开始相比，他瘦了不少，也憔悴了许多，虽然身心疲惫，却始终像弹簧一样阔步向前。我想不出比他更好的伙伴了。

每天八升水已经不管用了，身体出现脱水症状，随之而来的还有头痛和精神不振。我们又来到另一个平原，沮丧地站在边缘地带，想着怎样才能走到19公里之外的另一边，怎样才能忍着酷热难耐的热浪和无穷无尽的沉闷。道路在我们眼前铺展开来，一望无际的平原没有一处地方高过三十厘米，这对我们始终是种心理挑战。

我们在平原上艰苦前行，走了一里又一里，穿过平原，又翻越一连串凸起的黑岩山脊。气温并不凉爽，除了平坦的碎石平原外，能看见其他的地势，这也算是一种安慰。

晚上露营的时候，一个穿着飘逸橘黄色僧袍的喇嘛骑着摩托车从远处经过，发动机的嗡嗡声引起我们的注意。当他看到我们的营地时，感到万分惊讶，于是转弯向我们驶来。寒暄之后，他告诉我们，他正赶往阿勒坦敖包（Altan Ovoo）拜祭圣山脚下的神殿。我们邀请他一起露营，他谢绝说要连夜赶往神殿与其他喇嘛会合，必须按时到达。他为这段行程准备得相当充分，摩托车上捆着备用胎，另外还有一个大大的油箱，但是我们注意到他没有携带指南针和任何公路地图。

他愉快地挥手道别，祝我们旅途平安，然后疾驶而去，留下我们两个行人羡慕不已地看着他消失在远方。尽管我们一直想徒步穿越这片沙漠，绝不愿意用轮胎压痕或石油的废气来亵渎这片脆弱的地方，但是现在，在经过一番煎熬和劳顿后，在我们眼里，喇嘛的旅行方式也挺不错。忽然之间，剩下的里程似乎变得更加漫长。

平原还没来得及将我们日渐衰退的能量消耗殆尽，面前又出现一片波状沙丘，绵延十公里，无边无际。由于过度放牧，移动的沙粒四处飘散，淹没低矮的灌木丛，形成了这些两三米高的沙丘。我们系紧鞋带，齐踝深的黄色细沙还是钻进了鞋子里。

戈壁牧民在稀疏的贴地植被上过度放牧，日益干旱的沙漠不断扩大，面积越来越广。戈壁不是唯一的濒危沙漠：全球变暖和人类滥用土地使世界范围的沙漠面积不断增加。狂风肆意吹打，将暴露的岩石风化为细小的沙粒，沙粒转而形成宽广的沙石平原和几十米高的沙丘。撒哈拉沙漠的沙洲比戈壁沙漠更加宽广，我们徒步穿越那些地区时，里面的村庄完全被黄沙掩埋。

我们憎恶沙漠地区，气温常在49℃以上，但沙地上的温度还要高出几度，沙子反射的光和酷热的温度不断伤害脸部，让人更加不舒服。炎炎烈日和日光反射使我们手背肿胀，只有戴上白手套才能避免严重晒伤。

除了沙土和高温，狂风也让我们深恶痛疾。虽然大风并非狂刮不止，但它不受地形阻隔，肆掠地穿过植物，风干土壤和植被。因此，一到夏天，沙漠仿佛成了一座巨大的海市蜃楼——一片闪闪发光的悲惨之地。

再走几公里，就能抵达阿勒坦敖包，我们今天的行程也即将结束。按照计划路线，我们会走到甘轧努尔（Ganga Nuur），这个淡水湖位于面积279平方公里的甘轧湖自然保护区（Ganga Lake Nature Reserve）内。在那里喝过清凉的湖水，走到阿勒坦敖包脚下，再行十公里就可以到达附近的镇上。

第七十五天 > 我们装载骆驼，这天早上时间过得很慢。我的脑子里胡思乱想着，想象着明天最后几步的情形，思绪越飘越远。我很难集中精神。我们把最后一罐水容器挂在汤姆的负载上，比尔拉紧绳子喟然长叹，显得又疲倦又低落，他说："还好明天早上是我们最后一次整装上路。"

明天不用赶路的想法如同一场梦。但是，当务之急还是必须克服今天46℃的高温，只有靠近清凉的湖水，气温才会随之下降。

正午时分，一架小型飞机朝我们飞来。楚伦信守承诺，在低空飞行检查我们的方位。我们打起精神，挥手示意"一切顺利"，楚伦也倾斜着机翼向我们致敬，然后消失在东方，朝着他表哥的蒙古包飞去，去帮骆驼的主人做一些安排，他们已经从家中来到这里，第二天会在预先安排的地点接我们。

我念念不舍地看着楚伦在空中消失成黑点，在旅途的当下阶段，就连引擎刺耳的声音也让人感到无比亲切。

我们一直走到下午，穿过保护区和湖泊周围的沙石地带，来到保护区入口的拱门下。拱门半掩，门卫室大门却紧锁着，没人看管。而宽广的湖泊和波光粼粼的湖水吸引了我们的眼球。在美国时，我们经常去湖边，那里周围芳草萋萋，绿树成荫。但是这个湖

231

泊却与众不同，让我眼前一亮：湖泊躺卧在一望无际的沙石平原中，湖畔寸草不生。穿过入口，我们走下矮坡，把汤姆和杰瑞拴在保护湖泊附近的天然泉水的铁栏杆上，然后朝着湖水奔去。

来到湖边，我们脱下鞋子，跳入水中，清凉的湖水冲洗着我们的身体。我们像孩子一样嘻嘻哈哈，时而潜入湖中，时而泼水嬉闹。最后，刺骨的凉意迫使我们爬上湖岸，坐在炎热的太阳下晒干身体。青青的绿草环绕着泉水，这么长时间以来第一次看见绿草。我们抚摸着，就像抚摸着柔软的天鹅绒。

我们沉醉在新体验之中，把汤姆和杰瑞忘得一干二净。没有带它们一起来湖边真让人惭愧，于是赶紧弥补过错。一番畅饮之后，骆驼开心地走在浅滩上，不一会儿又低头喝几口清冽的湖水。之后，我们又喂了干草、苹果和饼干给它们。湖泊远处，有人正在给十几匹马喂水，附近还有母马和马驹啃食着青草。于是我们也放开两只骆驼，它们兴高采烈地吃着灌木，偶尔还跑到湖边喝几口水。

至于我俩，喝过围栏里的甘甜泉水后，搭起帐篷。我们懒得做晚饭，吃了剩下的面包、油性奶酪和每人一只苹果。我们躺在柔软的草地上，疲惫的身体如同睡在柔软的床垫上一般。

蒙古境内分布着众多湖泊，甘轧努尔是这个国家为数不多的几个淡水湖之一。据说，成吉思汗曾将宝剑浸入湖中，赋予了这处原始水域特殊的治疗功能。

整个夜里，我们聆听着栖息在湖畔的夜莺的歌声。遗憾的是，我们来得太早，没有机会见到八月底至十月期间成千上万只迁徙的天鹅飞临这座湖泊的美景。

232

第七十六天 > 今天是八月九日，原本希望这是我们在沙漠中的最后一天，结果却令人大失所望。

我们从帐篷里爬出来，发现外层面料被露水打湿，这是我们在极度干旱的沙漠中从未见过的新鲜事。这里的湖泊面积约有6.5平方公里，形成独特的潮湿小气候，让夜间出现了露珠，泉水周围长出了青草。

我们仍然还有43公里的路程要走，于是忍住一大早萌生的兴趣，没有再到湖边洗澡。我们在凉爽的湖滨气候中睡了个好觉，在清凉的湖水里重新恢复了活力，但我们更渴望见到楚伦。

我们一路无话，各自盼着旅途的终点，终于要从日复一日的长途跋涉中解放了，不用再无休止地赶进度。我努力回想在遥远西部的第一天，但这仿佛是很久以前的事了。现在快要接近终点了，却完全想不起旅行的起点，真是不可思议。而在旅行之初，旅途的最后一天似乎同样也遥不可及。

今天的首要目的地是阿勒坦敖包。这个地区有两百多座无比神圣的死火山，阿勒坦敖包是其中的一座，位于沙漠小镇敖包，矗立在海拔1219米的高原上，绝对海拔只有150米。据说，周围圣山和甘轧努尔的名字很少被公开提及，因为会引起当地居民的不快。

经过四小时的艰苦跋涉，我们穿过崎岖的地面，来到火山脚下。山顶仁立着一座白色佛塔，在清晨的阳光下熠熠生辉。只有男人允许沿着陡峭的山路爬上圣山在新佛塔前祭拜。1990年，在Bat Tsagaan佛塔的废墟上修建了这座新佛塔，至于1820年始建的Bat Tsagaan 佛塔，早在1937年就被前苏联人摧毁。

山脚下有一座别致的白色神殿，许多虔诚的佛教徒在此旋转传

233

经筒祈福。和沙漠经过一场鏖战后，我们徜徉在这片圣洁之地，感受这份平和与虔诚。

我们来到敖包落满灰尘的街道，小镇刚从夜色中苏醒过来。当我们牵着汤姆和杰瑞走过街道，几个行人盯着我们。一位老人拄着拐杖示意我们停下，羡慕地拍着汤姆和杰瑞，问我们从哪里来。"从遥远的西部来。"我回答说。"穿过了戈壁？"他歪着脑袋疑惑不解地问道。

"是的。"我回答道。和蔼的老人怔了一会儿才明白我的答案，从口袋里取出一块皱巴巴的蓝布递给我，说道："保佑你们平安。"我紧握着他的双手，再三感谢他的深情厚谊。比尔握着老人的手，被他的善良深深打动。

234

两个小男孩坚持要帮我们牵骆驼，并牵住不放，随即我们去小卖部买了四块巧克力，分给他们两块，最后两个孩子蹦蹦跳跳地消失在了蒙古包里。

我们离开小镇，走了一两公里进入低矮沙丘间的山谷，山谷里绿草茵茵，溪流潺潺，让人喜不自胜。光鲜夺目的绿色生命扑面而来，这就是戈壁中的绿洲。虽然这里没有撒哈拉沙漠绿洲常见的枣椰树，却也是一处迷人之地，水流汩汩，芳草萋萋，牛羊肥硕。我摘下一株小草，接着一根一根地采了一把。比尔也拔起一根草插在帽檐上，说他能感觉一股新能量涌入血管里："终于可以呼吸到尘土以外的东西了！"

这一刻，我们沉浸在柔软的绿色生命中，像是死而复生的人。现在已过中午，我们还有十公里要走，只好依依不舍地穿过绿色山谷，继续前进。

耳畔响起一阵飞奔的马蹄声，转身一看，一名男子匆忙穿过绿洲，叫我们停下。他带来了楚伦的消息。原来，楚伦用老式电话告诉敖包的朋友，让他找到我们后捎个信。

楚伦的消息让人崩溃。由于我们的路线靠近中国边境，楚伦必须获得许可，才能让飞机着陆。乌兰巴托的官员最初允许他在离敖包不远的地方着陆，但是最后一刻又改变了主意，坚持让他在远离中国边境的地方着陆，那个地方还要再往东走144公里！

我们早就疲惫不堪了，却还要在持续高温下多走五天的路，既震惊又极度绝望。我们向送信人表达谢意，他祝我们平安后便策马奔腾而去。

原以为旅行终点在我们掌控之中，却未曾想到还要多走五天的路，这让我们在情感上实在难以接受。我们垂头丧气地坐在草地上，对那个不通情理的官员愤怒至极，我们没有力气，也没有雄心壮志继续走下去。

我们怒火中烧，用最粗鲁的语言发泄一通后接受了现实。我们有两个选择，回到敖包租一辆卡车，让司机带我们去新的见面地点，或者继续走到那里。

尽管这是额外的一百多公里，但我们还是决定徒走到终点，这是唯一可以接受的旅行结束方式。

我们开始制定新计划，首先在容器中加满溪水，然后每人又喝了一升，汤姆和杰瑞也在水里痛饮了一番。走了五公里后，我们又返回到广袤无垠的沙漠，重新顶着狂风烈日，朝东北方向行走。享受过湖泊和绿洲的宜人空气和舒适温度后，觉得沙漠似乎比以往更加无情。我们一边赶路，一边重拾心情，继续完成接下来五天的穿越计划。

"为什么不晚上赶路呢？"我建议说，"我们离边境越来越远了，可能不会再遇到走私犯。"

"不行，"比尔说道，"现阶段我们不能冒任何风险。"

"我们可以在高温中安然无恙地走上五天吗？"我问道。进入八月后，气温有所下降，但仍然高达43℃。

"如果这样说的话，我想我们应该在晚上赶路，可以试试。"

我们制定好新方案，便提早宿营，这样就能在黄昏出发前多睡两个小时。

236

第七十七—八十一天 > 月色如水，繁星闪耀，凉夜中行路让人觉得新奇愉悦，可是过去七十六天连续行走已经使身体的疲乏和伤痛难以忍受。每走一里，就愈发想迫不及待地躺下休息，却又不得不忍着剧痛步步向前。我们并肩而行，谈论起家乡、朋友，以及任何可以将注意力从漫漫旅程转移开来的话题。旭日东升，我们露营休息，在黄昏时分再次重新上路。在白天43℃的高温中，我们迷迷糊糊睡了一觉，起床后昏昏沉沉，再没有雄心壮志开始夜行。

尘土之中月色朦胧，前方漆黑一片，看不见去路，这对我们在黑丝绒般的夜色中赶路构成威胁。为了不让人察觉，我们只开了一会儿手电筒，躲在骆驼旁边查看指南针和全球定位系统。

一天清晨，太阳从横亘在道路之上的无矿岩山脊后冉冉升起。灰暗中，我们找不到骆驼的安全通道，又不愿意让它们冒着受伤的危险，于是同意天亮后再翻山越岭。我们睡了两个小时便动身出发，比尔用望远镜发现了一个山隘。我们费力爬上松散的碎石斜坡，登上山顶，然后轻松通过狭窄的隘口，却发现前面还有更多的斜坡和山峰。

汤姆和杰瑞，小心翼翼地成功翻过这段地势，比我们顺利多了，整段路程只咕哝了几声。我们疲惫不堪，又顶着周围岩石反射的高温，一路磕磕绊绊地往前走。我们爬过最后一道坡，翻过最后一座山，却失望地走进了另一个平原，如同先前穿过的平原一样荒无人烟。

落日余晖给沙漠涂上一层金色，我们停下来吃过晚饭，睡了三个小时，然后再次动身出发，摸黑走了一晚。夜间，一群群瞪羚的身影从我们身旁经过，然后鬼魅般地消失在了夜色之中。由于缺乏睡眠，我们像是出了故障的机器人，机械地走向遥不可及的终点。我们昏昏欲睡，再也走不动了。接下来两天还要有50公里要走，于是我们提早搭起帐篷，打算睡上12个小时，养精蓄锐，为见楚伦做最后的冲刺准备。帐篷搭好后，我们喂过骆驼，连饭也没吃就躺进睡袋蒙头大睡。

皓月当空，行路变得容易了许多，我们不再会被看不见的物体轻易绊倒。午夜时分，四匹狼追赶着五十多只瞪羚出现在夜里。后来，又经过一个蒙古包，远远地就看见了它白色的形状在月光下闪闪发光。蒙古包里的居民让我们羡慕不已，毫无疑问，他们正在呼呼大睡。

我们停下来吃过早饭，又睡了三个小时，然后在第八十一天的早上七点开始出发。气温很快飙升至43℃。我们不用为下一天的赶路积蓄能量，于是我催促道："努力加油哦。"我们中途没有休息，只停下来检查了几次指南针，简单地调整远山上的基准点。

我们越走越慢，为了加快步伐，我们齐声数着步子，唱着进行曲迈步向前。我们忍着头痛和沙尘折磨喉咙的痛苦，不停地前进，下定决心不能错过约定时间，哪怕一个小时也不能。我感觉自己好像领先的马拉松运动员，在最后的1.5公里中，竭尽全力拼命地冲向终点线。

我们跟着指南针和GPS，每小时检查一次所在的精确位置，确保不会迷路。我们花了一天时间穿越戈壁沙漠和东部草原之间的过渡区，却浑然不觉地形正在悄然发生着变化。视野之外令人赏心悦目的东部草原正渐渐地消融着沙子和荒凉的沙漠。大群瞪羚不断出现，少量微绿的植物也开始显现。山脉的幻景突然涌现，然后又消失在大风扬起的尘土之中。旅途的终点近在咫尺，我们情绪高涨，兴奋不已。

下午5:30分，我终于读出东经115°的终点坐标系数，不禁如释重负，欣喜若狂，眼泪夺眶而出。我们仿佛奋斗终生才迎来了这一时刻。我们紧紧拥抱，互相庆贺，终于可以松一口气了。

我们坚持挑战极限，在炎热的夏季经受住戈壁给予我们的一切。现在我们终于站在大沙漠的最东边。据计算，我们已经走了2600公里，虽然最后两周的速度越来越慢，但是平均每天仍然能走差不多32公里。最初，在相对凉爽的天气下长时间徒步最终帮助我们完成旅行。

现在，我们不需要继续前进，不需要保持进度，也不需要穿越沙尘暴，也不再有筋疲力尽，疼痛难忍的日子。如影随形的高温之行即将结束，我们的帐篷和靴子里不会再有蝎子，干渴也将成为过去。而其中最重要的是，我们再也不用害怕走私犯了。

我们会怀念我们所钟爱的人们，他们教会我们重要的人生哲学，比如耐心，以及认真过好每一天的生活态度。我们也将珍惜我们受到蒙古牧民和家人热情款待的美好回忆，他们是世界上最艰苦、最善良，也是最睿智的人民。

下午6:00左右，草原上响起两辆卡车疾驶而来的声音。一辆车上是楚伦的兄弟巴特巴塔和家人，另一辆则坐着他的表哥和家人。他们笑容满面地跳下车和我们打招呼，当看见我们凌乱的外表后却大吃一惊。不过很快回过神来，包含着热泪与我们抱作一团。

当然，他们还带了可怕的酸马奶艾日格庆祝我们的成功。他们拿出一大罐艾日格，倒上满满几碗，为我们所能想起的一切事物，以及周围的一切事物，甚至为瞪羚、蛇和蝎子干杯致敬。不过，经验教会我们不能大口喝下艾日格，只能浅尝辄止。我们讲述起喝艾日格后呕吐的故事，大家听完后哈哈大笑，相互拍背，笑得眼泪直流。他们的反应让人始料未及，我们也跟着笑了起来。

巴特巴塔看着汤姆和杰瑞坚硬的驼峰和明亮的眼睛，对拥有这样两只与众不同的骆驼颇感自豪，他说骆驼会过上养尊处优的生活。四岁大的萨仁说骆驼是她的，他的父母点头表示同意。她会负责骆驼余下的生活，我们万分欣慰，又多干了几杯，祝萨仁和骆驼身体健康，长命百岁。最后，正当比尔和我觉得已经为一切真实或想象的事物干过杯了，有人想起我们还没有为尚未到来的楚伦和飞机干杯。于是又干了好几杯艾日格，干完杯后，剩下的艾日格被重新放回车上，等将来的重要场合再喝，我们猜想那也不会太遥远。

巴特巴塔悄悄问我们："你们穿越这样空旷而危机重重的地方害怕吗？"

"尽管遇到了很多事情，"我说道，"我们始终相信会坚持到最后。"

巴特巴塔柔声回答说："我们蒙古人有句格言——如果害怕，就不要去做。如果做了，就不要害怕。"

不久，楚伦来了。我们即将离开沙漠，汤姆和杰瑞也将被巴特巴塔和他的家人装上卡车带回家。

大家帮着我们把缩减了的装备装上飞机。比尔和我每人拿了一块饼干走到汤姆和杰瑞身边，最后一次拥抱它们的长脖子，然后轻声道一声：再见，感谢它们的帮助，因为它们，我们的旅行才成为可能。我们走到巴特巴塔一家人面前，相互拥抱祝福，然后登上了飞机。

飞机起飞，在低空盘旋几圈，我们向下面挥手的人们道别，然后朝北方飞去。留下了我们的朋友，汤姆和杰瑞。

当飞机进入高空，我这才意识到旅途就这样结束了，我撇过脸，看着下空渐渐模糊的乡村，眼泪不禁夺眶而出。虽然我们从沙漠苦族中重获自由，但沙漠俨然成为了我们生命的一部分。我伤感不已，再见了让我渐生情愫的牧民，再见了汤姆、杰瑞。

结识戈壁沙漠的游牧民族，分享他们的传统生活方式真是一种莫大的荣幸。我们已经走出八十一天的戈壁生活，在这段时间里，我们体验到另一种文化，踏过他们神秘的土地，我们已经被永远地改变了。经历过这场艰苦卓绝的恶战后，与戈壁告别，不再像初来乍到时那样轻松。

240

对我们来说，戈壁的广袤无垠会一直拥有它的激情与魔力，身体力行的旅行也会永远铭刻在我们的记忆之中，而心灵历程是最重要的部分。心灵之旅带着我们穿过平原，走过沙丘，翻山越岭，让我们细心领会微小之事，也让我们学会理解并尊重另一种文明，尊重最初看似冷酷无情，现在却成为我们生命一部分的沙漠。

在飞机的轰鸣声中，比尔和我紧握双手，异口同声地说："我们还会回来的。"

后记

后 记

我们一到乌兰巴托，就兑现承诺，为旅途中遇见的蝴蝶、巴特巴雅尔和他们苦苦挣扎的家人送去一些物资。虽然之前我们尽全力提供给他们一些额外物资，但是我们知道那不足以让他们维持到明年冬天。于是我们许诺会让朋友用飞机给他们送去其他物资和新生婴儿的衣物。我们告诉楚伦这家人的悲惨境遇，他即刻热心地答应提供帮助。

我们和楚伦的姐姐吉日嘎拉（Jargal）到乌兰巴托的大市场疯狂购物，买了艳丽的女式衬衫、色彩柔和的男式衬衫、冬装蒙古袍、暖和的毛衣、帽子、手套，还有每人一双皮靴。还给婴儿买了冬天穿的小蒙古袍，以及一岁以后穿的袍子、长裤、毛毯和婴儿床垫。

吉日嘎拉带我们到食品商店，为新朋友采购了充足的面粉、糖、盐和茶叶过冬。在肉类市场，我们买了两只宰杀的绵羊准备晒干，还买了四条大羊尾。另外，我们又买了水果、胡萝卜、土豆和鲜凝乳制作的干奶酪。吉日嘎拉的一位医生朋友给了我们药品、维生素、特制婴儿奶粉和其他婴儿食品。

在不断增加的物资中，我们还加入了烹锅、餐具和两把大菜刀。当天晚些时候，我们在地毯货摊上挑了两条深绿色地毯，这可以放在蒙古包的地板上抵御冬季严寒。最后加上四套辔头和马鞍，物资采购便大功告成。

第二天，我们将物资装上飞机，看着楚伦和吉日嘎拉飞向沙漠。我们没有跟着一起去，因为我们知道这家人会觉得接受同胞的礼物比外国人的更容易一些，再加上他们知道我们已经赠送过了。

楚伦和吉日嘎拉毫不费劲就找到了这家人，还和他们一起待了三天。楚伦也联系了北部戈壁的亲戚，他们邀请这家人去他们低山附近的庇护所过冬。那里有许多冬季草料，而且还能躲避强劲的西伯利亚寒流，人和动物在那里更容易存活。这家人表达了感激与祝福，说他们会在第一场降雪之前去北方见楚伦的亲戚。

我们推迟了回国的航班，一直等待楚伦回来告知他和这个沙漠家庭相处的详情，之后我们会起程回家。当我们得知这些特殊的沙漠朋友有一个更加光明的未来，汤姆和杰瑞也超越了骆驼的狂野梦想得到了关怀与照顾，我们这才放心地离开了。

回到家后，我参加了车祸伤病的长期康复治疗。身体完全康复后，我和比尔继续参加世界边远地区的探险活动，为冒险课堂制作教学项目。

2006年夏天，我们回到蒙古探访了戈壁那一家人，荣幸的是，他们给孩子取名为海伦（Halen），她已经长成一个六岁大的漂亮姑娘，上了学，还学会几个英语单词。她的家人在北方的新居日子蒸蒸日上，现在他们家的四百多只羊也享受到了充足的水源和丰茂的牧场。

我们还看望了汤姆和杰瑞，收获颇丰，它们立即认出了我们，像在沙漠里一样喜欢让我们摸耳朵。它们在小萨仁的悉心照顾下过上退休生活，显然它俩很享受这样的生活。

至于比尔和我，回到蒙古，拜访了朋友，徜徉在我们热爱的蒙古文化之中，并且重新回忆起我们穿越戈壁沙漠的旅行。尽管有时徒步旅行会有生命危险，且困难重重，但是只要秉持着坚定的目标、勇往直前的决心和永不言弃的人生理念，就会胜利到达终点。

鸣 谢

特别感谢我们的蒙古后勤协作楚伦（Chuluu），感谢他的热情帮助与物流技术。我们还要一如既往地感谢星途航海学校（Starpath Navigation）的大卫·伯奇（David Burch），他的意见帮助我们解决了一个颇有难度的导航项目。感谢"一个地球图片社"（One Earth Images，www.OneEarthImages.com）的马林·格林（Marlin Greene），他为我们提供了多方面的帮助，包括冒险课堂。另外，还要感谢长途旅行中盛情款待我们，给予我们真诚友谊的所有牧民家庭，感谢你们的善良友好，感谢你们带给我们的美好回忆。

关于作者

关于作者

　　海伦·塞耶（Helen Thayer）出生于新西兰，并在新西兰接受教育，九岁时开始登山。长大后继续攀登世界主要山峰，包括美国阿拉斯加州的麦金利峰（Mt. McKinley，海拔6194米）和塔吉克斯坦境内的索莫尼峰（海拔7495米）。

　　1988年，海伦50岁时成为第一位独自徒步北极的女性，也是环绕北极地区航行的第一人，这成为冒险课堂的第一个教学项目。海伦开设的这一项目将世界的每个角落都带到了课堂，她也曾给世界各地学校里的一百多万名学生做过演讲。

　　海伦曾经在北极和南极进行过4345公里的徒步探险，也曾徒步6400公里穿越撒哈拉沙漠，在亚马孙河乘坐皮划艇穿行1900公里。她的野生动物探险活动包括与加拿大育空地区狼种研究的野狼生活一年，与阿拉斯加和加拿大的北美驯鹿徒步160公里，记录下这些动物的迁徙路线和生活习性。

　　海伦获得过众多奖项。1990年和1998年，海伦因共同领导首支美国/俄罗斯女性北极探险队，以及作为北极探险家的出色工作表现受到克里姆林宫的表彰。1999年，克林顿总统在白宫接见海伦，称她为"勇敢的女性"。2002年，她被《美国国家地理》杂志（*National Geographic*）/国内共用无线电台（National Public Radio）提名为"二十世纪伟大探险家"之一。2006年，她被"探险家俱乐部"（Explorers Club）授予"温哥华奖"（Vancouver Award），因为"作为一名探险家，她促进了知识追求，也展示出探索精神。"

海伦的未来计划包括到世界边远地区进行更多探险，寻找教学资料。作为《极地梦想》（*Polar Dream*）和《狼群中的三个人》（*Three Among the Wolves*）的作者，海伦经常出现在社团、教育和非营利机构的活动中。

更多戈壁探险照片可以查阅海伦个人网站上的"行走戈壁"（Walking the Gobi）图片库。